U1008032

无悔年华

俞向党 著

中国传媒大学出版社
·北京

序　一

熊盛文

我与向党同志相识很久，一直被他对文化事业的追求所感动。

这次他约我见面，说有事情商量。见面后他告诉我，这是他刚刚脱稿的回忆录，请我帮助修改，并为此书写个序。我自知文化底蕴薄弱，怎敢给江西文化界的名人作序，因此再三推辞，他却真诚地坚持，我只得勉为其难，试着做这件事情。

回到家里，我打开书稿，急忙阅读起来，越读越为向党同志的经历所感动。书中并没有华丽的辞藻，也没有波澜壮阔的故事，但用平实的语言，讲述一个贫困农家子弟到领导干部的成长过程，也许能给人带来更多的启迪。

书名叫作《无悔年华》，其中确有不少令人感叹之处。一个20多岁、大学毕业不久的青年学子，在干部“四化”方针的背景下一路走来，能做到宠辱不惊，我心坦然，确实是不容易的。当然，作为文化人，向党同志最后找到了自己合适的岗位，在江西文化界大展宏图，创立了不俗的成绩，让人生在岁月中留痕。

掩卷而思，书中最感人的还是向党同志对文化事业的追求。正如他在书中所说，他最后的工作岗位，让他进入回归文化梦想的时期。此后，无论是在位还是退居二线，文化的力量都能激起他的热情，让他因成功而欢呼，因失败而痛惜，因挫折而沉默。他退休之后，仍然孜孜不倦地从事文化事业，从不计报酬，从不怕苦怕累，为江西文化事业的发展贡献自己的力量。我想，这就是文化人的本性，这就是文化人的气质。应该感谢组织上慧眼识珠，让向党同志来到这个岗位，也应该敬佩向党同志的工作激情，在不长的时间里做出了不少成绩。文化是一个民族的灵魂。人的一生，能够对国家和民族的文化做一点事情，应当感到自豪。

向党同志在书中讲了自己的少年，也讲了中学、大学时期的生活，但最多的是近四十年的工作经历，而这四十年恰恰是中国改革开放的四十年。2021年是中国共产党成立100周年，社会各界都在开展学习党史和革命史的活动，向党同志撰写的这本书也算是应时之作。盛世修史是中国的传统，现在流行口述历史，因为口述历史可以弥补史料的不足，对于人类学家和民俗学家来说，很多时候口述历史甚至是研究历史的唯一来源。向党同志对自己几十年工作、生活的回忆，肯定也会给后人留下有益的史料。

2021年8月

（作者系江西省人民政府原副省长）

序　二

廖祥忠

年华无悔　白杨本色

俞向党同志是中国传媒大学（原北京广播学院）65级校友，《无悔年华》的出版，是他回首人生、感悟体验的结晶。这部回忆录感时言志、淡然真实，作者以一种过来人的心态品味着过往，既有多年来工作生活的历程和探索，也记录了从实践中生发出的理念和感悟，充满了真知灼见。书中讲述了他所经历的广院学习生活、影视宣传实践、赣鄱文化浸润，其中既有我熟悉的，也有我不熟悉的，一口气读完，掩卷沉思，感悟良多。我在书中看到，一位卓有成绩的广播影视、文化宣传战线的领导从学校到社会所走过的道路！一个幸福奋斗的传媒人！一个有情怀、有使命、有担当的知识分子！一棵年华无悔、知重负重、苦干实干、向真向善、挺直成长的白杨！

中国传媒大学起步于1954年，1959年正式成立北京广播学院，经过几代广院人筚路蓝缕的不懈努力，成就了“中国广播电视及传媒人才摇篮”的美誉。2004年北京广播学院更名为中国传媒大学，在六十余年的办学历程中，学校致力于培养信息传播领域高层次人才，形成了自己鲜明的办学特色。展开中传的历史卷轴，承载着“立德树人”的文化图谱，纵贯着“弘道崇德、经世致用”的传媒人才培养中轴线，传承着“忠诚、自信、包容、竞先”的中传文化基因，成为跨越时空的中传精神标识。

在这本书中，我看到一位忠诚、自信的中传学子。从建校时起学校就把忠诚作为自己最鲜亮的底色，每一名中传学子铭刻在内心深处，践行于事业追求。对党和国家忠诚，对传媒事业忠诚，入学报专业，报的是与祖国同呼吸共命运的使命担当；毕业到祖国最需要的地方去，做党的政策主张的传播者、时代风云的记录者、社会进步的推动者、公平正义的守望者；满怀自信、顽强拼搏，勇于面对学习和生活中的一切艰难困苦；志存高远、自强不息，为祖国的传媒事业奉献自己的光和热。

在这本书中，我看到一位包容、竞先的中传学子。包容是中传学子薪火相传的特有品质，不管时代发生多么剧烈的变化，面对人生的变故、事业的波折、环境的艰苦，始终以乐观、真诚、开放的心态笑迎挑战，善于适应变革走向世界，怀揣梦想，拥抱未来。将“立德、敬业、博学、竞先”的校训融入传媒事业中，将个人发展与国家命运结合起来，具有家国情怀的大写之人，人格是闪亮的，脊梁是挺直的，生命是精彩的。

这是一部中国传媒大学优秀校友的生命成长史，映射出中国传媒大学历届校友们耕耘和探索的群像。他们在各自的历史时期、在各自的生长环境和工作岗位上，努力拓展个人生命的深度和广度，更为国家和社会作出当代传媒人应有的贡献。

这是一部中国传媒大学优秀校友的精神探索史，不仅仅是作者个人的成果，也代表了历届校友立德立信、上下求索的奋斗精神，内诚于心、外信于人，心怀家国天下的读书人践行“弘道崇德、经世致用”的一代传媒英才，既是文化的传播者，又是文化的建构者。

《无悔年华》即将付梓，这是凝聚中传人的情感、传承中传文化基因、弘扬中传精神的校友作品，这是白杨对根的情意，胸怀在蓝天，深情藏沃土。谨以此序我要感谢广大校友们为学校作出的贡献，特别要深情致谢本书的作者俞向党学长，几十年如一日心系母校、情牵中传，先后两次分别于2004年北京广播学院校庆50周年、2014年中国传媒大学校庆60周年，组织中国传媒大学江西校友会邀集赣籍历届学子，请江西著名陶瓷艺术家、书法家、国画家集体创作大型瓷板画《桃李芬芳》、大型山水国画《秀美江西》，献给母校表达祝福，饱含爱校如家的赤子情怀。十年树木、百年树人，学校不忘“为党育人、为国育才”的初心，牢记“立德树人”的使命，在母校眼中一代代中传学子永远都是校园里一排排年轻的白杨，涵养孕育的中传校园永远都是白杨挺拔成长培根铸魂的文化热土，这里永远是中传学子筑梦传媒的心灵驿站、传承守望的精神家园。

2021年9月

（作者系中国传媒大学党委书记、校长）

前　言
我们这一届大学生

桂　子

我们这一届是1965年入学的大学生，史称“老五届”大学生的最后一届。

我们这一届大学生，是和前四届大学生一样的群体，解放后才上学读书。我们的成长过程与共和国发展同步，且经过完整的六年小学教育、六年中学教育，并经过严格的高考和严格的政治审查，几乎是一百个同龄人中录取一名的大学生，是名副其实百里挑一的“天之骄子”。

说实在的，当年我们这届大学生大都是品学兼优的学子，其中大多数是工农兵子弟，青春焕发，激情满怀。就像毛主席说的，好像早晨八九点钟的太阳。我们跟随新生的共和国成长，读小学的时候，正是国家“一穷二白”、百废待兴的开创时期；读中学的时候，是三年困难时期，常常吃不饱、穿不暖；到了上大学的时候，除正常学习一年外，其余时间都在参加“文化大革命”，学业大部分未能完成。

这一届大学生最大的特征是被折腾，在历史进程中难于把握个人的命运，不少人成为“文革”的受害者，少数人甚至成为“牺牲品”。

好在我们这一届大学生是马列主义毛泽东思想教育的一代，是作为革命接班人培养的一代，是学习无数革命先烈和志士仁人成长的一代，绝大多数人没有辜负党和人民的期望，骨子里始终以身许国、忠诚守望，坚持与时代同行、与人民共命运。

历史总是公正的。1970年我们这届大学生走上社会时，“文革”开始进入中后期。“九一三”事件的发生，邓小平的复出，国家政治气候发生重大变化，“轿子”运转，开始发力。随着“四人帮”垮台和1978年开始的改革开放，我们这届大学生逐渐挑起重担，成为各条战线的骨干力量，其中一部分人走上了各级领导岗位，在改革开放中发挥了重要作用。

我20位大学同班同学，无论是当记者、编辑、翻译，还是做教师、行政、企业管理，大都政治坚定，思想进步，才华出众，业绩突出。同学们几十年的人生轨迹，随着时代的发展而进步。

每当我想到我的同学、忆起同学往事的时候，就深深感到我们这一届大学生的经历太丰富、太珍贵了。我想，应该把我们这届大学生的经历和故事告诉后人。经过两年多的努力，我终于完成书稿《无悔年华》，试图从我个人的角度，来表现党和国家对我们这一代大学生的培养教育，以及我们的成长过程和精神风貌。

以习近平同志为核心的党中央在新时代建设和发展中，特别重视文化建设，重视高校工作，重视对年轻一代知识分子的培养。在中国特色社会主义新时代文化艺术大舞台中，这本表现我们这届知识分子的新作，就作为一朵小花献给我们伟大的党、伟大的祖国、伟大的人民。

2021年8月

目录

第一章　少年立志

20世纪50年代是我的少年时期，农村生活非常艰苦，精神上却积极向上。热爱党和国家、热爱社会主义、热爱劳动人民的朴素感情，正是从自己家乡开始，从父老乡亲身边开始，从我幼小的心灵开始。

一、河下小村

1946年11月10日，我出生在赣鄱大地的樟树市（原清江县）张家山河下村，位于江西母亲河——赣江中段的袁河岸边。

河下村（已合并为荷湖村）至今仅有一百多年历史。它不像中国传统的村落，有几百年乃至上千年的历史、文化。它是年轻而独特的，随河而生，依水而建，没有耕地，没有庄稼，在艰难的岁月中飘摇。

袁河

荷湖村委会小楼

村庄上游为曾经一府辖四县的临江镇，下游为江西四大古镇之一的樟树镇，背后是四通八达的张家山火车站和赣粤公路。解放前后，村边袁河是从赣江上游水运来木排的天然良港，村上成为水上“排工”和外出劳工歇脚的集散地。久而久之，“排工”、劳工多了，聚集而居，成家立业，遂成几十户的村庄。

20世纪40年代中后期，我的父亲因三兄弟被抓壮丁，从老家浙江浦江逃至江西樟树；无家可归，几经周折，最终以“排工”为生，落脚河下村。父亲与母亲结婚时，“上无片瓦，下无寸土”，两手空空，生活拮据，唯有漂泊水上维持家庭生计。

直到1949年解放，我家分到村上地主大院的两间房子，父亲当上林业工人，一家人才真正有了安身之地。

这家地主大院是我家和其他三户人家合住的，坐北朝南，青砖灰瓦，朴实素雅，飞檐翘角，前厅后堂连缀一片，成为村上建筑一景。记得小时候懂点事时，有个小戏班在大院前厅演出，母亲竟然关上房门，不让我看演出，真是只闻其声不见其人。可见母亲心目中对演员的偏见，生怕对自己小孩成长不利。我们邻居几个小孩常在一起玩，难免发生点小摩擦，母亲总是把我拉在一边先批评一顿。一次我们几个小孩在旁边无人住的原地主厢房里玩，不经意发现屋角下有好几块上面刻有图像的物品，我们每人拿了一块，回到家里才知道是有袁世凯头像的银圆。母亲看后一脸不高兴，告诫我送回原处，以后再也不能到别人家乱拿东西。

母亲没有文化，也不多讲话，她讲的这些我似懂非懂，朦朦胧胧，多少明白是教我走正道，守规则，做好人。

二、靠水吃水

“靠山吃山，靠水吃水。”我从小就知道自己所处的环境，有什么样的条件，就依靠什么条件生存。但从来好事天生俭，自古瓜儿苦后甜。

河下村周围有我外祖母家的荷湖村，还有田里村、陈家村、汉口村、徐家村……都在堤岸以内，唯有河下村在堤外的江边。正是由于在江边，通过开发，河下村被改造成附近村民进城的水路通道。村民们常常结伴，到河下村乘船进城，做点买卖，早出晚归。每逢节庆假日，载客小船一趟挨一趟，村上好一派热闹。

我家房子在村上居中，与江边咫尺之遥，步行不过五分钟。村上靠前的几户，几乎打开门就是江边，好在村上地面高于水面好几个台阶。可每年赣江涨水时，洪水都要淹到家家户户，我站在自家楼上能看到楼下水面的浮物，还有跳跃的鱼和爬行的蛇。我同学张长根家在江边，更让人胆战心惊，家里的木板房在水浪冲击下摇摇欲坠。坐在楼板上，可以伸出双脚到洪水中洗脚。一直到多年后袁河上游的三湖修了七级电站，才控制了水患，解决了困扰，当然这是后话。

水能覆舟亦能载舟，全村人吃水用水都靠河水。

那时母亲每一两天要到江边挑水，挑水后倒入水缸，待沉淀一段时间用瓢取水做饭。家家户户洗衣服也是到江边，那时水很清，流速也很快，不小心衣服就被冲下去了。我伴随母亲，经常玩水，和小伙伴抛石比赛，看谁抛在水面更远。我还常到外祖母所住的荷湖村，帮助外祖母挑水。由于我个子矮，力气小，翻过堤岸，挑的小桶水摇来摇去，剩下不多，只能凑合够给外祖母饮用。

水是我们村，也是我家的生命线。它滋润了村上人家，周围有了树林、草丛、菜地，特别是两棵高达20多米的五爪龙大樟树，虬枝茂叶，相依相偎，宛若两把高耸的大伞盖，铺天遮地。正是这两棵大樟树，夏天顶着烈日，冬天挡住风雪，庇护着我们少时成长，给了我们许多树下的玩乐。

大樟树

我很喜欢邀到同伴，手拉手围着树腰，比着计算树长粗了多少；也常常在树荫下跳橡皮筋，比赛跑；外村同学来了带他们在树的周围转转。对这两棵樟树的依恋，成为我少时精神生活的一部分。

70年代初，当我知道村里因经济困难，砍掉一棵樟树卖钱之后，心里难过了好几天。我找到村干部，拿出自己半年的工资，买下了另一棵樟树，请求村干部任何时候都不能再砍这棵樟树。每次我回到村里，一定要看看它，才能满足我的心愿。

三、大堤上下

河下村和荷湖村唇齿相依，从临江以南到樟树对面回龙寺以北，是一条宽五六米、长十多公里的大堤。它不仅成为阻挡洪水泛滥的天然屏障，也培育了一代代村民的抗洪精神。

大堤

几乎每年春汛的时候，洪水都会漫延到大堤警戒线上下，严重时甚至会超过警戒线。这时村上男女劳动力齐上阵，加上支援的县、乡干部，部队官兵，日夜兼程，冒雨抗洪，大堤那种紧张而又宏大的场景令人震撼。实际上，家家户户都会参战，有挑土的，有背沙包的，也有加固堤坝的，连我们小孩都跑上跑下看热闹，帮帮忙。

村民进城一是走水路，二是走大堤。大堤繁华之时，在贮木场、回龙寺的堤段上，人们会摆上桌椅板凳，烟酒茶食样样俱有，人来客往，热热闹闹。站在堤上，一路看去，赣江袁河一览无余，只见帆船众多，依次排开，浪花飞溅，乘风而上。不时传来一阵阵古老的船夫号子，让人回味无穷。

夏秋季节晚上，我们常搬个小凳子坐在大堤上，听大人讲天上的星星和月亮，孙悟空大闹天宫，牛郎织女七夕相会，包青天铁面无私，岳飞精忠报国和三国刘、关、张桃园结义等故事。当时我听得入迷，如痴如醉，不知天高地厚。我和村上有点文化的菊保、根保、仁冬大舅、大哥多次说过，我长大要上大学，也要当作家、当记者，写人间最美好的故事。那时，我在家常常手上一本旧书，连上厕所都不放下。

堤上的故事真不少。村上一位姓敖的舅舅，找好了结婚对象，要一起去樟树照相馆照相。为了图个吉利，他们让我这个他们认为有出息的男孩做伴，大堤上他们两人一前一后，连说话都不好意思，好在我陪着他们解闷。我上学经过附近的陈家村堤上，看见堤上有一个临时搭的小屋，一位年迈的老奶奶出来，就像我外祖母一样亲切，我急忙和老人家打招呼。她把我叫到屋里。我坐下就看见小桌上有一小碗米饭，饭上爬满了蚂蚁。原来老人家眼睛看不清，我一边告诉她，一边把蚂蚁挑出来。这小碗米饭太珍贵了，老人家不知要吃多少天啊！我不过是举手之劳，可为老人家分忧，心里乐滋滋的。分别时，老人家一再向我招手。可过两天再路过这里时，小屋没有了，人也不见了，我心里却一直记挂着。

我从6岁开始读书，先后跟随父母在安义读书两年，回老家田里小学读书一年，接着父亲介绍我到樟树贮木场子弟学校读书三年。在这所子弟学校读书的一千多个日日夜夜，从早到晚和我相伴的就是这座乡亲们用双肩挑出来的大堤。

在安义我是刚读初小，用我们家乡话说是“发萌”，书读得不怎么好，但有两点印象很深。我家就在安义城中心区文峰塔下的小旧房里，我每天读书都要从塔下经过，始终伴随着对于塔神的敬畏感。过年的时候，母亲还会带我在塔前行礼，以求神灵的保护。再就是看到高年级同学戴着红领巾和红袖标（小队长和中、大队长），每次列队出来好神气也很羡慕，也想早点加入少先队，做“共产主义接班人”。回老家田里小学读书，我只记得学校在一个简陋的房子里，老师教的数学我怎么也听不懂。回来村里有文化的村民，用珠算盘教我什么是加减乘除。晚上外祖母经常点上煤油灯，让邻居读高年级的小孩辅导我学习。外祖母一根根接上油芯，不断点亮油灯的情景，仿佛仍在眼前，还是那么清晰、那么动人。

黄伯堂老师照片

后来，我父亲因是林业局的干部，帮我联系到附近的樟树贮木场子弟学校读书。这是一所省大型企业办的新校，管理、校舍、老师队伍比一般村、乡学校都要强。特别是我的班主任黄伯堂老师，面容柔和，亲切可人，对我这个唯一家在农村的走读生，更是特别关心。一次学校组织国庆文艺活动，看到不少同学能歌善舞，我不禁有些胆怯，黄老师亲自带我上场练习舞蹈，绝不让我一个人掉队。我还常到同学熊艺波家一起就餐，他家就在子弟学校里边，父亲是贮木场的职工，母亲是家庭妇女，他们把我当自家人一样热情照顾，给了我很大的安慰。我每天早上从村出发，沿堤而行，来回数里，风雨无阻。一到傍晚，外祖母就站在村头堤上，眼巴巴等着接我回家。眼前的这一切，让我从读初三开始，似乎找到了一种力量，读书越来越有兴趣，学习和劳动都取得了好成绩。

老师、邻里、乡亲们给予我的温暖和关怀，用爱心和自信在我心里筑起坚固的大堤。

四、农家乐趣

那时村上水韵幽香，灵秀旖旎，像一些歌词里写的，天是蔚蓝的，水是碧清的，蔬菜瓜果是有机的，空气是甜甜的，人是纯朴的。正如《故乡之歌》唱的：白云悠悠飘天上，桥下流水静静响，那村上的风光教人难忘……

风景如画，乐在自然，我们小时候也有自己的乐趣。

我大多数时间住荷湖村外祖母家，别看老人家没文化，头脑可聪明呢，真是民间有高人。那时荷湖村周围有三四口水塘，凭着在河下村练就的一点儿水性，我和村里几个同伴，常到水塘里摸鱼。开始摸不到，一动鱼就跑了。慢慢摸索到先不动声色，发现后出手要快。最重要的是善于摸到鱼穴，顺藤摸瓜，动手就十拿九稳。有了经验之后，我们每次都能摸上一串鱼。有一次，我摸到一条上斤重的鲤鱼，连蹦带跳地去给外祖母报喜。哪知她满脸不高兴，立即把这条鱼丢到外面。她老人家要求我一心读书，认为这是不务正业。后来，外祖母想办法在我腿上涂上几点红汞水，只要红汞水褪色，就能发现我摸鱼。这样我也只能偷偷去水塘，不是摸鱼，而是观鱼了。

荷湖村后有一大片沙地，村民常年栽红薯种西瓜，其中种西瓜有点小名气。这种西瓜叫打子瓜，瓜不值钱，可瓜子是接待客人的好东西。人来客往，常常摆上一碟瓜子待客。每到瓜熟蒂落，成批的西瓜急待破瓜采子。这就成了我们的大排档，大人们让我们任挑西瓜，放开肚皮，一个劲儿地踩，一个劲儿地吃，吃得肚子圆鼓鼓的。只见西瓜皮一大片，西瓜子也出了一大堆。西瓜子晒上几天，村民就可以上市变现了。

村子里树多，有各种各样的果树，桃红李白甜橘多，也有一些枣树。我外祖母亲手种的一棵枣树，又高又大，挂果累累，特别显眼。我是看着这棵枣树长大的。每年夏天枣熟之时，常常遇到大风大雨，我们方言叫“打风暴”。一阵风雨过后，满地一片都是熟枣。我和同伴可开心呢，风暴一过，我们便一拥而上，寻得小碎木，点上火，放上枣，瓦片上煮一会，野炊就成功了。那种又香又甜的味道，让我们高兴得手舞足蹈。

村民盼的是风调雨顺，有个好收成。有一年久旱无雨，我们在大人指点下，用稻草竹片，编织成一条长龙，龙头、龙身、龙尾一体化，虽然粗糙，却很像样。晚上我们村里一帮小伙伴，从本村到附近的村庄，一路巡游，舞龙表演，加上锣鼓一响，真像那么回事。村里驮子、招根、荣亮和冬根等可卖力呢。我们一直赤脚行走，踩上小石碎片，难免割伤流血，但仍坚持数小时不松懈，以求感动上天，祈福降雨。

一年“三节”，春节为最。这是农村半个月的盛典，也是孩子们尽情欢乐和自由的天堂。村民们似乎把一年赚的钱，都用在这个团圆节日了，除了给小孩买新衣服，准备各式各样的年货，还有从初一到十五的酒席。大年三十晚开始，家家户户喜气洋洋，一派祥和。春节对我们小孩子而言更是大解放的日子，不用读书和干活，不受气也不挨骂，可以开开心心吃喝玩乐。三十晚过了半夜，也就是12点之后，大人们都要“开财门”，打爆竹，此起彼伏，连续不断，直到清晨，好一幅“送旧岁、迎新春”美景图。初一早饭后，我跟随外祖母到各家各户拜年，乡亲们可高兴呢，除了一番亲昵的客气，临走还抓一把花生、瓜子、糖果送出门。整个春节，从拜菩萨、看龙灯、走亲戚，到参加形形色色的土游戏，还有上临江、樟树街看热闹，可高兴呢！平常在家可没有什么好吃的，父母亲带我在临江吃一碗清汤，在樟树吃猪肝面，那种鲜美味道，那种满足心理，我一辈子都忘不了。

第二章　鹿江苦读

鹿江是樟树市的别称。

1959年我从樟树贮木场子弟学校考入樟树中学读初中，三年后在本校升读高中。六年的学习生活，是苦涩的，又是甜蜜的；是紧张的，又是欢乐的；是有序的，又是自由的。在这里，我和同学收获满满。

一、培养目标

在鹿江河畔，有一所古老而美丽的樟树中学。

樟树中学大校门

樟中创办于1901年，即清光绪二十七年，我上学时已有58年历史。1953年樟中被列入全国重点中学（江西共有4所），20世纪60年代以来一直为省重点中学。学校占地近200亩，办公大楼前一片樟树林，周围荷塘水色，小桥流水，亭廊古井，林荫小道，以及大门旁挂着的老式大钟，都能让人感受到这所学校的优雅和大气。

学校给我印象最深的，是坚持学生全面发展的理念，让每位学生得到德智体的知识和锻炼，努力做一名优秀学生。

学校每年都要对初一、高一新生进行入学教育，对初三、高三学生进行毕业教育，请老师讲学校的光荣历史，讲历届出了哪些英才；讲毕业班高考有多少人被北大、清华录取，多少人被其他重点大学录取；讲樟中高考的录取率；还请高中毕业班优秀学生现身说法，讲自己的成长和体会，讲如何学习雷锋，尊师好学，做好人好事。高三毕业前夕，学校大门右边有大型鹿江宣传专栏，重点介绍1964年高考被重点大学录取的学生，其中有陈金如被华东师范大学录取，刘文广被北京航空学院录取。他们是我熟悉的上届校友，陈金如还是我村上一起长大的老大哥。这些优秀学生代表，成为我们学习和追求的榜样。

2019年与同村同学陈金如（中 华东师范大学毕业）、张长根（右 北京地质学院毕业）合影

学校要求学生关心政治，关心国家大事，组织我们参加各项社会活动，包括文艺宣传队下乡下厂演出，宣传党的大政方针、重大事项和中心工作；每周一次到校办农场劳动；到农村支援农民收割和插秧。好几次我和同学一起，到初中同学熊林春和高中同学杨亚华家乡劳动，一干就是三五天或一周。还有，学校要求学生必须在学校大操场坚持各种体育锻炼，连我这个最不喜欢锻炼的人，也参加了短跑接力赛，并多次参加练习踢足球。音乐课我也是不喜欢的，记得进校门右边的音乐大教室墙上挂了好几幅外国音乐家的头像，柯克老师和他爱人钱老师，总是像哄小孩一样哄我们多学一些。说实在的，我身上一点儿音乐细胞，就是从这个教室开始的。

学校有个好传统，每届都举办辅导班，就是由高年级学生为低年级学生

高中学生辅导员和初中学生合影

做辅导，就像哥哥姐姐带弟弟妹妹，既帮助了低年级学生健康成长，又有利于高年级学生的锻炼提高。辅导员每周三下午组织活动，还一对一进行辅导。我班陈学铭、丁细莲和我都担任过辅导员，这些低年级学生和我们难分难舍，我们毕业前参加了聚会，他们与我们合影留念，还给我们每位辅导员送了笔记本。

学校很重视对学生干部的教育和培养，学校团委、学生会和各班团支部、班委会组织健全、工作规范、要求严格。我也是班委成员之一，我们这些学生干部大都坚持又红又专，表现突出，高考录取率也比较高。

当年我的同届同学、学生会主席徐正兴，在谈到这段学习时一再说，樟中的成功有很多经验，其中最重要的是学校全面贯彻党的教育方针，把思想教育放在首位，让学生明确学习目的，努力成为全面发展的优秀学生。

二、园丁雨露

在学校不管是班主任，还是授课老师，都是我们学生最亲近的人。从上初中起，我们农村来的学生吃住都在校，一切依赖学校。老师的一句话、一个眼神，对我们都是举足轻重的。幸运的是，我们有一批好老师的指引，他们既有激情，又乐于奉献，一心扑在教学上。正如现在网络上教师节盛传的一段颂词：

> 让我们在纯真年代，一路收获春华秋实的，是我们的老师；
> 为我们的风华正茂锦上添花的，是我们的老师；

在我们成长前行的道路上，为我们挡风遮雨指引行程的，也是我们的老师；

每一帧光阴，每一个片段，都有老师辛勤的身影、严厉的教诲、和蔼的面容，存藏在我幼小、纯净的心田。

教师伟大而神圣。

读初一时，我的班主任是南国忠老师。南老师20出头，一表人才，青春焕发，浑身散发出对学生工作的热情。从课堂到生活细节，他和其他老师一起，处处给予关心和帮助，不忽视任何一个学生。我由于独立生活能力差，身体比较弱，晚上睡觉时从床上掉了下来，撞得头肿脸青；加上肚子饿得难受，常常口吐酸水，情绪低落，学习松懈，引起了他的注意。他亲自带我到医务室看病，多次和我谈心，告诉我现在是国家困难时期，越是困难越要向前，要做有理想、有志气的好学生。同时他指出我小孩子气太重，要学会坚强。他给我讲《钢铁是怎样炼成的》的故事，让我学习奥斯特洛夫斯基的革命精神。我第一次看这本书，大开眼界，豁然开朗，振作精神，走出自卑，增强了学习和生活自主的能力。

樟中部分老师在安源纪念馆合影［南国忠（前排左一）、陈润玉（前排左二）、曹建中（前排左三）、喻绍盛（后排左一）］

初中语文老师洪慧棣，身材高挑，温婉平和。她授课主题突出，条理清晰，表达生动，深入浅出，颇受同学爱戴。我在一篇作文中，写到参加农村劳动的感想，说到头天看到农民插秧，以为很容易；次日我也照葫芦画瓢插秧，自以为很成功；第三天到田间一看，农民插的秧田禾苗迎风招展，而我插的秧田一片狼藉，秧苗全漂在水面上。原来我插的秧苗并没有入泥扎根，而是浮在泥巴表层。这篇小文引起了洪老师的注意，她肯定了我作文的潜力，指出这篇文章的优点和不足。以后我多次到她家里，得到她的精心指点。洪老师的爱人齐伯元是学校老师中的大才子，个子高大，身材魁梧，英俊潇洒，知识渊博，也对我进行辅导和鼓励。我对语文的喜爱，正是从洪老师的指点开始的。

班主任、语文老师的激励，其他学科老师的关心爱护，让我在精神上、学业上焕然一新。从初二到初三，由于老师加强了德育的培养，我更加自觉严格要求自己，被学校评为尊师好学积极分子，并在大会上发言。登上讲台时，我心里有千言万语，却激动得不知从何说起。我实话实说，讲了自己在班主任和其他老师引导下如何从学习一般、表现平平走向进步的，获得了大家热烈的掌声。这次大会发言，标志着我读书的新起点，后来我顺利地考上了高中班。当时正值国民经济困难，实行"调整、巩固、充实、提高"八字方针，全县仅有樟中招收四个高中班，每班50人左右，可见录取率是多么低，读高中是多么不容易。

三、心心相印

教学主场是课堂。老师爱护学生，学生尊重老师，这是天经地义的道理。"亲其师，信其道。"如何调动学生的感情因素，创造性地传导教学内容，切实做到以情感人以趣引人，传情激趣，以此唤醒师生情感上的共鸣。这是老师们在教学过程中绞尽脑汁、巧设情景的平常事。

我们高三甲班语文老师陈润玉，毕业于上海暨南大学（后迁广州），钱钟书先生曾是他的老师。他是一位经验丰富的学者型老师，举止文雅，讲授名作，如数家珍，

樟中老师陈润玉（前排右三）与部分同学合影

娓娓道来。如范仲淹的《岳阳楼记》、鲁迅的《故乡》、夏衍的《包身工》、陶渊明的《桃花源记》、李白的《蜀道难》等，他不仅对作品的背景、主题、风格，包括开头、结尾进行解读，更多的是针对作品的思想精髓，与学生进行交流，引起学生的思考。比如《岳阳楼记》中“先天下之忧而忧，后天下之乐而乐”名句，《故乡》中闰土二十多年前后变化，《包身工》中上海女纺织工“鸽子笼一般”的生活，给我们一个讨论空间，以便记住要点、加深理解。他对每位学生的作文都细细点评，对我作为文科较好学生的作文更加“挑剔”，给我的作文打分大都在七八十分，很少给90分，让我认识到写作上的不足。他多次找我到他办公室（教室斜对面），告诉我文章不在表面词汇，而重在实际内容，写一件事或一个人，一定要源于生活。他提出读好课内书，也要多读课外书，包括文史哲和国外名著。

傅春根老师是学校数学权威之一，正值中年，精干利落，是个“老学究”，一贯对学生要求严格。记得高二夏天的一个下午，我们上数学课，因炎热犯困，吕细保等几位同学睡着了。傅老师发现后，在黑板上出了一道题，接着用教鞭在讲台上敲了几下。他们几个惊醒了，不好意思地看着傅老师。傅老师说：“吕细保，你上来把这道题做一下。”吕走到黑板前顺利把题做完了。傅老师说：“你回座位上去吧，可以继续睡。”同学们听了都哈哈大笑，课堂气氛也活跃起来。试想，如果老师当场羞辱学生，结果就会不堪设想。老师这样尊重学生，我们更加佩服老师。我有一段时间偏重文科，对理工科学习有所放松，一次数学考试只得了28分。他没有劈头盖脸在班上批评我，而是和我个别谈话，讲文理相通的道理，同时告诉我如何增强学习数学和物理的兴趣。他说理科看起来枯燥，但只要运用公式，反复推敲，弄懂了和文科一样有味道。他多次拿我的应答作业进行交流，指出数学常用题、重点题和历届高考题的运用和规律，让我在比较中更好辨别和理解，我的数学也逐渐进步了。

曾美庆是一位年轻靓丽的俄语老师，比我们大不了几岁，授课生动活泼，轻松愉快。她经常和学生打成一片，为学生们所喜欢。她对几位潜力比较大的学生，如张火生、卢金苟、孙植勋、周仲武和我等，常利用课后时间和我们用俄语交流，并对我们书写和口语中存在的问题，进行个别辅导。曾老师住在我们教室附近的老师宿舍，她一门心思在我们的外语学习上，让我们全班俄语学习保持较高水平，出现了一批俄语好的学习尖子。

从高一到高三，在陈润玉老师和班主任曹建中的指导下，我经常在课后，到学校主楼右边裙楼的一楼阅览室，看中外名著、图书和杂志。印象较深的有《朝花夕拾》《子夜》《家》《春》《秋》《三家巷》《复活》《老人与海》《鲁滨孙漂流记》，杂志《人民文学》《收获》《青年文学》，特别是《青春之歌》《红岩》《童年》和《可爱的中国》《清贫》等著作，其中许多人物故事和革命精神，牢记心里，难以忘记。我还参加由学校组成的影评小组，免费到樟树电影院看电影，写影评，刊登在影院门口的宣传栏。影评小组成员还有管金生、曾还欠、甘火生等同学。无论是看书还是写影评，对我们提高思想水平和写作能力、拓展知识面都有着重要影响。

几十年过去了，我和同学聚在一起时，如吕细保、傅莲英、孙植勋、戴珍友、周仲武、徐腊生、许长安、曾还欠、南长根、甘火生等，常谈起与老师的师生之情。老师们的音容笑貌、言谈举止，包括他们授课习惯手势和黑板上的粉笔字体，仿佛就在昨天。简秀成和我说："还记得吗，初三考高一的时候，洪水进入樟树街头和学校，是老师乘船把我们学生一个个送到地势较高的临时考场参加考试的。"2015年3月，聂成根同学写了《诗韵故乡》一书，讲述了不少樟中师生之间的故事。节假日期间，我们班团支书傅莲英组织我们同学，走访班主任和科任老师，老师们是那么开心，我们是那么真诚，曹建中老师的朗朗笑声、陈润玉老师的温文尔雅、孙书田老师的神采飞扬……那种浓浓情意把我们师生

部分同学在樟树市委、市政府大门前合影

紧紧连在了一起。后来我们同学多次参加过校庆活动，重温我们和老师们一起的深情。2020年9月，我和聂明阮、徐正兴同学再次拜访母校时，金新林校长、党总支书记桂义斌、副校长刘江介绍了学校的发展规划并带我们参观了校园文化创意景区，我们为樟中在新的历史条件下坚持不懈、保持荣光的种种努力赞叹不已。

四、高考前后

一场高考往往决定学生的命运，也是检验学校教学质量的主要标准。在我们大家的眼里，高考前后的日子里，无论是学校，还是老师、学生，都紧张有序，忙而不乱，到处显得冷静而有底气。

高考前的大半年，我因为感冒引起胸膜炎，连有些课程都请了假。班主任曹建中亲自到学校医务室询问情况，联系樟树医院共同治疗，不仅多次到宿舍看我，还安排戴珍友、徐腊生同学照顾我，傅莲英、丁细莲同学也经常关心我，让我学习上没有受到大的影响，身体也迅速得到恢复。

从高三下学期开始，学生进入了高考的迎战状态。我们报考文科的学生，无论语文、政治、历史、地理、自然、外语，都按文科老师要求，通读书本，反复练习，直到对答如流，滚瓜烂熟。在学校的体育场，我们边背边走，绕了一圈又一圈，到了不知疲倦的痴迷状态。理科老师除前面说的外，还有几何、物理、化学老师，印象较深的有喻绍盛老师。他们在我们身边，随时随地指点迷津。

我们高考时不像现在，当时是先填写志愿，再参加全国统考。填写志愿，也就是明确考生报考学校的第一、二目标和其他目标，这也是考生面临的一个关键问题。曹建中老师和其他科任老师根据多年经验及各位同学的实际成绩，告诉我们要正确选择，防止高估或低估，并考虑班上的优势和平衡。我当时填报的全国重点院校有北京大学、北京广播学院、武汉大学、中山大学、厦门大学，省内大学有江西师范大学、江西大学和其他三所大学，一共十所院校。几位老师锁定我的目标是五所重点院校中确保广院，看来是很明智的。我们班成为全校8个班中录取率最高的班之一，这与老师指导我们正确填报志愿是分不开的。

那年我们的高考打破常规，在异地进行，考点定在附近的丰城县（今丰城市）一所学校。这个陌生的地方，生活不便，连续高温。在考场里，我们挥汗如雨，沉着应对。我记得我带了一条毛巾，一场考试结束，毛巾都湿透了。就这样，我们顺利完成了每一场考试。其中多门考试我都是提前出考场的，显得轻松愉快。

在考试过程中，我们惊奇地发现，无论文科、理科，卷题大都在老师们的预料之中，很多考试题似曾相识，我们答题不慌不忙，得心应手。记得俄语考试，我连附加题都全部做完了，还提前出了考场。作文考试有两道题，一道是给越南朋友写一封信，另一道是论革命与学习，我开始写的是第一道题，感觉不容易发挥，又改为写第二道题，耽误了20多分钟，最后来不及写结尾，但还是得了较好的分数，说明自己信心十足，心里不慌。

高考结束之后，同学们都想放松一下，学校和老师却格外关心我们的安全。我班几个喜欢体育活动的同学，杨亚华、吕细保、南长根、简秀成等六七位同学邀在一起，晚饭后去游泳，横渡赣江。游了大约一半，杨亚华就往回折返，并叮嘱其他同学用好体力，不要太快。杨亚华是游泳游得最好的同学，之所以主动撤回，肯定有重要原因。等我们一起安全游回岸边时，发现杨亚华陪着曹建中老师，一直站在码头上看着我们。曹老师铁青着脸，眼睛紧紧地盯着我们，半天也没说出话来。过了一会儿他才说："你们胆子真大，江面这么宽，水深流急，加上你们应考这么辛苦，出了事怎么办？谁负得起这个责任？"曹老师一席话，我们谁也没有吭声，一种温暖和感激涌上心头。

1965年樟中的高考录取率超过40%，远远高于全国平均水平，这从一个侧面体现了樟树，乃至江西人的文化传统和读书理念。江西作为中国文化资源大省，文化厚重，群星璀璨。我从小就听父老乡亲讲江西人一会养猪二会读书，讲读书改变命运，讲尊师重教、重义轻利。樟中所在的樟树镇和邻近的临江镇，是中国历史名镇。无论文物古迹，还是自然遗产，比比皆是，源远流长。每当我亲临熙熙攘攘的樟树大码头，身处古色古香清江台、望江亭，望见波涛滚滚的赣江、长达数里的青石板街，以及道教名山阁皂山等人文景观，都会有一种自豪感。在临江我一次次登大观楼，上钟鼓楼，走木船浮桥，参观临江荣军院，感受曾经“城内三万户，城外八千烟”的繁华盛世，领悟众多历史文人墨客的千古诗文，饱受临江历史文化和革命文化的熏陶。在临江荣军院，我们全班同学和几十位参加过抗美援朝、保家卫国的残疾军人一起，听他们讲述在战场上不怕牺牲、英勇献身的故事，每个人都感动得流下眼泪，情不自禁地写下日记或文章。

南国忠（前排左五）、孙书田（前排左六）、曾美庆老师（前排右四）

樟中校领导、老师与65届高三（甲）班部分同学合影[校长靳古同（前排中）、团委书记罗忠保（前排右二）、班主任曹建中（前排左二）]

樟中现任校长金新林、书记桂义斌、副校长刘江与几位学子合影

第三章　白杨初长

1965年8月下旬，北京广播学院一张录取通知书，让我来到了首都北京上大学。

在这全新的世界里，我体验了北京大学生的快乐、幸福、优越。京城的宏伟，校园的气息，老师的关心，同学的帮助，让我踌躇满志，意气风发，放飞青春，放飞梦想。

一、65-12班

8月底，我和樟中几位同学结伴而行，其中有考上北京广播学院的熊艺波、北京师范大学的甘火生、北京地质学院的吕细保。从老家张家山火车站上车，附近的樟树贮木场子弟学校和沿河大堤就浮现在我眼前。我情不自禁地站起身，向母校和乡亲深深一躬，挥泪告别，依依不舍。

我们是穷学生啊！为了节省费用，我们乘坐的是慢车，沿途要在株洲、汉口、郑州倒车三次。我们沿途目睹祖国大地，穿越大江南北，心中充满无尽的快乐。

忆往昔峥嵘岁月稠。顿时，毛主席青年时代诗词《沁园春·长沙》禁不住涌上心头：

恰同学少年，风华正茂；
书生意气，挥斥方遒。
指点江山，激扬文字，粪土当年万户侯。
曾记否，到中流击水，浪遏飞舟？

到了北京中轴线上的永定门站，放眼一看，气势磅礴，一种进入大首都的感觉油然而生。出站之后，我们分别由学校接待站安排。我们乘车一会儿就转到了长安街，这是世界上最宽阔又最长的街道之一，时称十里长安。当经过天安门广场，特别是在看到天安门城楼和毛主席巨幅画像时，我们更加激动了。从赣江边小村到首都大城市，我们终于来到了仰望已久的北京！

到了广院才明确，我被安排在外语系65-12班，所学专业为葡萄牙语（巴西）。

65-12班部分同学合影

65-12班共有20位同学，其中有7位女同学，分别来自11个省市。同学们不能说是全国各地学霸，也是学习尖子。同学第一次见面，一个个是那么兴高采烈，女同学多少还有几分羞涩。

东西南北，相聚一堂，同学们来自不同的地方，彼此还很陌生。我单纯、幼稚、好奇，但怀着一颗火热的心。当时，我的感受是多么幸运，多么温暖。团支书陈振懋气宇轩昂，班长李兴朝气蓬勃，老大哥田作江宽厚大度，大个子李长森温文尔雅，刘锡斌幽默风趣，董学开热情奔放；女同学喻慧娟清纯大方，赵桂林端庄大气，夏莹美丽婳婉，黄亚妹优雅活泼，赵环玲秀美内敛，以及其他同学李宏仁、方兴顺、许敬、周世秀、曹增广、翟华、肖俊华、焦敏香，一个个风华正茂。而我呢，在同学眼中是一位忠厚老实的江西老表。

在与同学交往中，我感到这个充满情谊的大集体，每个人都有个性和才情，我自然、流畅地融入了这个大家庭，并为此感到骄傲。用现在的语言，就是同学的基本素质都比较高，毕竟都是“百里挑一”的（高考录取率为同龄人1%）。当时我特别喜欢和陈振懋、田作江、李兴、李长森等在一起聊天和散步。陈振懋胸有大志，常和我们讲政治，讲历史，讲马列主义毛泽东思想，讲伟大领袖毛主席的读书生活，讲湖北省委书记王任重组织湖北写作小组写理论文章。李长森多才多艺，知识面广，讲起故事活灵活现，他那陕北的普通话特别好听。我们俩一高一矮，性格不同，情趣相投，无所不谈。

开始一段时间，我在班上有些跟不上。我在班上的发言，由于江西方言口音太重，同学们听不懂，但大家却都耐心听，充分理解我、关照我，让我感受到五湖四海同学的温暖。赵桂林是干部子女，看起来有点性格，说话心直口快，但对我这个来自江西老区的穷小子，却是那么尊重。夏莹教我讲普通话，在中山公园滑冰场教我学花样滑冰，是那么热心。喻慧娟、黄朝晖（亚妹）常常和我聊上几句，开个玩笑，是那么融洽。第一次班上组织文艺活动，陈振懋让我写一幅书法，我趴在地上仿毛体书写毛主席诗词。其实，其他同学如田作江、陈振懋、夏莹，他们的字比我好得多，他们不过是为了鼓励我。在学校食堂吃饭也很有意思，我们吃的是粗、细粮搭配，细粮是大米、白面，粗粮是小米、红薯、高粱，还有玉米面。我只喜欢吃米饭，几位北方同学都给我吃细粮的饭票。在陈振懋、李兴的带领下，全班有一种凝聚力和上进心，大家一起开开心心，其乐融融。

班上这种和谐美好的氛围，同学们青春、团结、奋斗、昂扬向上的精神，在后来广院校歌《校园里有一排年轻的白杨》中有充分的表述，校歌歌词优美，韵律悠扬，充满美感：

北京广播学院东校园白杨

校园里大路两旁
有一排年轻的白杨
早晨你披着彩霞
傍晚你吻着夕阳
啊……
年轻的白杨
汲取着大地的营养
汲取着大地的营养
啊……
年轻的白杨
树叶沙沙响
年轻的白杨
你好像对我讲
要珍惜春光
珍惜春光
珍惜春光
珍惜春光

二、开学典礼

我们上学时，广院可不像如今中国传媒大学这样光彩照人。它自1959年成立以来，艰苦创业，几经曲折，锐意改革，守正创新，2001年成为“211工程”重点大学；2004年改名中国传媒大学之后，成为“985”工程优势学科创新重点建设高校和“双一流”世界一流学科建设高校。

北京广播学院老灰楼

当时的广院是一所年轻的大学，就

在这所被称为广院西校、位于木樨地的全功能“大灰楼”办学，依靠广电系统的行业优势，依赖在延安时期从事广播工作的老前辈，以及一批新闻、技术骨干，致力建设培养广电人才的摇篮和教育基地，在高校中崭露头角，正所谓“小荷才露尖尖角”。

入学初，我对学校办学特色并不了解，对把我安排在外语系而不是新闻系不理解。端庄大方、优雅淡定的专业老师樊蜀云，看出了我的心思。她亲切地告诉我：“你高考外语成绩是100分，这方面你有发展潜力，国家急需外语工作者，学校就是要把你培养成优秀人才呀！”

部分同学与樊蜀云（二排右一）和张宝玉（二排右三）老师在喻慧娟家合影

1965年9月4日，学校开学典礼是在中央广播事业局大楼音乐大厅举行的。因为广院西校大灰楼没有这么大的礼堂，而广院东校那边正在装修。在当时堪称国家一流的艺术殿堂举办开学典礼，这可能是最高档次，也是独一无二的。如此靓丽而又现代的音乐大厅，给所有新生增添了神圣感，也体现了中央广播事业局对广院的高度重视。

周新武院长本身就是中央广播事业局的领导之一，在讲到学院今后的发展时，他说到我们的广电事业有像毛主席所说“为全中国人民和全世界人民服务”这样的大目标，也讲到学院所设置的专业涵盖欧、非、亚三大洲27种外语专业，都是国家外交和外宣工作急需的，可以说每个学生都是“一个萝卜一个坑”。

一个高校设置这么多的外语专业，而且大部分是小语种，在全国大学中也只有北京外国语学院可以与之媲美。

广院承担如此的历史责任，具有如此的发展前景，让所有在场学生欢欣鼓舞。来自江西和我一起上学的汪少林、陈国涛激情满怀，当晚就写下了日记。汪少林赋诗一首，表达自己要学好巴基斯坦语、扬鞭纵马掠荫逵的志向。

我班田作江、李兴等兴奋地对我说：“我们一定要学好专业，毕业以后就可以飞到巴西做翻译工作，做一名中巴人民的友好使者！”

三、国家助学

从新生入学接站开始，接下来几天学校安排了北京各景点参观，包括故宫、中山公园、景山公园、民族文化宫、颐和园等，尤其是我们班主任刘梅兰老师的细心安排，让我感受到了学校无微不至的关怀。开学头几天，还没有开始专业学习，第一件事就是让我们填写助学金申请。

65-12班同学与班主任刘梅兰（前排居中）合影

我深深懂得，国家助学金来之不易。据国家有关资料记载，国家助学金是毛主席党中央当年为了让工农兵子弟都能上得起大学而设置的。考上大学、中专以后，学校不仅不收学费，每月还要按照家庭经济情况发给学生不同数额的人民助学金。等于不用家里负担一分钱，免费上大学、上中专。这充分体现了毛主席党中央对培养党的知识分子的决心，以及对于知识分子为国家建设多作贡献的期待。正如毛主席在莫斯科接见中国留学生时指出的：

世界是你们的，也是我们的，

但是归根结底是你们的。

你们青年人朝气蓬勃，正在兴旺时期，

好像早晨八九点钟的太阳。

希望寄托在你们身上。

毛主席这几句名言让我们明白了一个道理，就是肩负使命，为国读书。

开学之前，我的父亲、母亲，可真是几多欢喜几多愁。喜的是穷人家子弟翻了身，上了大学；愁的是一家糊口都难，哪有钱交得起学费？想来想去，父亲卖掉自己身上唯一值钱的东西——一块手表，找点木料请人做了一只木箱子，买了几件衣服，七拼八凑弄了一点路费，总算让我去了北京。但这点钱哪里够？学费怎么办？我心里直打鼓，不知怎么办才好。可学校早想到了这一点，一入学就开始为我们办助学金了。这真是想得周到，雪中送炭啊！我最初填表时，想到父亲每月有几十元工资，申报每月15.5元补助。学校考虑我家庭人口多的实际情况，每月发给我17.5元助学金（学生每月伙食费15.5元），不仅解决了我的生活费，还有一点儿零花钱。后来到了冬季，学校又给我发了棉衣保暖。生我的是父母，让我读书的是学校，是党和国家的扶助。

上课前后一段时间，我不适应北京之冬，常常感冒发烧流鼻涕，身上也干燥得痒痒的，总觉得浑身难受。班主任刘梅兰老师细心地关照我，生病时带我就医拿药。同时，她告诉我不用紧张，南方同学都有这种情况，过一段时间就会适应；只要多喝开水，多参加文体活动，注意室内外温差加减衣服就会好起来。在刘老师的指教下，我逐渐适应了北方生活，心理上的压力也消失了。

刘梅兰老师，这位瘦小精明、温婉大气的班主任，从她对学生真情的一言一行中，就可以感受到她的善良和仁爱。善良，不是一种学问，而是一种行为。仁爱，就是乐于做一切为学生着想的事情。几千年中国教育“为人师表”的传统美德，在她身上得到了充分的体现。

四、思想引导

入学开始，我们就接受了学校的入学教育，包括学习制度和纪律要求，记得有一条是学习期间不得谈恋爱。当时学校校风是：刻苦学习，热爱劳动，团结友爱，艰苦朴素。学校教职员工正在开展学习毛主席著作的活动，校园政治空气十分浓厚。和我一起在京读大学的江西籍同学跟我开玩笑说，广院是一所政治学院，对学生政治上要求特别高。忙完国庆节后不久，学校又开展了对学生的世界观教育。

什么叫世界观教育？最初我还真不明白。好在我们多次听了国家和北京市有关领导的报告，特别是彭真、陆定一同志的讲话。他们讲国内外形势和任务，讲广播事业今后发展的前景，以及大学生的历史使命。彭真对首都高校学生大致讲了四大部分：一是形势，二是道路，三是接班人，四是重在表现。中央广播事业局领导给我们讲话，明确指出青年人身上存在两大缺点：一是追求不要纪律的自由，总以为纪律约束了自己；二是只专不红，钻进自私自利死胡同走不出来。对我们学生来讲，第一次听这么高层次的大课，既是思想教育，也是敲响警钟。

世界观教育是学校在当时的历史背景下，教育学生举什么旗、走什么路、做什么人的问题。当时还没有讲政治这个说法，而是讲突出政治，我们能明显感到学校在这方面的强化。学习教育围绕如何高举马列主义毛泽东思想伟大红旗，走又红又专道路，做无产阶级事业接班人这个主题，针对西方势力的“和平演变”，防止修正主义，防止走“白专道路”，以及学生存在的“一年土、两年洋、三年不识爹和娘”的怪异现象，联系思想实际，改造思想，树立正确的世界观和人生观。同学们结合忆苦思甜，讲了大学生真实的故事。其中一位学生的父亲到学校看望，由于家长形象朴实，衣着朴素，这位学生怕丢面子，给同学介绍不是称父亲，而是称亲戚。这件事对大家思想触动很大。

与此同时，学校还推出本院学生先进典型谈建华，开展学习谈建华活动。谈建华是中国人民大学毕业到我院外语系深造的学生，单位派他参加“四清运动”，期间他不幸溺水而牺牲。后来在整理遗物时，大家发现了大量谈建华的日记，其中充满了革命理想和对党和社会主义的热爱，引起了校内外的轰动，北京市市长彭真发出向谈建华学习的号召。第一次系统地接受世界观教育，加上学习谈建华，引发了我们极大的政治热情，同学们纷纷表示端正学习态度，总结经验教训，明确人生追求。

我满腔热情地读了谈建华日记《一颗红心向着党》，便暗暗下决心把自己的名字改为“向党”，努力成为一名优秀共产党员。学校党组织把我作为培养对象，我在刘梅兰老师和陈振懋同学的关心下，作为入党积极分子，第一次参加了学校新党员入党宣誓仪式。就像我在电影《青春之歌》中看到的林道静一样，入党仪式简单而又庄重。入党句句誓词，如同醍醐灌顶：我志愿加入中国共产党，拥护党的纲领，遵守党的章程，履行党员义务，执行党的决定，严守党的纪律，保守党的秘密，对党忠诚，积极工作，为共产主义奋斗终身，随时准备为党和人民牺牲一切，永不叛党。

后来一段时间，毕业于广院的郭宝新老师，接替刘梅兰老师担任我们班主任。他是位饱学之士，年轻沉稳，待人以诚，像大哥一样常和我谈心，鼓励我在政治上进步。

对于学校思想教育的影响力，我们同学至今仍记忆犹新。2018年11月上旬，65-12和65-13葡语班部分同学在深圳聚会。座谈会上，几乎所有同学都肯定了母校的思想教育。杨惠珠讲深圳，浦应茉讲井冈山，许敬讲黑龙江虎林，夏莹讲抚州，赵桂林讲“文革”，他们毕业后一段时间工作、生活是那么艰难，那么陌生，那么无助，那么孤独，但都挺过来了。他们说：

我们这一代大学生之所以在任何艰苦条件下，都能够坚定信念，矢志不移，就是思想上有一条底线，听毛主席话，跟共产党走，坚持社会主义方向。

五、直观教学

本以为上大学是学习上的一种解放，没有中学班主任、老师那样“盯着”，没有那么多课程，也没有那么多考试了。像我们外语系，除了政治、文史、新闻相关的几门课程之外，主课是外语，而学习外语曾经是自己的强项，在学习上还真没有想过会有压力。

可真没想到，外语学习竟遭遇“滑铁卢”之困，几乎要把自己难倒。

我学的巴西葡萄牙语，是罗曼语族的大国语言，世界上有2亿多人使用。巴西是南美洲最大的国家，土地面积居世界第五，人口居世界第八。巴西语吸收了不少印第安语和非洲语词，形成了巴西独具特色的葡萄牙语。它和我中学学习的俄语大不一样，字母和英语、俄语一样，但声音、音素、文字、词源、语义、句法等有很大不同。

直观教学法从培养学生听、说、读、写综合能力出发，从听、说领先开始。这就是说，从发音到每个单词，从第一堂课开始，直接由外籍老师授课，没有中文翻译这个过程。中文葡语老师不授课，只是在旁协助外籍老师。时任外籍老师是罗萨利娅，中文老师是樊蜀云。她们俩配合默契，轻松愉快，是一对好搭档。

直观教学是欧美开创的直接教学法，学院从教学目标、教材、手段、方法上进行了改革。这是学校外语教学的创新，而对我们却是一个全新的教学世界。从上课学习字母开始，加上语音的原因，我怎么也咬不准，记不住，听课很吃力。

外籍老师罗萨利娅，是一位巴西中年女性的佼佼者，思想敏锐，优雅大方，热情洋溢。她性格直爽，不拐弯，提问答上了高兴，答不上就不满意。班上两位同学姓俞（喻），葡语是一样的发音，喻慧娟对答如流，而我是结结巴巴，每当这时，难以为情。这种情形，其他几个南方同学也时有发生。

后来在樊蜀云老师指导下，班上开展了“一帮一、一对红”活动，学习好的帮助后进的。好像夏莹帮的是田作江，喻慧娟帮的是我，其他记不清了。她们主要帮我们多听多练，在发音和单词上苦下功夫。加上自我总结，我发现开始学葡语时老是有学俄语的影子，字母、单词容易混淆，乱了方阵。经过几个月的磨合，我们几个后进的同学终于跟上了。

春节之前，我们班同学和樊蜀云老师一起去北京友谊宾馆看罗莎莉娅老师，在她的住处，我们都能进行简单的对话和交流。中外师生是那么融合，一种浓浓的情谊飘逸在每个人的脸上。我们师生一起合影，包括罗萨莉亚老师的宝贝儿子，留下了珍贵的纪念。

65-12班部分同学在北京友谊宾馆与葡语老师罗萨莉亚（二排右一）合影

当然，谁也没有想到，这是我们唯一也是最后的一次合影。

广院拥有这么多外语专业，其中大部分小语种是独此一家，别无分店。周恩来总理亲自关心广院的外语学习，明确指示：外语系学习内容不要只学18、19世纪的文学作品，也不要弄得太窄。外语系学生要多说，有机会要翻译。学生要多和外国人接触，见见世面也好。学校好几个小语种班同期同学，学了不到半年，就被临时抽去为中央和国家领导人做翻译了。

9月柬埔寨国王西哈努克访华，中央有关部门安排我们外语系学生，在天安门广场做迎宾工作。当刘少奇主席和周恩来总理陪同西哈努克，经过天安门广场时，我们用柬埔寨语表示对西哈努克的热烈欢迎，唱着西哈努克作词歌曲“我们大家努力来劳动，同心又协力，男女团结紧……”，赢得了中央有关部门和柬方的称赞。我们有机会参加国家最高礼遇的迎宾活动，又这么近距离地见到国家主席和总理，这是学校外语专业带来的优势和荣誉。

这也意味着广院的外语大学生，早已进入中央和国家有关部门的视线，得到格外关注。

六、国庆联欢

1965年是建国十六周年，10月1日那天，我们学生清晨5点钟就起床，吃完早餐乘车前往天安门。我们沿长安街而行，只见天安门城楼红旗招展，广场上鲜花如云，人群如潮。6点半我们在长安街南池子街口休息等待。10点钟左右，彭真市长讲话并宣布首都50万人游行开始，伟大领袖毛主席和中央其他领导人在天安门检阅。大游行中有海陆空方阵、民兵方阵、工人方阵、农民方阵等。我们参加的是大学生方阵，手举花束，身着盛装，在几十万游行队伍中特别显眼。伴随军乐队演奏《我们走在大路上》《咱们工人有力量》《社员都是向阳花》《我们是共产主义接班人》的乐曲声，载歌载舞，一路高呼“毛主席万岁，共产党万岁，万岁万万岁”，此起彼伏，一阵一阵。如此宏大、壮观、热烈的场面，让我们心潮澎湃，激动无比。

晚上，我们在天安门广场参加国庆大联欢。入夜广场，华灯初上，流光溢彩，火树银花。长安街人山人海，热闹非凡，洋溢着一派喜庆。广场中心是几万北京高校大学生的表演区。而表演区的中心点，也就是天安门金水桥下，就是广院的表演区。广院一边是北大，另一边是清华。这让广院全体师生激动不已，欣喜若狂。当一首首歌曲《没有共产党就没有新中国》《北京的金太阳》《大海航行靠舵手》《我们走在大路上》奏响时，五光十色烟花升上天空，所有表演团队翩翩起舞，各显神通。

广院表演在节目组合、表现形式和歌舞编排上独领风骚，赢得了周围各个大学的赞赏。在载歌载舞中，队伍中心都是衣着鲜艳、能歌善舞的文艺骨干，一批美女同学格外靓丽；外围是一圈又一圈的同学，按照顺时针和逆时针，男女同学手拉手，走三步翘一下脚，队伍在一种流动之中变化。我和一些不会跳舞的同学，混在其中，顺其自然，那种置身于歌舞升平、眼花缭乱的联欢之夜，真要飘飘欲醉了！陈国涛在当晚日记中写道：参加天安门的烟火晚会，置身于火树烟花之中，那景、那情，陌生、新奇、兴奋，我像个乡巴佬，一步跨入了花花世界，感到目眩神迷了！

这一天，我们首都大学生都是从大早忙到深夜，整整20来个小时，可以说够辛苦了。但为了庆祝共和国的生日，为了见到伟大领袖毛主席，每个大学生都那么尽兴、那么奔放，幸福得像天安门千千万万朵花儿一样。

七、东校往事

定福庄的“定”是使之安定的意思。就像它的名字一样，给广院带来福气，注入活力。学校的开拓性建设，正是从1966年初外语系正式搬迁至朝阳区定福庄开始的。

朝阳区是北京主城区之一，也是北京重要外事活动区，聚集了绝大部分外国驻华使馆和国际传媒机构。定福庄具有自然资源和地理位置的优势，广院和毗邻的北京第二外国语学院，以及附近的北京化工学院、北京建工学院、北京工业大学、北京医科大学、北京对外经济贸易大学等大专院校，形成了一个北京东郊大学群，与北京西郊八大院校遥相呼应。

在北京东郊大学群中，广院教学有特色、有亮点、有潜力，一个主要因素就是外语系的多元和稀有。

我们在西校学习时，就知道学校建设的发展规划。从10月份开始，我们外语系学生，包括我们班同学，分期分批到东校参加劳动，主要任务是室内装饰，包括墙面、地面和打扫卫生。印象比较深的是学校给我们每人发一种砂纸，在墙面上抹，轻轻地摩擦，一遍遍地磨平，把墙擦得雪白、地面打磨得光亮。虽然满屋子粉尘飞扬，戴上口罩也是满头遍身一层白粉，但大家心里都特别高兴。

经过几个月紧锣密鼓连续作战，11月份学校完成了基建装修和配套。第二年3月，除新闻系、无线电系保留在西校外，我们外语系全体学生一次性搬迁至定福庄上课。

学校搬到定福庄，体现了中央广播事业局、教育部、北京市政府的重视和关心。我们入校时就已经确定北京石油学院分院地皮被划为广院新区，迅速进入基建和改造，在硬件、软件改善和配套上，学校投入大量人力、物力、财力，确定了广院分为西校和东校两部分的格局。

东校数学大楼、裙楼、外国专家楼、学生宿舍楼、老师宿舍楼、图书馆、体育场，每栋学生宿舍楼层都有洗脸间、电话室，校园一片片白杨、梧桐、核桃林，以及学校食堂翟英师傅他们精心做的、为学生所喜爱的红枣发糕、焦馏肉、焦馏茄子……看到这些我不由地为学校新校区，为大半年如此大的变化而兴奋。

我们同学常常从学校西门出入周围的小街和商店，从学校东门出口散步到北京第二外国语学院，这让我们感到环境幽静，自由舒畅，轻松愉悦，无忧无虑。每天清晨，一批播音专业同学练习嗓子的声音，唤醒了不少同学早起养成早读的习惯，这也成了一道美丽校园的风景线。

从20世纪90年代起到现在，我不知到过广院多少次，先后拜访过学校校长刘继南、苏志武、廖祥忠，目睹学校守正创新、美轮美奂的变化，真是由衷感慨并为之祝福。在我的心中，念念不忘的还是我们搬迁时的校园。建校40周年我们不少同学写了纪念母校的文章，并由学校出版社出版，其中有赵忠祥、罗京和我的文章，我特别喜欢罗京文章中的一段话：与现在的“东郊第一景”高楼林立的广院相比，我更喜欢当时广院那份深邃、小巧、静谧、清幽。

广院65-12、13班部分校友返校与樊蜀云老师（前排居中）合影

第四章　“文革”考验

1966年《五·一六通知》发出后，一场由批判“海瑞罢官”“三家村”，到批判“彭、罗、陆、杨”，从学术领域转为史无前例的“文化大革命”运动开始了。

这场“文革”中断了我们的专业学习，带来了严重灾难的内乱，让我们在暴风骤雨中经受考验。

一、“六一”风暴

6月1日晚，中央人民广播电台向全国播出了北京大学一张大字报和《欢呼北大的一张大字报》的评论员文章。这张大字报5月25日由北大哲学系聂元梓等七人张贴在北大校园内，大字报标题为《宋硕、陆平、彭珮云在文化大革命中究竟干些什么？》。这张所谓全国第一张马列主义大字报由中央台公开播出，标志着自北大校园开始的造反运动将走向全国。

“一石激起千层浪。”这个晚上，全国高校进入不眠之夜，广院也不例外。

我们学生宿舍，从我住的四号楼，到喻慧娟她们女生住的二号楼，以及其他住宿楼，如同发生地震一样，所有同学都难以入睡。我和意大利语班的钟冠群、涂学林等同学住一间宿舍，不免窃窃私语，直感由中央台播出和支持北大一张大字报，一定有一个大的政治背景。

直到深夜，我情不自禁和班上几位同学一起，都谈到内心有一种冲动，又有一些不安，不知道国家将发生什么大事。

第二天早上，我们照常到学校食堂吃早餐时，发现从宿舍到食堂，一路都挂上了一批大字报，主要内容都是指向学校党委和主要领导的。学校中的一批造反派，高喊“革命无罪，造反有理”“怀疑一切，打倒一切”“打倒走资本主义道路当权派”，紧锣密鼓，夜以继日，围攻和揪斗学校领导，整个学校开始陷入混乱。事态发展如此之快，又如此之大，真让人目瞪口呆，始料不及。

6月初，按照中央部署，北京市委派出工作组进驻学校。学校党委实际上已名存实亡，由工作组取代校党政领导权。工作组按照以往工作的惯例，试图恢复学校工作和运动的正常秩序，这与正在越闹越凶的造反派，形成了严重的对立。这些造反派在他们认为被打压的几十天中，不断向“中央文革小组”反映广院的动态和进展。

这段时间我和绝大多数同学一样，陷入了一种难以言喻的矛盾心理。“文化大革命”的锋芒指向，听起来令人不寒而栗，我们年少无知，如何懂得？中央的《五·一六通知》中明确提出：混进党里、政府里、军队里和各种文化界的资产阶级代表人物，是一批反革命修正主义分子，一旦时机成熟，他们就会夺取政权，由无产阶级专政变为资产阶级专政。这些人物，有些已被我们识破了，有些则还没有被识破，有些正在得到我们的信任，被培养为我们的接班人。例如赫鲁晓夫那样的人物，他们正睡在我们的身边，各级党委必须充分认识这一点。这就表明，“文化大革命”就是要打倒一批“赫鲁晓夫式”的人物。

我们出于本能，也出于责任，对毛主席、党中央无限忠诚，坚决拥护和支持“文化大革命”，可怎么也弄不懂为什么要把北大大字报公布于众。这不是号召大家都来造党委的反？难道我们学校领导就是走资本主义道路当权派？从中小学校到大学，17年我们受到的思想教育，不是一直教育我们热爱毛主席、热爱共产党、热爱社会主义，做无产阶级事业接班人吗？我们在广院上课以来，一直在接受世界观教育，走又红又专道路呀！

当我们看到造反派斗批学院领导和所谓反动权威，甚至游斗年轻语文老师曾庆瑞时，心里还真不明白，感情上也转不过来。面对这样一个所谓革命潮流，面对造反派的“先知先觉”，面对“怀疑一切，打倒一切”的所谓革命行动，我们既不能理解，也无法跟风。用当时最流行的一句话，承认自己的落后，跟不上形势的发展，也就是说“路线觉悟不高”。

那时我和同学看到挂满学校的大字报时，就悄悄地和田作江、李兴说，什么是走资本主义道路当权派，什么叫17年教育黑线呀？我们怎么也无法写出大字报。

在这种已经内乱的情况下，系不成系，班不成班，一盘散沙，各自为政。我们班同学相对比较冷静，也比较团结，没有谁被拉出去造反，也没有出现明显的对立。后来成立了红卫兵组织，我们班谁参加了红卫兵，是“北京公社”还是“红三军”，我们都不过问，也不惹事。

在这种造反大潮之下，我们65-12班没有一张大字报。班上陈振懋、田作江、李长森、刘锡斌和我等人，一起商量应该怎么办，怎么表示我们支持“文化大革命”。大家议来议去，实在写不出什么内容的大字报。后来，不知怎么扯到一位家庭出身不好的专业老师，由此一起写了一张大字报，讲这位老师是资产阶级孝子贤孙。

这是我们班“文革”中唯一的一张大字报，从开始就是违心的，也是让我们后悔莫及的。这说明在复杂的环境中，我们也有迷茫和软弱。我们这样做的结果，伤害的是一位年轻老师的心灵。“文革”中本来对出身不好的人就有一种“成分论”的歧视，这张大字报对这位老师就是“雪上加霜”。或许特殊时期老师能够谅解我们，而对我和同学来说这却一直是块“心病”。2008年在北京参加同学聚会时，我特意从江西带上两幅景德镇山水、花鸟小瓷板画，代表同学送给她和另一位老师，表达了一个长久的愿望。后来我知道，她把这幅瓷板画挂在了她家的厅堂，可见老师的宽厚之心；我为之深深感动，她确实是我们敬爱的好老师！

二、惊动中央

7月5日，学院造反派贴出《一切权力归临时文化革命委员会》的大字报。他们认为工作组压制了造反派，打击了学生造反行动，公然提出一切权力归文化革命委员会，要求由文化革命委员会领导学校运动。

这件事立即引起了“中央文革小组”的高度重视，并得到了毛主席的亲自关心。毛主席在谈话中要求中央和各大区的领导，到广院看大字报。7月15日和24日，“中央文革小组”陈伯达、康生、江青、张春桥等，先后两次到广院看大字报，并在24日召开学院大会，由江青、康生、陈伯达讲话。会议从下午3点开到晚上，连晚饭都是在学院吃的。

会上由江青先讲，她说代表毛主席看望大家，是来向学生们学习的，对工作组压制造反学生几十天表示强烈的愤慨，并介绍“中央文革小组”组长陈伯达、顾问康生讲话。陈伯达引用当年毛主席《湖南农民运动考察报告》中“一切权力归农会”的观点，赞成一切权力归文化革命委员会的观点，支持造反派，支持成立文化革命委员会或小组。陈伯达讲话大家听不懂，由“中央文革小组”成员王力翻译。会上严厉批评了学院工作组压制造反派，并当场宣布撤销工作组。

让我意外的是，就在这次大会现场，多次出现有人递条子，对成立文革委员会提出不同意见，对撤销工作组表示不满，甚至对江青讲了坏话。“中央文革小组”两次在广院的活动，我都在现场，参加了全过程。对于“中央文革小组”支持造反派、撤销工作组的强烈态度，包括江青说学校运动搞得冷冷清清，要把学院的红门涂成黑门，我确实不太理解，也感到有些震惊。

不久，广院同学中也出了一些“超人”。广院毛泽东主义红卫兵“险峰”，贴出《中央文革小组必须来我院检查》的大字报，认为“中央文革小组”前一段在广院的所作所为不符合毛泽东思想，不符合“文化大革命”“十六条”，在一定程度上表达了学校师生对“中央文革小组”的强烈不满。

学校工作组被撤销了，学院党委已经瘫痪了，所谓校文化革命委员会代替广院党政领导之后，整个校园更加混乱。造反派忙于批斗，我们这些保守派、逍遥派无所作为。记得班上陈振懋、李兴、田作江、李长森、董学开、许敬、李宏仁和我等，到定福庄附近的农田捉蛤蟆，每次回来弄一大把做熟跟大家分享。许敬是我们的好厨师，做菜手艺不错，加上大葱大蒜，让大家吃得津津有味。女同学赵桂林、赵环玲、黄朝晖好像也过来凑热闹了，一致夸“太好吃了”。我们边吃边聊，不禁想到“抬头望见北斗星，心中想念毛主席”，希望伟大领袖毛主席继续关心广院，关心我们学生的命运，早点结束这种混乱状况，早日恢复我们的正常学习。

三、两次串联

8月18日，毛主席首次在天安门接见百万红卫兵，整个天安门成了红色的海洋。广院和北京其他高校一样，参加了这次毛主席的接见。我们学院所有学生，不管是造反派，还是保守派，都以红卫兵的身份参加。说句当时的笑话，不管你是哪一派，戴上红袖章就是红卫兵。还有不管你有几个人，叫个名字就是红卫兵战斗队。

当天早晨我和同学4点多钟就起床了，坐大巴车到了天安门南池子集中休息，9点左右步行到广场，到各个方队入列。虽然红卫兵中各有各的派别，也各有各的心思，但能见到伟大领袖毛主席，一个个都兴高采烈，喜气洋洋。10点左右，几十万人游行开始。随着雄壮的“东方红”乐曲声，毛主席走上天安门并招手致意，整个红卫兵队伍沸腾起来了，一个个手捧《毛主席语录》，争先恐后，涌上金水桥头，都是为近距离多看一眼伟大领袖毛主席。

我们这种激动和狂热，正像《敬祝毛主席万寿无疆》歌词里写的：敬爱的毛主席，您是我们心中的红太阳。我们有多少贴心的话儿，要对您讲，我们有多少热情的歌儿要对您唱。千万颗红心向着北京，千万张笑脸迎着红太阳。敬祝领袖毛主席万寿无疆!

“8·18”之后，首都红卫兵纷纷响应毛主席、党中央的号召，到全国各地革命大串联。我们班同学积极响应，各自行动，分赴各地参加“文化大革命”。由此红卫兵组织风起云涌，各地揪斗所谓“走资派”进入高潮，直至开展打倒刘、邓、陶（刘少奇、邓小平、陶铸），内乱达到难以控制的地步。

我先后参加了两次大串联，第一次是坐火车，第二次是徒步大串联。

第一次大串联在8月下旬，陈振懋、李兴、田作江、李长森、李宏仁、董学开和我一起，从北京到西安，从西安到重庆，从重庆到昆明，从昆明到广州，从广州回北京。我们一路看去，到处是红卫兵队伍，车站、码头、街道红卫兵人头攒动。流动人员的过分集中，接待上的难以周全，导致火车站人山人海，车上拥挤不堪，连过道都没留一点儿空间。二三十个小时的慢车路程，是体力上的超大负荷，只有在当时那种狂热下才能坚持。

大串联在广州与陈振懋、李兴、田作江、李长森合影

在串联过程中，各地局面相当混乱，但各有各的不同。

在历史名城西安，陕西省委、省政府大楼前面广场上，成千上万红卫兵大学生正在围攻省委机关，要求揪斗省委书记霍士廉。只见茫茫一片，静坐示威，一看红旗是西工大、西交大、西军电等校的学生。其间呼声不断，口号不停，一浪又一浪。这种场景，是“文革”中的一大特色，也表现了当地局面已经失控。

重庆这个山城，地势高低不平，“文革”斗争激烈，有种黑云压城城欲摧的感觉。两派都想让我们支持，我们更是小心翼翼，不可造次。于是，我们翻山越岭，到了小说《红岩》讲的歌乐山白公馆附近的渣滓洞集中营，目睹中美合作所的罪恶行径。就在这里，党的好儿女江姐等一批共产党人和革命志士，包括杨虎城将军，在重庆解放前夕，为中国革命的胜利而英勇牺牲。我们受到一次党的好儿女的教育，受到革命英雄主义的教育。

大串联在广东砰石火车站与李长森、陈振懋、田作江、董学开、李兴合影

在广州这个大都市，我们却意外地看到了另一番风景。大街墙面到处张贴着标语口号和宣传图画，显得相对平静而不喧闹，看不到到处游行和聚众批斗的场景。我们走访了中山大学、暨南大学等几所大学，看到了学生聚会和部分大字报，但没有那种大的批斗场面。我们参观了广州农民运动讲习所，了解毛主席从讲习所第六期开始担任讲习所长，培养了一大批农民运动的先驱，更加懂得毛主席农村包围城市战略思想的伟大。我们看到了孙中山先生创办的黄埔军校，这里古迹良好，秩序井然，参观者络绎不绝。在“文革”中有这样好的革命旧址和文化保护，真是难得。

第二次大串联在12月中下旬，这次是徒步大串联，参加人有夏莹、董学开、白益华、付宗亮、徐一峰、何兵、陈华兰和我。最初我们准备从北京到延安，后来考虑有几位女同学，决定先从北京到郑州。这时已是冬季，天气寒冷，北风呼呼，可我们一股子劲儿，什么也不怕。我们这个队伍由我领队，前面一位同学扛着一面红旗，旗上写着“拼到底战斗队”。这个时候，到处都是红卫兵战斗队。我们第一天走了七八十里，晚上入住路边的村民家，村民除了安排吃饭，还给我们烧热水泡脚。夏莹、何兵的脚上冒出了一个个血泡，她们用针头挑破，血淋淋的，也挺吓人的。第二天，我们又接着走了80里，谁也不叫苦。其实，我们知道，这几位女同学是咬着牙走的，吃苦精神真强。

我们就这样顽强不屈，坚持不懈，多的时候走过100多里。经过全国优秀知识青年吕玉兰村时，好像沧州地震刚过不久，老乡们都住在田里地震棚里。我们男生与老乡住在一起，三个女生住在柴屋。当时吕玉兰不在村里，村书记给我们讲了吕玉兰的故事。老乡生活很苦，我们在一户吃的是把红薯淀粉弄出做粉条剩下的渣子，在锅上蒸了，用铲子铲到碗里和萝卜咸菜一起吃，吃了几次大家都拉肚子。就这样，我们一直坚持走到河南省郑州市。

在郑州，我们当时按照学校转达的有关要求，住在河南省广播电台招待所，与电台干部职工相处不错，没有介入他们的“文革”运动。我们还一起去国棉四厂参加劳动，接受工人阶级教育。女生在棉检室，男生在仓库搬棉花包，一次掉包还砸肿了我的脚。当时正是两派斗争严重、造反派肆意闹事的时候，我们不过是走走过场，看着他们冲冲杀杀，既不敢跟他们干什么，也不想造什么人的反，待上一两个月时间就离开郑州回了北京。

与熊艺波同学在颐和园合影

在大串联的一路上，我们经常碰到北京和其他地方的红卫兵串联小分队。正如有些文学和影视作品中描写的一些红卫兵乱象，红卫兵大串联确实起到了煽风点火的破坏作用。但不是所有的红卫兵串联都是这么乱，还是各有各的不同，真正头脑发热，上蹿下跳，丧失理智干坏事的还是极少数。我同届同学、《江西地质报》原主编陈国涛《沧海求珠》一书中有"'文革'日记"，真实记录了"文革"串联中的所见所感，也比较充分地说明了我的这种看法。

四、参加专案

在南宁外调照

我参加大串联返校之后，同学们大都还在外出串联，学院冷冷清清，一片狼藉。1967年9月，我接到一项任务，参加调查陈国光专案组。陈国光是学院外语系主任、"三八"式老干部，由于档案中没有留下有关入党的记载，弄出一个"假党员"的疑案。和我在专案组一起工作的有许庆海老师以及陈国涛、戴星元、丁邦英等同学。

陈国光在外交部担任过新闻司专员，和乔冠华夫人龚澎、驻外大使王幼平都一起工作过。外交部对外调工作管理极为严格，我和陈国涛与外交部领事司徐晃交谈时，有专人记录我们的谈话。

两天之后，我们俩到外交部公寓与龚澎面谈。龚澎是著名外交家、翻译家，大才女，50岁左右，虽在病中仍显出儒雅风范。她讲得谨慎而又清晰，认为陈国光1937年填表，1940年转正，情况有些特殊。但当时是抗战时期，情况极为复杂，有的党员是单线联系，入党手续不像后来这样齐全。

在动乱年代，有的人的材料也难保全。我们到驻外大使王幼平家也不容易，他家住北京船板胡同。我们到达后见到了他10岁左右的女儿，开始她甩了一句“不在家”，说完回头打量我们一眼，可能觉得我们不像造反派，于是问我们什么事，国涛说我们是来外调的。她又问有外交部同意的签字意见吗，我们随即给她看了外调介绍信和外交部有关部门签署的同意意见。这样我们跟着她进去了，进门是一个窄小的院落和一栋两层的陈旧小洋房，小客厅放着一张旧的三人座褐色皮沙发，沙发皮多处已经破裂。见面握手，我们第一句话讲“王大使好”，他即回一句毛主席语录“为人民服务”。他很亲切地向我们介绍陈国光的情况，他对陈国光印象不错，强调找到当时入党的有关证据就可认定。

与陈国涛同学在桂林外调合影

之后，我和陈国涛一起，南下江西和广西。在南昌、桂林、南宁，我们先后找过与陈国光一起参加革命和共事的领导，其中有江西省委宣传部莫循部长、桂林冯帮瑞市长和广西区委常委段远钟、秘书长刘韵生、区经委领导李荫等。到桂林的时候，已是凌晨2点，我们就在桂林车站水泥地上铺块塑料布，睡上几小时就入城工作。在广西日报社调查，正是两派斗争激烈之时，文攻武卫，荷枪实弹，在一片硝烟弥漫中约谈。返回桂林后我们入住“红旗旅社”，白天陈国涛与我去市图书馆查阅50年代的旧报纸。晚上回旅社我们发现满屋狼藉，窗子被撬，我们放在旅店的钱包和内有的一点钱和粮票被窃一空，同时失窃的还另有几位旅客。

这年冬季，为了早结此案，我和王师傅一起冒着严寒，先后到陈国光早期参加革命的山东省有关市县和乡村调查。到青岛的晚上，大雪纷飞，我们为了节省开支，住在小旅店大厅通铺，条件太差，冻了一晚。在沂蒙山区摩天岭附近的村庄，我们找到十多位对陈国光有印象的老党员，为陈国光的入党找到了可靠的依据。为了找到一两个有线索的证明人，我又独自去了荣城、蓬莱一带。在荣城的山坡上，我下坡控制不了自行车速度，摔倒在坡下，手臂受伤，双手出血，我带伤坚持工作，一天也没耽误。

在长达大半年的调查中，我们专案组终于查实了陈国光不但是一位党员，而且是一位好党员。他在山东和其他地方的革命经历，以及相关老领导、老党员对他的评价，让我们了解到他许多不为人知的优秀品质和工作业绩，从中受到一次深刻的党性教育。后来当我收到陈国光主任的感谢信时，我和陈国涛等特别高兴，为这位老党员、老干部政治上的新生而祝福！

陈国光入党一案的调查过程，让我明白一个做人的原则：看人要看本质，做人要凭良心。一个人的心机术数，不是见风使舵，随波逐流；而是忠诚信实，光明磊落。也就是人们常说的君子之风，做君子不做小人。为了真心帮助这位做过贡献的老党员，我和专案组的同志下定决心，勇往直前，秉公办事。

五、联合之时

1968年8月，随着工宣队进入广院，红卫兵组织解散，盼望已久的安定有序开始了，我们多么期待学校一切恢复正常！大家对毛主席、党中央先后派工宣队、军宣队的决策感到欢欣鼓舞，拍手称快。这时候学院成立了由工宣队、军宣队领导为主的“革命委员会”，提出实行大联合、斗批改和复课闹革命。

“文革”以来我们班一直处于被动局面，这次积极响应，奋勇当先，成了全院大联合的急先锋，引起了工宣队、军宣队的重视。这种现象后来董学开和我开玩笑说，是因为我们班走的是“中庸之道”。实际上，“文革”对我们学生，对我们班师生也是有冲击、有伤害的；包括对学校的两大派斗争，我们班同学也有这样那样不同的想法，只是都比较善良、冷静、宽容，相互理解，不搞内耗。

对于革命大联合，我们班本来就有思想基础。前期班上的“头”陈振懋、李兴等，头脑清醒，处事稳重，保持了班上基本不乱。后期由于种种原因，以及陈振懋等同学的支持，由我牵头，和刘锡斌、董学开一起负责班上的日常管理。好在我与陈振懋、李兴关系一直密切，和其他同学相处也不错；加上老大哥田作江正派仁厚，待人以诚，在全班发挥了重要作用，让我们工作有较好的环境。记得开展“一对一”谈心活动时，同学们开始还有些顾虑，通过我们的沟通，大家彼此之间交流了，也开始融洽了，班上出现了新气象。根据学校的介绍，《北京日报》记者到我们班进行采访，并在报纸上发表了我班大团结的消息。

在这样的氛围下，我们班复课闹革命也在有序开展。我们通过早请示、晚汇报活动，坚持每天用一小时学习毛主席著作，其中的“老三篇”我们不少同学都能背诵下来。我们把学习毛泽东思想和学习葡萄牙语结合起来，开展“送语录”活动。比如当时盛行的红宝书和常用的语录，如“领导我们事业的核心力量是中国共产党，指导我们思想的理论基础是马克思主义”“为有牺牲多壮志，敢教日月换新天”“我们共产党人好比种子”等。为了提高复课质量，我和董学开一起专程找樊蜀云老师到班上指教，再三表示对老师的真诚和尊重，取得了良好的效果。

我们班出现的变化，受到了学校工宣队、军宣队的肯定。当时学校正在通过干部的斗私批修，解放老干部。好几位老干部，包括顾湘、聂丽兰、袁方、陈国光等，都在我们班上开展学习活动。顾湘是学院党委副书记，我们班喻慧娟是参加她专案组的成员，我们平时也开玩笑喻慧娟是“保皇派”。陈振懋、夏莹等参加专案组也一样，为准备解放多位老干部做了大量前期工作。我们班同学在和这些老干部接触和熟悉之后，更加了解他（她）们的革命经历和优秀品质，以及受到“文化大革命”冲击时的坚忍。我在院党委书记左荧专案组看到过他写的回忆和检讨，从他流利而诚实的文字中，大致可以了解一位领导干部成长的艰辛，以及筹办北京广播学院的努力，同情之心油然而生。这些让我们班不少同学受到了课堂上没有受过的思想教育，也是我们“文革”中一段难得的经历。

可惜好日子不长，没过几个月，新的折腾又开始了！

六、搬迁望都

1969年11月初，加强战备的中央一号令下达，广院接到中央广播事业局军管小组的通知，突然要搬迁到河北望都县。一声令下，闻风而动，我们一千多名师生从北京乘火车到望都清风店站，然后步行到二十里铺固店村。

可能是时间过于仓促，当地一时应接不暇。这里离北京不过一百多公里，可贫穷落后的状况令人吃惊。村里几乎都是低矮破旧的土坯房，两边是炕房，中间过去是锅灶。锅灶既能烧饭，也可供暖。村民大都缺衣少食。我们学生三四人挤住在一个炕上，连转个身都困难。厕所和猪圈在一起，洗澡没地方，吃水用水都不方便。特别是一些爱干净的女同学，更是苦不堪言。过春节我们在当地，食堂想办法让学生吃点好的。大师傅不知当地情况，买了点“米猪肉”，听说有寄生虫不敢给学生吃，就这样简简单单过了年。我们帮助村民进行生产劳动，为了减轻地面土垠的盐碱含量，每天和村民一起折土，在地里每隔一米左右开沟，以表土将沟填平。顾华同学告诉我，她最头疼的是劳动量大，衣服湿透，回来没有热水洗澡。一些女同学只好白天在太阳下晒一盆水，晚上趁一点余热洗一洗。

对于这种情形，李长森当时在日记中赋诗一首：一级战备令，疏散望都村。窄巷连农舍，村街至寨门。温书围火炕，耪地进园林。场院书生闹，小村似驻军。

到了第二年2月，我们转移到了张庄。这里邻近县城，与固店大同小异。该县历史上乃千年古县，是尧帝母亲庆都的故里，曾经有过“珠泉万斛之乡”的美称。但我们见到的村庄和固店村一样，都是那么贫困、简陋、艰苦，真可以说是一贫如洗啊！南方农村再穷，还有点山山水水，有点果树花草，可这里只有光秃秃的一片黄土，连点儿绿色都看不到。我们从早到晚，和村民一起下地干活，先是割麦子。和我们南方用镰刀收稻子不同，这里是用手将麦子一把把拔起来，拔上一段时间就会满头大汗。抬头一看，麦田茫茫一片，拔了半天也看不到地头。村民告诉我们，不用抬头看，只顾往前拔，就不会那么累了。割麦之后，我们干的是犁地。南方是用牛耕地，这里却是人拉犁，就是两三个人在前面拉着，用一根粗绳，一头拴在犁上，一头搭在肩上。每拉几十米，就要停下喘喘气。时间一长，只好光膀子干，几天下来，肩磨肿了，手也起泡了。还有施基肥，先到猪圈起猪粪。北方猪粪是和人粪混在一起的。跳进猪圈，臭气熏天，令人窒息。我们将粪装到大板车上，运到地头，一垄一垄施撒。生活上也非常简单，当地村民用榆树皮粉、光红薯面做的那种饸饹，很多同学吃不下，也吃不饱，有的肚子还会不舒服。学校食堂总是想办法弄点面食，但还是供不应求。不过大家想得开，我们是来接受再教育的，村民们成年累月都是这样生活和劳动的，我们不过是来锻炼和学习的，再苦再累也心甘情愿。

我们班无论是学习毛主席著作，还是参加农业生产劳动，以及复课闹革命，一直走在学校的前面。在张庄小学教室，我们葡语65-12和65-13班一起，由专业老师张宝玉授课。当时天寒地冻，张老师还亲手点燃土灶煤炉取暖，抓紧时间，尽量为我们多教一些知识。陈振懋说张老师是满负荷补课，李长森说这段补学语法，对他以后工作受益匪浅。这段宝贵的教学时间和师生之情，给我们留下了美好的记忆。在外语系学习毛主席著作积极分子大会上，我代表65-12班做了一个发言。发言的主题是如何学好毛主席著作，形成大团结，坚持复课闹革命，在当地与广大贫下中农打成一片，努力改造世界观。这个发言是头天晚上在张庄小学教室，夏莹同学和我共同起草的。寒冬腊月，北风呼啸，我们争分夺秒，忙到深夜才完稿。夏莹字写得好，文章写得好，真是一位不露声色、吃苦耐劳的女才子。

无论是在固店还是张庄，由于军宣队对我们约法三章，有严格的纪律，我们和村民要保持一定距离。但时间长了，我们和村民，包括村干部还是建立了感情。这种感情是真诚而宝贵的，也是在共同劳动和生活中建立起来的。和我一起回江西的顾华、帅宇同学说，我们离开张庄的时候，村民们舍不得我们走，想各种办法表达他们的感情。有一家大娘，是一个哑巴，端着一大碗醉枣给我们。我们说三大纪律八项注意不能要，她急得比手画脚，一再坚持，那种着急的样子我至今还记得。我们只好接过来，每人品尝一颗。原来醉枣是酒里浸过的，吃起来又香又脆又甜。还有一户人家，无论如何要我们在他家吃点东西再走，把他们家挂的准备过年给当兵儿子回家吃的一块腊肉，割下一大块给我们先吃，不吃饭就不让走。看到村民如此的爱心和真诚，我们也只好违规领受了。

友情是生活中的一盏明灯，它给我们启迪、温暖和力量。在和农民朋友相处的那些日子里，我们似乎成熟了许多，也懂得了许多，农民朋友的勤劳、节俭、真诚、友善、知足，给我们的思想教育是深远的。

七、清查运动

1970年春节后，一场清查“五·一六”运动突然降临，就像我们搬迁望都一样，又是一场突击行动。

按照军宣队的说法，这场运动主要是批判极“左”思潮，对“文革”中犯有打、砸、抢和有过激行为的造反派，都要进行自查和清查。军宣队在会上传达了“中央文革小组”陈伯达、康生、江青的讲话精神，明确提出“五·一六是反革命组织”，“从右的和极左的方面动摇毛主席的司令部”。

军宣队领导开始调子很高，对存在的问题讲得很重，在时间进度安排上很紧，大有轰轰烈烈之势，弄得满城风雨，人人自危。起初阶段，军宣队发动大家互相揭发，把一般性问题上纲上线。有的班一二十位同学就揪出了三四个所谓的“五·一六”分子，而被揪出来的人本身都弄不清什么是

“五·一六”。

实际上，这场运动是对“文革”前期红卫兵造反派头目和骨干的清算，红卫兵革命运动疯狂一时，终于革命革到自己头上了。此一时，彼一时，历史的进程嘲弄了这一代红卫兵。

我们也深深感到，学校红卫兵造反派中确有一些严重问题，包括参与打砸抢的，但毕竟是极少数。这些人作为“文革”冲锋陷阵的“卒子”，还一直以为自己是在坚持无产阶级革命路线，哪里知道是被“四人帮”所利用。我们怎么也不懂，这些造反派又为何炮打无产阶级司令部。这种清查让很多人都看不懂，只是有一种直觉，清查运动不能扩大化，更不能再搞冤假错案了。

或许前一段65-12班和我个人的表现，得到了军宣队的信任。我除了在班上与刘锡斌、董学开负责纪律外，还担任外语系的副指导员，多少有点发言权和建议权。我们连队还有一位女同学担任副连长，我们在同一间办公室。她也是一位实事求是、敢于讲话的好人。我们俩把连队和班上同学反映的问题如实向军宣队领导汇报，建议把一般性问题和重大问题严格区别，解决已经存在的扩大化问题。与此同时，其他连队也提出了不少意见。一位军宣队领导半开玩笑地和我说，要撤掉我的副指导员职务。我毫不犹豫地表示，我坚持自己的意见，组织上可以撤掉我的职务。他们看到我的大胆和真诚，还是放了我一马。

广院军宣队领导合影

清查“五·一六”的最后阶段，确实缩小了打击面，但仍有一部分同学受到了伤害，并在后来不了了之，给这些所谓“五·一六”分子毕业带来了影响。后来我们知道，这场清查运动是“文革”中的一个插曲，从动员、揭发、批斗、审理到结束，所谓“五·一六”子虚乌有，不过是一种政治需要。

清查“五·一六”运动涉及北京各个高校，我们学校是“重灾区”之一。广院被“四人帮”称为“彭真黑基地之一”，“文革”中发生的多次重大事件，往往和“中央文革小组”有关。军宣队是一批军人，他们也是有热血的中青年人；只是在当时的历史条件下，成了贯彻“中央文革小组”指令的执行者。

这场运动表明，不管时代潮流和社会风尚怎么样，一个人要有自己的品格。抛弃那些虚伪和矫饰，坚持真实和公正，始终如一走正道，才有可能不犯错误，至少不犯大错误。

八、匆忙毕业

就在清查“五·一六”结束的时候，也就是8月初吧，军宣队召开会议，通知我们马上毕业，这又是一个突击行动。在军宣队的统一安排下，先在张庄对每个学生作出毕业鉴定，而且在几天之内就完成了。鉴定有一份统一制作的毕业生鉴定表，先由各班组织、个人自评，班上作出鉴定。班上鉴定后逐级上报批准。

这次大学生毕业鉴定，开了历史的先河。军宣队告诉我们，上级组织提出了明确的规定。鉴定大致分为四种类型：优秀、良好、一般、有一定问题。所谓优秀指的是“三忠于四无限”，三忠于即“忠于毛主席、忠于毛泽东思想、忠于毛主席的无产阶级革命路线”，四无限即对毛主席、毛泽东思想、毛主席革命路线“无限热爱、无限信仰、无限崇拜、无限忠诚”。所谓良好就是拥护党和国家，拥护社会主义。所谓一般就是表现平平。所谓有一定问题就是与“五·一六”有牵连、有情况。65-12班同学的鉴定，班上对个人的鉴定由我和刘锡斌、董学开负责，我们三人商量确定，董学开执笔落款。班上鉴定后再报外语系连队和学校军宣队审定。根据我们班在“文革”中的整体情况和个人表现，我们班同学的鉴定基本上都在优秀和良好这两档，或者介于两档之中，没有给同学留下不恰当的评语，有的只是提出了今后注意和加强的建议。

鉴定完成后，我们立即回京返校。短短几天工夫，大家填写个人毕业去向意见，就这样匆匆毕业了。这是“文革”中毕业的一批大学生，没有毕业典礼，没有毕业证书（10年后补发），也没有欢送仪式，一切都在沉默无言的毕业分别之中。同学们除极少数留在北京从事专业工作，都是到各地去接受劳动锻炼。

军宣队对我的毕业去向还是很关心的，军宣队领导找我谈话说：“你是班上的干部，又是连队的干部，有什么要求尽管提出。”我就班上哪些需要留在北京及哪些需要组织关照的同学提出了建议，同时表示本人坚决要求回江西，我说第一志愿是回江西，第二第三志愿也是回江西。对同学的安排建议，我是觉得自己作为班上负责人，有责任最后一次帮助五年的同窗，尽努力把方便给他人，把困难给自己，也算是报答同学们对我的关爱。

在离开母校的当晚，我和班上部分同学告别时，还和喻慧娟、夏莹在体育场散了散步。北京的秋初美丽动人，月光如水，万籁俱寂，校园白杨、梧桐和核桃林让人依恋；可我们面对学校混乱、师生分离、前景渺茫的情景，联想初到学校时的青春与欢乐，不禁有些伤感和忧虑，心中有千言万语，不知从何说起。我不由想起一部对我影响很大的电影《怒潮》，插曲《送别》歌词动人心弦，令人难忘。其中有“送君送到大树下，心里几多知心话”“送君送到江水边，知心话儿说不完”。但我没有和她俩明说，也不可能说，这不符合当时的气氛，也不符合我的个性。我们走了一圈又一圈，似乎什么都在心里，只是由衷地相互安慰和告别。

第五章　红心炼就

从北京毕业重新回到江西，回归生我养我的赣鄱大地，是我的一次重要选择。

在我的心底里，这个依然贫困之地，一定会让我得到更艰苦的锻炼，焕发我的青春活力。

一、军学农场

1970年8月，我又一次来到北京火车站。这里仿佛是我人生的里程碑，五年前我和同学上大学是第一次（永定门站），三年前我和同学南下大串联是第二次，这次今非昔比，没有人欢送，也没有人陪同，是我独自一人返回江西接受分配。当列车徐徐开动的时候，我不禁又一次回望北京站一角亭楼，禁不住泪流满面，深情地从心底发出一声呼唤：再见了，北京！

当我到达列车硬座车厢座位时，迎面一看，正是我班女同学肖俊华。我心想怎么会有这么巧的事啊！原来，肖俊华是回江苏，我是回祖籍浙江，我们俩成了同路人。按理说，同窗五载，有多少话要讲啊！可她和平时在班上一样，彬彬有礼，沉默寡言，好像什么都藏在心里。我们交流几句去向，就没有多少话了。或许是太累了，她迷迷糊糊睡着了。这时我忽然想到，我作为班上的负责人之一，作为一个男同学，什么时候也没有关心过人家呀！想到这里，我不禁有些内疚，过会儿也睡着了。待我醒来时，她已悄悄地走了。怎么会这样不告而别呢？上学开始时不是好好的吗？当年同学有过的纯正、纯真之情怎么没有了？这就是“文革”给我们带来的阴影和内伤啊！

我乘北京至浙江义乌的列车，先到祖籍浦江县黄宅区看望祖母、姑姑、叔父及一大家亲戚，了却一件长久的心愿。列车到达浙江义乌车站之后，我步行半小时左右就到了老家黄宅王村。

这个村四周的自然环境优美，只是生活条件太差，家家都是简陋的土房子。祖母和大叔住在一起，一大家子人艰难困苦，面黄肌瘦。那天祖母衣着整洁，精神矍铄，兴奋不已。对我这个第一次见面的孙子，紧紧抱住，流下泪水，不知说什么好，叔叔在旁也激动得热泪盈眶，而弟妹们也一个个围上来和我说话，欢乐时光流淌在每个人的脸上。后来我又到了姑姑和二叔家，感受俞家祖祖辈辈的艰难和传承。其中令我感受最深的是浙江农村老家，和河北望都农村以及江西樟树老家一样，村民生活还是太落后、太贫穷了！

触景生情，一路思考，更加坚定了我身上的“革命性”，激发了我接受改造、锻炼成长的决心。现在我们的大学都办不下去了，同学们四分五散，国家面临困难，老百姓这么穷困。我们这代大学生，不能辜负自己的初衷。

在义乌浦江黄宅王村住上两个晚上之后，我风尘仆仆地赶回南昌报到，经省军区招待所周转后，立即赶到高安省军区农场。高安县（后改为市）是江西一个农业大县，位于南昌市西部，距南昌40多公里，地形“四山一水三分田，两分道路和庄园”。其文化遗产、自然景观颇有特色，特别是高安采茶戏、土城斗牛、华林胡氏古村久负盛誉。

我们所到农场范围，实际上是省军区农场总部，加上各连队分散在乡村的各个地方。我到总部报到时，工作人员介绍共有9个军学连队，来自全国28所大学1000多名大学生，各个连队都有不同的劳动任务。我明确提出，我是来锻炼的，要求分配到最艰苦的连队。他说军学五连没有女同学，连队创业可能比较艰苦，这样我就选择了9个连队中唯一的“光棍连”。

二、双重身份

军学五连和其他8个军学连队一样，是和部队军人一样的建制，内设三个排，每排三个班。指导员、连长和排长是部队派出的，副指导员、副连长、副排长和班长在大学生中挑选担任。我最开始担任班长，一个月之后担任副指导员。我担任连领导，并不是有什么突出表现，而是一个偶然的机缘。广院军宣队两位军人把我们学生档案送到农场，顺便看看我们的情况。当军宣队军人告诉我连指导员谢藻春、连长程保周说我在广院外语系连担任过副指导员后，连领导便对我高看一眼，加上对我的印象本来就不错，很快经场部批准，由我担任副指导员。当时和我一起任命副连长的徐礼许，毕业于北京邮电学院，为人真诚，说话和气，吃苦耐劳。我们俩个子差不多，相处融洽，工作上我是“锣鼓咚咚”，着重管宣传；他是“萝卜大葱”，着重管后勤。我们之间团结协作，配合默契。

这样我就变成了双重身份，一是锻炼的大学生，二是军学连的学生干部。

与徐礼许在农场学五连和指导员、连长合影

我们连队有100多名大学生，来自五湖四海，从各个高等学府到这样一个偏僻农村，哪个没有自己的想法？有些人甚至感到前途渺茫，不知走向何方。从“天之骄子”到“臭老九”，这种天壤之别的失落感，严重影响了大学生锻炼的情绪；一定要矫思立义，正本清源，才能回到正确的思想轨道上来。

配合谢指导员和程连长，我和副连长徐礼许一起，组织大家学习毛主席著作，开展为什么让大学生到农场锻炼的大讨论，明确我们到江西老区，植根大地，就是要结束“文革”多年以来松散迷茫的生活，到人民群众中、到农村基层中锻炼，树立正确的世界观、人生观。

同学们回顾历史，结合现实，联系思想，认识到一代又一代知识分子，为了中华民族的独立和解放，前赴后继，英勇牺牲。到了我们这一代知识分子，也要肩负历史的使命，不辜负党和国家对我们的培养。大家相信毛主席党中央，我们不是被抛弃的一代，而是大有希望的一代。大家还谈到，国家经济这么困难，锻炼期间仍按大学生毕业参加工作给我们发工资，我们没有任何理由不奋发、不努力。这样一来，大家认识提高了，思想开朗了，一个安心农场、自觉锻炼的氛围就形成了！

三、苦其心志

到军学连队锻炼肯定是苦的，为什么要苦？就是我们读书时经常说的古训：故天将降大任于斯人也，必先苦其心志，劳其筋骨，饿其体肤，空乏其身，行拂乱其所为，所以动心忍性，曾益其所不能。

看似没有文化的外祖母，从我小时候就一次又一次告诫：吃得苦中苦，方为人上人。

我们从学叠被子、整床铺、正衣冠、行军礼，到练早操、连点名、紧急集合、野外拉练，以及餐前宣传好人好事，过的是准军事化生活。指导员、连长再三强调，在外看队列，在内看内务。一支连队是否训练有素、是否有战斗力，会在细节中体现。

指导员、连长还经常让我和徐副连长，带领副排长、班长开展内务评比，让大家都行动起来，处处整齐划一，干干净净，秩序井然。这对我们长期松散的学生兵动了真格，使我们懂得了纪律，振奋了精神。第一次晚上紧急集合，有些大学生，不是丢三落四，就是滞后晚到，狼狈不堪，洋相百出。针对这件事，我们连队强化了这方面的训练，提高了连队应急的能力。

在全场9个连队中，无论是营部还是场部有大活动，我们连从进场的列队，到唱歌比赛，都显示了较高的整体素质和过硬作风，不愧为能打硬仗的军学五连。我们连多次获得营、场嘉奖，也是实实在在、名副其实。

在农场军学五连住地

开初我们生活条件很差，没有什么吃的，连住的地方都没有。在老乡家住了两个月之后，我们搬到离农场总部不远、四连旁边的小坡租棚房。这个房破旧不堪，难以安居；外面下大雨，棚内小雨连连，苦不堪言。

为了改善住宿条件，指导员、连长、副连长和我决定，进山砍竹子，把房子大翻修。全连100多名大学生，除了炊事班、蔬菜班和九班的轮流班，全部进山砍伐毛竹。大学生中人才济济，稍微学习一下，很快就掌握了破毛竹、编毛竹的方法。用了不到一周的时间，大棚房装修一新，一排二排修缮得更加突出。房子虽不漏雨了，但不整洁。在指导员、连长的关心支持下，我们又买来很多白纸糊墙、装饰、吊顶，大棚房变得整齐干净，宛如新居。在吃的方面，除了蔬菜班，连队发动大家，人人动手，学会种菜、施肥、防虫，学会养猪、鸡、鸭，学会做饭、烧菜，生活上大大改善。大家通过自己的双手，逐步实现全连自力更生，自给自足。

我们连住老乡家的时候，正是抢收抢种的双抢时候。当时江西天气奇热，早上4点左右我们起床吃饭，吃完就下田插秧，10点左右收工。下午3点多，我们接着干，到晚上八九点结束，连续作战40多天。当时的气温高达40℃左右。这样高强度的劳动，令行禁止，没有一个掉队的，确实折磨人，也锻炼人。

到了清明节的时候，我们连队接受了种高粱的任务。我们在荒芜的山坡上开垦土地，细耕、播种、浇水、施肥、除草，过些天长出了新苗。几场雨过后，高粱迅速拔高到两米多，整个山坡都淹没在高粱之中，放眼望去，一派葱绿，微风吹过，波浪起伏。到了7月末，高粱开始抽穗，一个个硕大的高粱穗顶在头上，开始是白色，逐渐变绿，接着开花结子，硕果累累。进入成熟收割期，我们先用镰刀把一株株高粱秆割放到地上，再用碎刀把高粱割下，一捆捆运往场地晾晒。一场丰收的喜悦让我们无比感慨。

四、临危不惧

在连队，我们同学讲得最多的是毛主席语录"一不怕苦二不怕死"，当时我们还真有那么一股劲、那么一种精神。每天和我朝夕相处的副连长徐礼许、二排副排长龙包庚、一班沈班长、九班熊班长等，都是和我一样吃苦在前、奋勇当先的排头兵。可没想到，一场真正的生死考验不期而至。

这年初冬的一天，阵阵刺骨的北风迎面吹来，在田野里一无阻挡地呼啸着。连队里的柴草被吹得翻飞起来，树枝在凛冽的寒风中摇曳。我和我的战友都在室内学习和讨论。

连队突然接到场部命令，让我们立即赶到泗溪河边，抢救一大批国家木材。命令如山，全连官兵立即出发，直奔现场。

到了河边，只见河面上漂浮着一大片木材，木材被大风大浪打散了，由西向东顺流而下，再不拦截就会造成国家财产的损失，并影响下面河流的安全。徐副连长让炊事班带上一些白酒，让大家都喝点壮胆热身。

这时也顾不得水有多深、浪有多急，我和副连长徐礼许以身作则，带头跳下水，其他人纷纷跟上。经过半个多小时的战斗，大家把一根根木头全部搬上了河岸。上岸后，我们一个个已冻得浑身发抖，脸上发紫。

好在河面不太宽，水也不太深，大部分同学还会游泳，大家互帮互助，接“龙”运作，加上时间也比较短，我们没有一个人负伤，也没有出任何事故，平平安安。如果这次出了事，伤了人，甚至有人出现生命危险，我们怎么承担得了啊！可在这样危险时刻，我们不会多想，灾情就是命令，只有往前冲呀！过后我们赶紧集合队伍跑步回连，大家一边喝着炊事班煮的姜汤，一边庆幸这次任务的顺利完成。

五、顾全大局

在锻炼的后期，我们面临组织的安排，很快就要走向社会，参加工作。大家一方面要站好最后一班岗，另一方面要总结锻炼成果，接受组织上的考验。营、连首长告诉我，大部分学生被安排到各地市，极少数被安排在南昌，还有个别涉及“文革”“五·一六”的留在农场结案待分配。我主动请示营、连首长，要求到最艰苦的地方，把分配到南昌工作的指标让给家在南昌的同学。在这样的关键时刻，我全连同学服从命令听指挥，没有一个掉队的，体现了个人服从组织的集体主义精神。营长李忠本找我谈话，表扬我的工作，关心我的去向。他说：“你是连队的副指导员，又多次获得连、营嘉奖，本应把你安排到省城工作；但你一再坚持到最艰苦的地方去，组织上只好尊重你，把你安排到地市了。”

军学农场锻炼虽然只有一年零三个月时间，但对我们这批大学生的影响却是深刻的。从深层次讲，这是我们走向社会的一个过渡期，也是思想改造和提升的锻炼期。大家来自全国四面八方，农场锻炼基本上是军事化的，每天劳动强度比较大，生活空间确实很小，互相之间几乎没有时间交流。就是在这种情况下，大家都能够团结一致，互相帮助，克服困难，并肩战斗，成为一个坚强有力的战斗团队。这个团队的背后，是一种坚定信念、一种精神力量。

离开农场时，大家拥抱在一起，依依不舍，挥泪告别。这是我们锻炼成长的地方，我们忘不了这块贫瘠的土地、善良的村民、律己的军人、艰苦的磨炼！

第六章　幸运而出

1971年10月，从江西各个农场锻炼分配而来的81位大学生，一起来到与湖南交界的江西西大门——萍乡市，等待安排工作。正是从这里开始，组织上培养我从事行政工作。

一、从政之始

萍乡是一个具有一千七百多年历史的城市，也是一个拥有百万人口的老省辖市，农业先进，工业发达，素有江南“煤都”之称。这是一个美丽而神奇的地方，山清水秀，名人辈出，具有丰富的自然资源和人文景观。毛泽东、刘少奇、李立三先后在萍乡安源煤矿从事革命实践活动，领导和指挥了著名的安源路矿工人运动。“军叫工农革命，旗号镰刀斧头”，这个“工”字，主要是指安源工人。萍乡是秋收起义的发源地之一，秋收起义受挫后，毛泽东带领工农革命军，正是从这里走上井冈山，开辟了中国革命走农村包围城市的道路。

“文革”初期，一幅《毛主席去安源》油画，让萍乡安源家喻户晓；一曲京剧《杜鹃山》中的柯湘“家住安源萍水头，三代挖煤做马牛”的唱段，更是铿锵激越，响遏行云。

1971年10月，来自全省各个农场锻炼的81名大学生集体到达萍乡，在这里等待分配。

尽管受当时所谓“老九”的影响，萍乡市委、市革委对这批大学生还是比较重视，市革委政治部举办了学习班。政治部组织组领导和工作人员，安排我们入住萍乡饭店和其他住地，在附近的萍乡二中和萍乡煤校组织学习讨论三四天。组织上尽可能把我们安排好，市里工作也急需一批大学生。“文化大革命”五年多了，这么长时间没有大学招生，没有大学生被分配，他们干着急呀！令人遗憾的是，这批来自20多所全国名校的大学生，在“文革”中蹉跎了青春岁月，专业学习时间太短，从事行业短板明显，地方工作安排往往用非所学。

面对这一难以接受的现实，同学中大多数忧心忡忡，思想负担重，有的人食不甘味，寝不安席。可毕竟经过了“文革”锻炼和农场再教育，有了“一颗红心、两种准备”的思想基础，大家感到应当面对现实，接受挑战，在新的历史条件下展示自己的精神面貌。培训班结束后，绝大多数人面向基层单位和厂矿企业分配时，纷纷表示服从组织安排，没有人闹思想情绪。用当时我们大学生常讲的一句话表示：革命战士一块砖，哪里需要哪里搬，组织上要我们做什么就做什么，我们要经得起党和人民对我们的检验。

1971年分配在市机关工作的大学生

像以前一样，我又一次要求被分配到基层，到最艰苦的地方工作，但这次组织上没有批准我的请求，而是把我分配到了市革委政治部秘书组工作。

二、十年进步

1.多岗学习

1971年分配在市机关的大学生

1972年12月初，我到市革委政治部秘书组报到，作为国家机关工作人员，开始上班了。

当时市革委办公楼还在萍乡煤校，几栋大楼，地势居高，树木葱郁，幽静别致。我走进办公室，感到无所适从，不知从何做起。我的领导开始是位姓文的组长，稳重而又热情；见面不久秘书组和调研组分开，我到了调研组工作；后任领导胡广组长，是当地文化水平很高的一位县级干部。胡组长40多岁，中等个头，精神焕发，说话爽快，对我亲切而又温和。另一位是来自江西财经学院（现江西财经大学）颇有学问的副组长孙凯，中年人，书生意气，平易近人，说话和气，经常和我讲马恩列斯毛哲学、政治经济学。工作人员林先竹，萍乡人，30多岁，长得帅气，文质彬彬。还有和我一起上班的大学生李自盟，河南人，高个子，笑容可掬，充满热情。这是我初涉政坛的第一个工作团队。

胡广组长交办我的第一件事，是负责全市纠正扩社并队错误的联络工作。当时，我什么都不懂，如何联络？问什么？怎么问？一连串问号在我心里交替闪现，不知怎么办才好。

好在办公室有一位林先竹大哥，他为人和善，满腔热情，主动关心我，帮助我。在他的支持下，我每天通过电话与全市4个区、36个乡镇办公室联系，了解这一工作的进展和问题，其中包括每天都有变化的数字统计，我开始逐渐进入角色。开始我听不懂萍乡话，对方也不习惯我带樟树腔的普通话。但他们对我这个初来乍到的外地年轻人，并不欺生，以礼相待，不厌其烦地给我介绍，直到我听懂为止。他们亲切地叫我"小俞"。两个多月的工作，让我顺利地完成了任务，还了解了不少基层工作情况。

第二年开春，我跟随市领导到基层，开始真不习惯，心里七上八下的。第一次是跟随市革委副主任钟帮楚下乡。钟主任是本地干部，身材高大，举止文雅，说话和气。他初见我就问："你就是新来的大学生吧？我小孩和你一样，也是大学毕业生。"几句家常话就拉近了我们之间的距离。我坐上吉普车，路途颠簸，单枪匹马，不免孤独，好在钟主任和蔼可亲，让我安定了许多。

我们去的湘东区委、区政府所在地，只有半边街区，沿街都是矮小而又简陋的平房。区办公楼有三四层，地势较高，拾级而上；依窗望去，全国劳动模范彭光贤的高产农田和省属大型企业萍乡钢铁厂就在眼前。这里城乡交错，车水马龙，一片热闹。区委书记吕忠阳是位外地干部，人到中年，精明强干。他的汇报没有任何套话，开口就是经济工作，重点是乡镇企业和农业生产，对其中一连串的数字娓娓道来。我听得似懂非懂，拼命记录也跟不上。钟主任一直在听，很少插话。一个多小时之后，我们一起吃午饭。他们两人边吃边谈工作，我急忙整理记录，根本没有心思吃饭。钟主任看到我这样，不时夹菜给我，还介绍了萍乡菜的特点。过后我把记录要点送过去，他做了不少修改，还告诉我如何记住谈话的要点和记录方法。同时，他还要求我加强学习，懂得经济工作，了解全市概况，才能听得懂、记得准。

我常跟随胡组长到乡镇调研。一次去麻山乡，他上午和乡党委书记、乡长聊事情。中午饭后，他顾不上休息，又带我到几个自然村转转，一路步行，马不停蹄，还到农民家谈心。在一家农户吃晚饭后，他帮村里办事情，把我留下体验生活。这是我在萍乡第一次入住农户家。这是一个三口之家，内有三间小房，装饰简洁，家具平常，但收拾得整齐干净。后来我才知道，爱干净、讲整洁，是萍乡人的一大习俗。这家主人把我当作“贵宾”接待，让我吃好睡好，还跟我讲述当地的风土人情和故事。胡组长这套深入调研的方法，让我有了切身的体验。

1972年7月，我被抽调参加市工作组，到城关区凤凰街办事处工作，帮助街道清理和纠正“文革”初期侵占个人财产问题。市工作组共十来个人，我是办公室工作人员。除市、区领导外，和我一起的还有市公安局刘科长，街道办事处李主任（女），另外两位20来岁的年轻干部，一位是来自乡镇的小李，一位是萍乡钢铁厂的小龚。小李、小龚都是市组织部门培养锻炼的后备干部。这是一个有战斗力的团队，经常加班加点，忙到深夜。其中李主任特别能干，热情大方，不仅帮我们做了很多联络协调工作，还多次在家招待我们，让我们享受她做的拿手“萍乡菜”，包括熏肉、熏鱼、羊肉等，味道鲜美，吃过后大家都赞不绝口。凤凰办事处旁的萍乡博物馆，实际上是一座历史悠久的孔庙。它既保留了孔庙的传统文化和珍贵文物，又通过博物馆开展各种文化交流活动。令我特别惊讶的是，在当时文化工作还不被重视的情况下，馆内竟有七八名专职女讲解员，她们不仅年轻貌美，气质不凡，而且训练有素，解说到位。这家博物馆体现了萍乡文化的底蕴和特色。

2.秘书工作

1972年下半年，市文教办公室和市工交办公室、市农业办公室、市财贸办公室一起成立，我被组织上调到市文办工作，并明确是跟随省里新调来的吴坚主任做秘书工作。吴坚是南下老干部，“文革”前的省监委副书记。当时全省还在落实老干部政策期间，好几位老干部都先后被安排在萍乡市工作。第一次和这么大领导一起工作，我感到忐忑不安，心里真没底。给我印象最深的，是吴主任那双眼睛炯炯有神，温和睿智。他气度不凡，举止端庄，又是那么随和，那么亲切，一点儿架子都没有。短短几分钟的交流，让我感受了一位老干部的亲和力。从此我跟随吴主任左右，随叫随到，一门心思工作。

市文办的办事机构有秘书组和人事组，同时有教育组、文化组、科技组，全方位管理文化教育科技工作。教育组长王来宏、科技组长张希、文化组长彭兆平、人事组长刘友生、办事组长谭忠连，是一批德才兼备的优秀干部，在吴主任的带领下，组成了一个坚强有力的领导班子。我每天在他们身边，虽然忙忙碌碌，却忙得开开心心。王来宏、刘友生、李吉人、林忠源等政治坚定、为人正派、关心干部、工作扎实的思想作风，深深地感染了我。谭忠连、刘友生是我接触最多的领导，他们像大哥一样关心培养我，工作上支持，生活上照顾，政治上关心，并成为我的入党介绍人。

正是在这样一个集体之中，我取得了较快的成长进步。1973年10月，我如愿加入中国共产党，成为一名共产党员。1976年3月，经市革委政治部同意，我担任市文教办公室办事组副组长，成为市机关大学生中最年轻的副科级干部。

我的主要任务是协助谭组长，和办公室的廖景舜、刘冬华一起，办理日常政务、事务工作，重点是一方面协助领导调查研究，另一方面起草文件和报告。吴主任经常带领我们到萍乡大专院校、科研机构、中小学校和市、区文化单位，调查情况，指导工作，帮助单位解决问题。全市教育方面呈现出新气象。我们去过多次萍乡一中，该校管理有方，经验丰富，学校领导的建议常常受到吴主任的肯定，成为指导教育工作的典型。我印象最深的有两件事，一件是一次全市教育工作会议，市委临时确定市委副书记欧阳志凤讲话。吴主任交代我起草讲话稿。我在市教育组徐贤珍的帮助下，用了一个通宵完成了，后来受到了欧阳志凤副书记的表扬。说实在的，如果没有吴主任带我了解全局和典型，这个讲话稿何能在一个晚上突击完成？另一件是吴主任带领市教育考察组十多人，专程去辽宁朝阳学习教育改革经验。我陪同吴主任到北京住了一个晚上，为了节省开支，吴主任让我们联系住地下室的澡堂，澡堂还把我们安排在进进出出的走道上。考察组成员都是市区两级教育部门的领导，北京楼堂馆所多得是，谁也没有住过这么差的地方。可行政十级的老厅级干部吴主任带头这样做，大家还有什么可说的？在参观的几天里，纪律严格，生活从简，节约开支。返回时我们先到上海，接待方高规格予以安排，吴主任坚决不住高档宾馆，直到一般酒店才肯入住。路上吴主任告诉我，上半年周总理、朱委员长逝世，现在又发生唐山大地震，国家困难之时，我们要自觉分忧啊！这时我才完全明白，转告大家后大家也都懂了，都从心底里佩服他。

吴坚主任（右五）带领市、区文教考察组赴辽宁考察在北京

1979年7月市科委成立。这是市委、市革委的一个重大举措，旨在大力加强全市科技工作，吴坚主任担任市科委主任，我随之调入市科委任秘书科副科长。吴坚主任和在市文办一样，在充分听取意见、深入调查研究的基础上，开拓性地开展工作。

为了贯彻落实全国全省科技大会精神，召开全市科技大会，吴坚主任组织工作班子，研究和提出全市科技发展规划和重点科研项目，带领我们专程到省科委汇报。在他的精心指导下，由我负责起草了全市科技大会上市领导的讲话稿，得到了大会的肯定。由此开始，全市科技工作进入最好时期，科技大楼加快建设，科技项目，特别是厂矿和农村重点项目抓紧推进。在萍钢、江矿、江气、江瓷等大型企业，在市农科所和各区农科所、试验田，到处都有市科委干部和他们一起工作的身影。一次吴主任带领我们和杂交水稻专家颜龙安一起，在水稻试验田现场，听他介绍杂交水稻的品种和栽培技术，以及多年试验的经验和教训。颜龙安也谈到了江西籍、湖南杂交水稻专家袁隆平的成就和贡献，告诉我们中国杂交水稻的发展前景远大。我们为湖南、江西，特别是袁隆平、颜龙安，在杂交水稻研究上坚持不懈、敢于创新的精神而感动。

3.蹲点乡村

1979年春，我跟随吴坚主任到芦溪区河下乡何家圳村，参加驻点工作。在先后忙于省文办、省科委组建和拓展工作之后，我们来到了农村一线。面对这一工作的变化，我开始还不太习惯，因为每天都是和村干部、村民打交道，做什么和如何做，确实没有经验，也没有头绪。我和吴主任都住在村委会的小办公楼里，条件简陋，连厕所都在外头。吴主任早在江西赣南区担任领导时就做过农村工作，胸有成竹，轻车熟路，很快就按照市委和芦溪区委的部署，与村和村民小组干部一起开会研究工作，明确工作任务。他满腔热情地告诉大家："我和你们一起工作一年，希望把中央的农村政策贯彻好、落实好，也希望给你们村带来变化。"他把我安排在村委会附近的几个村小组，而他自己则到偏远的村民小组，远的半山区在十里之外。除了参加重要会议，他把时间全部安排在访贫问苦、帮助农户、发展生产、改善生活。他走村串户，挨家挨户与村民促膝谈心，忙得连周日都不回城休息。

吴主任每天早上5点多起床，洗漱后出去散步半个多小时，回来就在房间看看书。这是他的生活习惯，雷打不动，风雨无阻。早饭后他就步行到村民小组，常常一个人出发。后来我觉得这样不安全，把我这边小组的工作交待后，就陪同他一起去；实在走不开，就让村干部陪他。这样我有了很多机会与他一起聊天，触摸他的思想深处。他是1938年参加革命并在同年入党的老共产党员，解放后在中南局和赣南区工作，“文革”前担任江西省监委副书记。“文革”中他“靠边站”，经受考验，坚定不移，始终如一。他唯一担心的是“文革”这么多年，1976年伟大领袖毛主席逝世，没想到这么快就粉碎了“四人帮”，国家建设和发展又开始推进了。他为此感到欣慰，想为党多做点事情。

在村里，他把村庄当作自己的家，把村民当作自己的亲人，深入实际，无私奉献，拼命工作。他做的这一切，感动了全村的干部和村民。这一年，全村的农业、农副业和村民收入，达到和超过了历年最高水平。更重要的是，这位老干部、老党员留下的美好形象，激励了这个村的建设和发展。在这个过程中，我更多地学习了吴主任关心群众、联系群众的好思想、好作风。

吴坚主任调任南昌前与邹硕恩、刘培均、李吉人、俞向党合影（前排右一、二为市委副书记李旺志夫妇，左一、二为吴坚主任夫妇）

或许是一种命运巧合，这次蹲点不久，省委调吴坚主任到江西农业大学担任党委副书记，而我被调到市委办公室另有重用。按照吴主任提出的轻车简从的要求，市委派我送他到省农大上任。一路上，我为省委落实老干部政策、恢复他的职务安排而高兴，也为他多年来受到的不公鸣不平。我和他在一起七年多时间，从来没有听他说过一句牢骚话，也没有听他讲过一句对别人不好的话。吴坚主任这样的眼界、这样的胸襟、这样的修养，值得我学习一辈子。分别时，我热泪盈眶，难分难舍。他一以贯之，工作为重，也不挽留我。在他的心目中，只有党的工作高于一切。

4.重要岗位

1981年10月，市委调我到市委办公室担任秘书科科长，这就意味着我要在市委领导身边工作，工作的重要性由此可见。我记得这一任职是市委组织部下文的，和我一起被任命的还有陈盛友。陈盛友任市委办公室调研科科长，时任市委书记穆先的秘书。

我上任的时候，专程到萍乡市第二医院看望了正在住院的穆先书记。这位南下老干部身材高大，朴实无华，一点儿大干部的架子都没有。他直截了当提示我工作上需要注意的问题，特别讲到两点，一是团结，二是保密，因为我们的工作，往往涉及全局。

刘冠卿时任市委副书记，几个月后任市委书记，也是一位南下老干部。我在和他第一次见面时，就被他那庄重平和，严肃大气，不经意散发的威严所感染了。他是睿智的、坚定的，也是铁面无私的。徇私情，谋私利，他零容忍。在他身边工作，只有公而忘私，尽心尽力。我有太多的感受，其中有些是后来才知道的，不禁为他的高风亮节而惊叹！1983年我被破格提拔为市委常委时，几乎天天在他身边，但到了宣布任职的时候

市委书记刘冠卿在大会上讲话

我才知道。1981年我被调到市委办公室工作，是吴坚主任找了他，并推荐了我的人品和表现，得到了他的关心。这件事直到2019年5月他逝世前才告诉我，时隔38年之久。在他看来，这都是党的工作，个人并没有任何私心！

我在担任秘书科长的同时，还兼任市委常委会秘书，负责会议记录和整理。这个时候，我的工作主要是市委文件的组织起草、常委会议重要议题整理和上报下达。可以说，从早到晚，忙个不停，星期天也经常加班。最苦的是两件事情：一是常委会记录。那时只有我一个人，我既是记录员，又是服务员，记录中抽空烧水、泡茶，几乎没有一点儿空隙时间。二是重大事项报告省委。胡耀邦总书记考察江西，沿途提出植树造林，绿化江西。按照省委要求，市委连夜开会，研究贯彻落实。会后由我负责整理，经过几次修改定稿才上报省委，这时已是深夜了。凡是市委重要会议、重大活动的部署，常常是落实“不过夜”的，而办公室秘书科首当其冲。

1982年7月，经省委组织部批准，我担任市委办公室副主任，成为全市最年轻的副处级干部。这个时候我的工作责任更重，主要任务还是秘书班子的“头”。其实，我们市委办公室人才济济，很有实力。如前所说的陈盛友是原穆先书记秘书，还林生是刘冠卿书记秘书，还有谢应春等，一个个都是笔杆子，熟悉业务，才华出众。特别是秘书长王东勃、办公室主任黄建生，不仅有丰富的管理经验和文字水平，而且为人正派、用人唯贤、办事公道，放心放手让我工作。

在王东勃、黄建生的带领下，办公室工作有条不紊，生机勃勃，团结向上。市委的重要会议有时临时动议，办公室便会闻风而动，组织工作周密细致。为了赶写工作报告或重要讲话，办公室经常加班加点，有时会忙一个通宵。这对于提高办公室工作水平，锻炼和培养干部，形成一个好的风气，起到了积极作用。办公室还注意干部的使用和交流，让优秀干部或到基层任职，或交流到新的部门、单位被重用，让办公室成为出人才、出干部的好部门。

令我感动的是，办公室的这些领导，这些科室干部，并不因为我年轻、不谙世故，加上到办公室工作比较晚而“欺生”，而是主动热情支持我大胆工作。

秘书职务，包括办公室领导职务，是一个吃苦耐劳、招之即来的岗位，是刻苦学习、勤于笔耕的岗位，也是谦虚谨慎、为人低调的岗位。这是一个锻炼提高、培养人才的岗位，我喜欢这个默默无闻、苦干实干的重要岗位。

三、破格晋升

1983年上半年，随着省直机关改革，各地市县开始进行机构改革，按照干部新老交替和“四化”要求，配备新的领导班子。在省委的统一领导下，以黎超同志为组长的省干部考察组进驻萍乡。考察组按照考察干部的原则和程序，经过几个月的调查和了解，对考察对象德能勤绩廉做了筛选，确定了市党政领导班子人选，并在干部年龄结构上，配备了一名40岁以下的中青年干部，上报省委批准。

7月，省委批准了萍乡市委、市政府领导班子。市委书记刘冠卿、副书记李旺志留任，其他领导都是这次选拔的中青年干部。其中有市委副书记、市长程安东，副书记吴怀亮，常委、常务副市长陈世国，常委刘培均，常委、秘书长俞向党，常委、市纪委书记李吉人，常委、萍乡矿务局党委书记刘相萍，常委、萍乡军分区政委李元庆。我是作为40岁以下中青年干部进市委领导班子的。也就是说，我荣幸地成为全省乃至全国最年轻的地、厅级干部。同时，我还是省委干部“三梯队”的人选之一，受到省委的重视和培养。

1982—1983年，我从副处级到正处级，再到副厅级干部，只用了两年的时间，连升三级，破格提拔，体现了省、市委对年轻干部莫大的信任和期待。

1983年之后，当年和我一起分配到萍乡工作的81名大学生中，就有黄剑峰、吴运金、尹兆书、黎祖谦等先后担任市级领导干部，还有10多人担任县、处级领导干部。

我们这一届大学生，长期接触基层成为最大优势，为从政奠定了厚实基础。80年代，中国进入改革开放新时期，国家和社会急需选拔大量中青年干部。此时的我们年富力强，十分符合干部选拔标准，责无旁贷地担负起改革开放新时期的历史重任！这用得上一句老话：“时势造英雄。”从个人来讲，这确实是一种幸运。只有努力学习，加倍努力，奋发工作，才能对得起组织上的厚爱和培养。

平心而论，我能够这么年轻进入市委领导班子，一个重要原因是我曾在市委办公室工作过一段时间。市委、市政府一批南下老干部和本地领导干部，如李旺志、许如鉴、赵元芳、罗宗文、王东勃、李友生、刘启初、刘明德、邹硕恩等，熟悉我，了解我，也关心我。

在市委、市政府新老班子交接过程中，有两位市委老领导和我的交谈触动了我的心灵。一位是市委常委、秘书长刘明德，他是一位萍乡本地干部。他和我谈话不是泛泛的祝贺，而是告诉我如何当好秘书长，在政务上做些什么，在事务上做些什么，在人际关系上如何既坚持原则，又稳妥处理问题。另一位是市委组织部部长王东勃，南下老干部，我在他身边工作了两年时间。他笑着告诉我：“你接我们的班我可以放心了！你们年轻，又有文化，一定会比我们老一辈干得更好！”

我在担任市委常委时，兼任市委秘书长、市委办公室主任。我进了市委领导班子，主要精力是协助市委书记、副书记，处理好日常工作。办公室工作主要依靠副秘书长谢应春、陈盛友和副主任还林生。他们三位团结一致，以身作则，把办公室工作做得有声有色。在涉及市委、市政府工作的重要事情上，我们办公室会主动积极做好工作。比如1984年请邓小平同志为安源路矿工人运动纪念馆题写馆名，我和当时主持市委宣传部工作的副部长曾险峰、纪念馆杨桂香等人，代表市委起草了关于请求邓小平同志为安源路矿工人运动纪念馆题字的报告，并经过省委办公厅上报中央办公厅，顺利地实现了我们的愿望，提高了纪念馆的政治影响力。市委换届前后，由我牵头开展恢复《萍乡日报》的工作，到市委召开党代会的时候，《萍乡日报》如期出报，围绕市委市政府中心工作做了大量宣传工作。开始大半年，《萍乡日报》一版的头条和重要时政新闻，都由社长朱隆起、副总编叶胜萍报我审定。

1984年王光美同志与萍乡市委常委在萍乡宾馆的合影（位中为王光美同志）

机构改革以后的市委领导班子，在市委书记刘冠卿、市长程安东带领下，不辱使命，奋发图强，致力改革和发展。围绕萍乡大中型国企改革、乡镇企业的发展，以及加强农村基层建设，市委常委会议进行了一系列研究和部署，并由常委分工深入厂矿、农村抓落实。在城市建设、文教卫生、精神文明，以及党的建设、廉政建设等方面，市委进行了专题讨论，提出工作思路、任务和要求，让各地区、各部门、各单位有目标、有动力、有压力。与此同时，市委还旗帜鲜明地开展反腐倡廉工作，狠抓若干领导干部违纪案件的处理，加强了党的建设和干部作风建设。在这年发生台风灾害的时候，市委、市政府所有领导分工负责，在第一线指挥抗灾救灾。我当时在排上乡一带，一直和当地干部群众一起战斗。春节的时候，市领导班子成员深入基层，深入群众，和大家一起过好节日。

经过一年多的努力，萍乡市经济建设和各项工作上了新台阶。作为市委的领导成员之一, 我在协助刘冠卿书记运筹帷幄、把握大局、改革创新、破解难题工作过程中, 有了一定的实践和认识。

我深深体会到: 领导集体的力量是强大的。一个好的领导班子, 好的班长, 可以把大家的智慧和力量糅合在一起, 战胜一切, 改变面貌。我热爱这个团结向上、同舟共济的领导集体, 感到浑身有使不完的力量。

第七章　重任在肩

在省委、省政府的关心下，省委把我从萍乡调到省广播电视厅工作，从此我肩负起分管省广播电台、省电视台工作的历史重担。

一、分管“声屏”

1986年12月，省委调我任省广播电视厅党组成员、副厅长。

在这之前，分管干部工作的省委副书记带上秘书，专程到萍乡对我进行面对面的考察。

为了加强对省广播电台、省电视台的领导，省委决定选派一位适合这一工作的地、厅级干部，到省广播电视厅抓两台工作，即省广播电台、省电视台工作。

按当时的说法，两台是省委、省政府的“喉舌”，是全省人民的“喉舌”，可见省广播电台、省电视台是多么重要。

12月底我上任时，省广播电视厅领导班子是以南下老干部为主的。除了分管事业技术工作的党组副书记、副厅长刘宗一之外，党组书记、厅长白永春，党组成员、副厅长姚平、张世英都是南下老干部。省电台副台长陈柏森、省电视台副台长杨淑良分别主持两台日常工作。

1986年省广播电视厅领导班子成员

省广播电视厅党组下达文件，明确了领导班子的分工。白永春是担任过省委常委、省委宣传部部长的老领导，主持省厅全面工作。我的职务名列副厅长最后，但分管的工作极为重要，其中包括省电台、省电视台、厅总编室、市县宣传处（音像处）、音像出版社、江西广播电视报等。

这就是说，我分管两台宣传和全省宣传行业管理工作。其中第一位、重中之重的是两台新闻，也就是全省干部群众已经习惯了的早广播、晚电视新闻节目。

从上班第一天开始，我每天下午审看省电台、省电视台的新闻稿件和新闻节目。这些稿件和节目通过新闻部主任和分管副台长审看后，由我最终审定播出。“新闻无小事”，我一签发同意，当晚和第二天早上就向全省播出了！

至今回想起来，还真有点儿后怕。好在我毕竟在北京广播学院学过新闻业务，在萍乡市担任市委常委时，主持过恢复《萍乡日报》和指导萍乡电视台新闻、专题工作，在把握宣传口径上有一定的经验。我明确自己在千头万绪中，最根本的是按照省委的部署，在政治思想上与党中央保持一致，坚持党性原则，坚持以正面报道为主，牢牢把握舆论大方向。

每周一上午，由我主持宣传例会。参加例会的有省电台、省电视台领导和新闻部、专题部、文艺部主任，省厅总编室主任，市县管理处（音像处）处长。根据工作需要，有时会扩大到电视剧部、广告部和技术部。会议主要总结上周工作，部署本周工作，重点研究新闻、专题、文艺节目的安排。我注意在完成例会常规任务的同时，就宣传难点、热点以及突发性问题，进行分析，加强引导。例如上央视《新闻联播》的选题，会议报道、经济报道、批评报道的改进，抓好新闻头条，加强新闻评论，节目调整的优化，频道（频率）节目特色等。这对于围绕党和政府的中心任务，提升节目水平，增强"喉舌"功能，起了重大作用。

厅总编室、市县宣传处（音像处）、省电台、省电视台新闻部、宣办、专题部的主任、处长，如胡礼伦、刘枫、周复民、王恒之、章仲光、万家傲、龚邦国、刘德提、朱燕之、李明、吴思影，以及周晶星、万江麟等人，他们配合我的工作，不辞辛苦、任劳任怨的许多情景和故事，一直铭记在我的心中。

省委、省政府领导与省广电厅领导、干部合影

二、庐山结缘

1987年6月，正当我满负荷进入工作状态的时候，在庐山召开的全国省市电视台长会议，中断了我的工作进程。这天下午我审看两台新闻节目之后，匆忙赶往庐山。那时路面不平，颠颠簸簸，加上工作忙人疲劳，入住酒店后我因不注意摔破了脾脏。由于不懂及时救护，耽误了时间，待司机小杜报告省电视台时为时已晚，省电视台宣办龚邦国等人一看我情况严重，一方面立即把我送到庐山医院，另一方面报告省厅、省台领导。医院一看我的血压和迷离状态，立即发出病危通知，同时决定进行脾脏切除手术，由医院张院长亲自主刀。可能因流血过多，心律失常，体内失控，无法忍受，我似乎到了死亡的边缘，唯有头脑清醒。我以最大的毅力，急忙和工作人员交代后事。其中说到我还欠朋友一点儿钱，还有交党费，交代我家里和丧事从简等。

就在医院争分夺秒、全力抢救的时候，省委主要领导亲自打电话给医院，要求尽一切努力抢救我的生命。与此同时，省厅、省台领导和工作人员配合医院，分头与九江市政府、庐山管理局联系，以最快的速度，组织山下几位输血人员半夜上山，及时赶到医院为我输血。省人民医院也派出两名主任医生连夜赶到庐山医院参加抢救。庐山医院张院长亲自做脾切除手术，圆满成功，挽救了我的生命。病情稳定后，省厅领导安排我到煤炭疗养院休养，厅台工作人员轮流值班照顾我。其间正好省政府主要领导上庐山考察工作，听到省煤炭厅长张钦才讲我在疗养院，特意与我和张厅长见面，交代我好好休养，早日恢复，还和我们亲切合影。

省委、省政府主要领导的关怀，以及九江市、庐山区（现濂溪区）和庐山医院、疗养院的关照和治疗，省厅省台干部对我的精心照顾，让我深深感动，铭记在心。

最大的遗憾是生病中断了我的工作，让我一百多天被困在山上，不禁想起陶渊明《饮酒》诗言：“结庐在人境，而无车马喧。问君何能尔？

心远地自偏。”

不过我和庐山有缘。下山不久，中央电视台和江西电视台联合拍摄电视专题系列片《庐山》，我是该片策划监制之一。我多次上山接待摄制组及主持人赵忠祥等，并和庐山区管理局局长张匡任协商，协调解决拍摄过程中的有关问题。《庐山》在中央电视台播出之后，成为电视专题片的经典作品。

更加荣幸的是，1995—1996年期间，我作为江西省申报《庐山》世界文化遗产领导小组成员之一，在时任江西省副省长、该申报领导小组组长周懋平领导下，多次上山实地考察和参加专题研讨，我的同学、省地质矿产局副局长吕细保也参与工作，让我们对庐山的自然遗产和文化遗产有了更多的感受。经过省、市一年多审报工作的努力，1996年12月申报成功，庐山成为“世界文化景观”，更是名扬天下。

三、《躁动》前后

从庐山下来，我觉得在山上治病，耽误了工作，更要加倍努力，把时间抢回来。除了着力抓好新闻工作，也要注重抓专题、抓文艺和抓电视剧。

当时，全国各省市电视台在坚持“喉舌”功能的同时，提出了如何办出特色、办出亮点的观点。其中有新闻立台的，有文艺立台的，也有电视剧立台的，发挥优势，形成品牌。江西电视台虽然没有明确的定位和口号，但很想在电视剧上有所突破，以提高江西电视的知名度。

1988年年底，我听了省委书记和省长关于物价闯关、改革进入深水区的报告，又受到电视连续剧《新星》的影响，产生了一种创作冲动。

这时，国家的改革进入重要时期，因为外部环境的扰动，以及内部改革攻坚战带来的阵痛，市场出现哄乱，舆论场有一种急躁的情绪。面对这些乱象，江西省市领导层开展大量卓有成效的工作，使问题在循序渐进中“软着陆”。

为了反映这段历史，讴歌改革先锋人物，我召集省电视台分管电视剧部的副台长张大光、剧部主任张仁川、导演王南、编剧张光烈、厅总编室编辑万江麟等一起研讨，决定拍摄一部以物价闯关为题材、歌颂改革的电视剧，定名《躁动》。

在创作剧本时，我们即组织摄制组，筹措资金。我们经过精心挑选，确定由当红演员、在《年青的一代》中饰林育生的达式常为男一号。而女一号为大宋佳，她是电影《南海长城》的女主角，人长得很漂亮，戏也演得好。人保戏，大家相信有他们两位加盟，会提升《躁动》这部片子在全国的影响力。

摄制组经过三个多月的奋战，终于按预定计划完成了摄制任务。

《躁动》拍摄体现了江西电视工作者紧跟时代、勇于创新、拍出精品的思想追求和奋斗精神。

但在拍摄过程中，出现了一些始料未及之事。该剧开机之前，主角达式常提出自己没有近距离接触过改革开放年代市级领导干部，希望到一位市领导家中去看看，体验一下生活。摄制组建议他去拜访南昌市政府主要领导，因为市政府主要领导在萍乡担任过市长，是我的老领导。经我联系，达式常去市长家里拜访，并同市长交谈。他说接触了一下，对自己塑造人物形象有一定的帮助。

本来这属于编导的正常工作，剧情和人物安排是他们的构思。但却出现了想不到的问题。比如在人物表现上，虽然剧中不敢直接表现省领导，但可以通过市领导，更好地把省、市领导紧密结合起来；剧中市领导有一子一女，而采访中的市领导也是一子一女。还有剧的结尾有个场景，是市领导站在有太阳为背景的南昌经济大楼上。这些若干安排，作为编导人员来说，并无半点私心；但作为旁人来看，很容易造成某些误解和歧义。这些情况或多或少也会被反映到厅领导班子和省领导当中，让他们对电视剧产生某些疑问。

我作为本剧总策划，对以上情况一无所知。当省委、省政府领导和有关部门负责人审看《躁动》，并提出一些意见时，我不仅没有认识到剧中的不足，反而进行种种辩解，弄得大家不欢而散。当时我既不了解为什么会出现这种情况，又不利用这个机会进行沟通和修正，心高气傲，错上加错。

还有一个插曲。在《躁动》审片过程中，谍战片《魔鬼工程》也完成了。编剧万江麟上北京将《魔鬼工程》送往华谊公司，剧组要他顺便将《躁动》送到中央电视台审片。万江麟将《躁动》送给了中央电视台杨伟光台长。

中央电视台专家审片组对《躁动》评价不错，拟在中央电视台一套播出。我知道了中央电视台的意见，但感到江西方面有些不同看法，片子也需要进一步修改，不能在中央电视台播出。后来，北京出现了学潮，这件事也就不了了之了。

事实证明，对待《躁动》在中央电视台播出问题上，我的态度是端正的、光明磊落的。

然而，这不能否认我在组织拍摄《躁动》上的失误。最主要的是拍摄这样重大而又敏感题材的电视剧，与上级领导沟通不够，请示汇报也不够，仅凭自己一腔热血去进行创作，没有结出好果，是题中之义。

省委领导在这件事之后，没有追究我的过失。1989年7月下旬，省委领导找我谈了一次话。他说："后来我才知道，那个剧确实是反映改革的，用心是好的，你们的工作也是努力的。当时有人做了一些不切实际的反映，现在看来，伤害了一些人的积极性，请你转告剧组的同志们，要肯定大家的辛勤劳动。希望大家吸取教训，奋发努力，多拍精品。"

省委领导的肯定和鼓励让我感动，我没有消极，也没有怨言，而是带领同事们继续努力，先后组织和支持拍摄了一批好电视剧和电视专题片，包括电视剧《一生中的九秒》《皮旅》《功果桥》《京九情》《黑天鹅》《张天师》，电视专题片《鄱阳湖》《青山遮不住》《擎天之柱》等。其中《青山遮不住》引起了省委、省政府高度重视，时任省委、省政府主要领导和省委老领导白栋材、傅雨田在省政府和滨江宾馆审片，我和黄鹤林副厅长、江西电视台副台长杨淑良陪同。省领导对该片予以了充分肯定，认为这是一部历史和现实结合，全面展示江西改革发展历程的好片。这部好片是由江西作家企业家联合会组织，著名作家胡平、郑伯权等创作，江西电视台拍摄的，在江西电视专题史上具有开拓性的意义。

1989年全国广电厅局长会议在山东烟台召开

华东六省一市广播电视厅局长会议合影

江西电视台赴深圳学习考察组合影

四、政治风波

1989年那场“政治风波”平息之后，省委对我立案审查，我是有些意外的。

1989年5月上旬到中旬，主持工作的副厅长外出，由我主持日常工作。我和副厅长姚平、黄鹤林、张世英以及两台领导，坚决按照省委的要求：在厅台内部稳定队伍，在新闻舆论导向上严格把关。

“苟利国家生死以，岂因祸福避趋之。”我深知在这个紧迫而重要的时期，一个共产党员只能冲锋在前，不可退却半步。

在这段时间里，我按照省委、省政府的要求，对学潮报道严格把控和疏导。在报道中，正面引导学生保持理智、冷静，各种活动都要在法制的轨道上行进。在报道的口径、语句和数量上，不夸张，不渲染，不鼓动，尽量减小对社会的负面影响。在内部，我们要求记者和所有工作人员，不上街，不声援，不游行。当年广电厅有一千多号人，只有几个刚分来的大学生和临时工上了街。在舆论导向上，广播、电视节目都没有出现过问题。这在全省乃至全国新闻界都是少见的。

当一些学生一时冲动，围堵省广电大门时，我出面劝阻学生们不要违法乱纪。在紧急时刻，我挺身而出，在办公室、保卫处干部陈峰等人随同下，把大学生们引到八一广场，在那里同大学生对话。后来，省公安一批干警出于安全考虑把我护送回了省广电。

可是，到了“风波”平息的后期，我却受到了审查，主要原因是1989年6月1日省电台文艺栏目《空中百花洲》一条“编前的话”。当时，广播文艺部一位编辑路过我的办公室，告诉我《空中百花洲》栏目要发一条“编前的话”，稿子两位副台长已审定签发了。因为文艺稿不用我审，我就说：“既然台长审了，那就发吧。你们一定要按照中央的口径发稿。”这本是正常工作程序，可从5月30日晚开始，中央各大新闻媒体对学潮的宣传口径已发生重大变化，“编前的话”显然已经过时；该栏目组没有及时调整，仍按原录制的稿件播出，这就造成了重大播出事故。这件事责任在栏目组和文艺部，也包括厅、台领导。由于事故前一天我的一句话“既然台长审了，那就发吧”，我当然也有一定的领导责任。由此，省委决定对我立案调查，并在全省领导干部大会上宣布了这一决定。

省纪委派出以省纪委副书记汤源泉为组长的调查组进驻了省广电厅。经过历时两个多月的调查，调查组从有关部门到记者，从台到厅的各级领导，作了大量调查和取证，最后澄清了事实，明确了责任，认为我在工作上是认真负责的，但在这件播出事故上，负有一定的领导责任。省委同意调查组的意见，肯定我的政治表现和工作表现，要求我总结经验教训，不做任何组织处理。这是省委在重大问题上，又一次关心和保护了我。

由于对我的调查是在全省领导干部会上宣布的，以后又没有在适当的场合宣布对我的审查结果，有些人至今还以为我在那场“政治风波”中有问题，我并不在意。说实话，当时我的内心对那场“政治风波”，也没有后来认识得那么深刻，我只是坚决按照省委省政府的指示来工作的，这不是我个人的功劳，是省委、省政府的正确领导。

这场“政治风波”后不久，组织上让我去中央党校学习一年（1991—1992年）。这一年，苏联解体，红旗落地，社会主义进入低潮，国内各种思潮交锋，党内外学习邓小平南巡讲话。我们学员学习马克思主义哲学、政治经济学、科学社会主义，学习毛泽东思想，特别是结合国内外的大气候、小气候，集中学习和讨论邓小平南巡讲话。其中最重要的课题，就是坚持四项基本原则的同时，坚持改革开放不动摇，坚持党的基本路线一百年不变。通过这次系统的理论学习，学习江泽民总书记和其他中央领导的重要讲话，以及党校教员的授课，我进一步认识到实践是检验真理的唯一标准，把思想统一到邓小平南巡讲话的精神上来。在结束学习之前，我和中央党校江西籍研究生陈菲合写论文《试论邓小平长治久安思想》，可以说是这次理论学习的总结和提高。

在中央党校学习全班同学合影

五、坚持不懈

我在省广电工作十三年了，从40岁到50多岁，协助三位厅长白永春、刘宗一、李立功工作。我聊以自慰的是，没有功劳也有苦劳；我热爱广电，坚守岗位，无怨无悔。

讲到这里，我要反省一下自己。

讲工作。前两三年我直接分管省电台、电视台的宣传，除了做大量日常工作外，力求有所创新。省电台、省电视台由黄鹤林、陈柏森担任台长后，我继续分管全厅的宣传工作，并参加有关节目的审定。后来我的工作增加了创办有线电视台、恢复广播电视学校，以及分管后勤服务中心、实业有限公司，名目繁多，事无巨细，可以说我是尽职尽责，做出了努力的。

在筹办和建设有线电视台过程中，从陈启芸到龚邦国台长，以及王琍琍、刘建成、舒礼荣、郑克健、谢春林、唐济生等一批创业者，在国家没有投资和网络没有建成的艰苦条件下，自筹资金，自力更生，从无到有，先后办起综合、影视、公共三个频道，实现了创业和创收的发展局面。

特别值得一提的是：1996年10月，有线电视台刚成立不久，我牵头策划、组织拍摄了大型电视专题片《共和国之魂》。

在江西、上海有线电视台联合摄制《共和国之魂》大型电视专题片签约仪式上

1997年是八一起义、秋收起义70周年，也是井冈山革命根据地创建70周年。为了隆重纪念这三个历史事件，我和摄制组工作人员，从脚本创作开始，到制作合成，经过了一年“跳起脚尖摘桃子”，终于实现了预期目标。为该片成功作出贡献的是一大批人，其中特别要讲的是合作方上海有线电视台和台长胡运筹，以及有关领导和骨干；江西方有江西有线电视台台长、总制片陈启芸、总撰稿万江麟、总编导曹登松、精编版总编辑周晶星、总联络张步蓉，党史专家李国强、余伯流，一批中青年摄像、采访、制作人员，还有中央党史委、中央党校专家指点。当然，也有江西、上海宣

传部，广电厅（局）领导的及时指导和大力支持。

该片以大量的文献资料，特别是一大批老革命家的访谈为基础，主要表现了八一南昌起义到长征前夕的这一段光辉历程，讴歌了以毛泽东为代表的中国共产党人，把马克思主义普遍真理同中国革命实际相结合的伟大实践，展示了他们在革命斗争和发展中培育起来的井冈山精神。井冈山精神，以及后来在中国革命中发展起来的长征精神、延安精神等革命精神，铸就了人民共和国之魂。

1997年11月，在八一起义、秋收起义、井冈山革命根据地创建70周年纪念日，《共和国之魂》看片座谈会在人民大会堂隆重举行，中央政治局原常委、军委副主席刘华清，军委副主席张震和一批开国将军、老红军出席，对该片给予了高度评价。

大型电视专题片《共和国之魂》座谈会在北京人民大会堂举行

1998年，八集电视文献纪录片《共和国之魂》荣获第七届中宣部精神文明建设“五个一工程”奖，这是江西电视专题片在创作上的重大突破。

1998年，我又牵头去湖南，邀请湖南经视台和我们合作拍摄《湘南起义》。那年是朱德、陈毅发动湘南起义70周年，也是这年他们率湘南起义部队上井冈山同毛泽东会师，历史意义重大而深远。在湖南广电局欧阳常林等领导的支持下，湖南经视与江西有线台合作愉快，四个月完成制作《湘南起义》。《湘南起义》分别在中央电视台和江西、湖南电视台播出，在全国各兄弟台发行，给全国观众留下了深刻印象。六集电视文献纪录片《湘南起义》获中国广播电视专题片大奖。

同时，我也深深感到，做好工作不仅要有工作能力和水平，而且要有一定的学养和自省。1995—1996年，我主编了一套《声屏丛书》。第一批出了六集，分别是：俞向党著的《筚路集》、万家傲著的《苦恋集》、曹登松著的《银河集》、朱燕之著的《求索集》、周晶星著的《星海集》、万江麟著的《荷戈集》。后来这套丛书共出了20集，作者都是具有十几年乃至几十年新闻实践并有一定新闻理论素养的同志，其中有的人还担任了一个单位或部门的领导。他们或长于广播电视节目的策划与组织，或倾心新闻理论的研讨，或关注各类节目的业务探索，或致力于广播电视文艺及剧作的创作。丛书收集的作品反映了作者对自己所钟爱事业的认知、探索与研究成果。

讲做人，实事求是地说，我为人真诚、善良、正直，与干部群众打成一片，从不高高在上，自以为是。

我对自己提出“三不”要求：办公室不关门、来访者不拒绝、提出合理要求不推诿。我权力有限，但只要在我管理范围内能做主的一定办。不是我分管的事情，如果确实值得解决，我也会主动协助其他领导去办。当年有一位老职工找到我，他几十年在技术岗位上，因患癌症住院多时，交不起费用，希望单位发点补助。我当即找了后勤服务中心主任雷必佑，提出要想办法帮一下这位老人。当时我说，如果操作不了就扣我几个月的工资。后来按照有关规定给予了补助。这位老人去世后，他的家属专门到我办公室，说组织上的关怀给了老人和全家人温暖，一再表示感谢。

我到省广电上任不久，上梅岭702台看望干部职工，了解到该台还属于南昌市广电局管理，节目传输是省台的，而管理又是地方的，很多存在的问题不好解决。我回来向厅党组汇报，得到分管领导支持，并向南昌市政府报告，很快得到批复解决。还有厅、台干部有些个人问题，工作上、生活上有困难找到我，我都会热情接待，积极帮助。

讲律己，我是比较自重和检点的。我上任头几年一直没有住房，先后住过洪都宾馆、江西饭店、萍乡市政府驻南昌办事处、省煤炭厅招待所。我理解厅里的困难，从无怨言，也不提要求。开始到厅里上班，我和厅长白永春共用一个办公室，我也乐意和老厅长在一起，高高兴兴。

我担任副厅长以来，在两台进人问题上从不以权谋私，搞歪门邪道。在组建省有线电视台时，我推荐和帮助过播音员、主持人，也帮助过一些干部和大学生，但从来不接礼不收物。

我很爱自己的羽毛，不愿让贪墨二字毁了自己的清白。在日常工作中，无论是加班加点，还是节庆假日，我没有领过加班费，也没有变着法子给自己发奖金。除了正常接待，我没有用过公款待客。

省电台、省电视台、省有线电视台的广告业务，我从不插手，从不介绍。我主管后勤、实业公司工作，但在项目和经费上从不过问，一切由他们按规定运作。

在拍摄《共和国之魂》时，我在上海、江西等地筹集了100多万元的赞助费用，没有拿过一分钱的回扣和提成。

对于厅、台领导班子，我向来维护大局、维护团结，有话当面讲，有事直接提，背后不搞小动作，不讲领导班子成员坏话。我对同事一视同仁，坚持五湖四海，不搞亲亲疏疏，不搞小圈子。

尽管如此，工作中也难免有这样那样的不足，或多或少给有些人造成了伤害，而自己还往往不知道。毕竟在人与人之间关系上，在这样的事那样的事上，会存在不同看法和意见，加上风气不正，有人惹是生非，给我带来了某些负面影响。

省委出于对我的关心爱护，多次派组织部门对我进行考察，拟让我担任省直属单位正职，但因种种缘由未能实现。从我个人来说，这是组织上对我的莫大信任和肯定，我心存感激。

有几点教训值得检讨。

第一，我从政担任领导多年，但不亲近领导，不喜欢汇报，生怕给领导添麻烦，很多重要问题没有及时和领导沟通。有一次省委领导和我谈心，谈到1989年省电台《空中百花洲》栏目的那篇稿子说："那篇稿子不是你签发的，当时为什么不早点和组织上讲清楚呢？"

第二，有些问题处理不当，又不及时弥补。比如电视剧《躁动》审片，事先不与省委领导汇报；会上又不检讨拍摄中存在的问题；事后又不去找省委领导解释，最终延误了时间，造成了大的损失。

第三，书生气十足，不讲方法。在萍乡工作上如此，在省广电厅工作上也是如此。有些事不讲究方方面面，不考虑实际效果，就会事与愿违，得不偿失。

第八章　主持文坛

省委先后任命我担任省文联党组书记和省委宣传部副部长，主持全省文学艺术工作。七八年时间，我不辱使命，砥砺前行，让文艺界出现了从边缘化到服务大局的新局面。

一、门庭冷落

2000年6月，我又一次走上新的工作岗位。省委调我担任省文联党组书记，主持全面工作。

我赴省文联上任时，省委组织部副部长钟利贵和省委组织部、宣传部干部处两位处长，在省文联全体干部会上讲话，宣布了省委对我的任命，省文联党组副书记、主席陈世旭主持会议并致词，我也即席讲了几句感言，表示到省文联努力为大家做好服务工作。

当时对省文联一点儿也不了解，算是表个态吧。

会议结束后的当天晚上，我怎么也睡不着。我想自己如何才能不辜负省委的信任，努力做好省文联工作。在萍乡是党的地方工作，在省广电是党的喉舌工作，而在省文联是党领导下人民团体的工作。在领导班子中，前两次我是作为领导班子中成员分管工作，而这次是主持日常工作。工作领域不同，责任不同，这就需要当好一把手，开创新局面。

我对省文联有个良好的印象，就是文联办公大楼，这座大楼曾经是中苏友好馆的接待处，显得优雅而独特。八九十年代，我们偶尔到省文联大会议室看电影名片、大片，人来人往，倒是热闹。没想到时过境迁，我上班时见大门关闭，被告知行人走生活区后门。站在大门前看去，路边是八一大道，对面是江西饭店，左边是艺术剧院，右边是革命烈士纪念堂，正是南昌中心的闹市区。与之形成鲜明对照的省文联内，除了楼前一棵大树生机盎然，整个楼院幽静无声，冷冷落落。我心想，或许这是文人之地、清静之地的缘故吧！

省文联原副主席、抗战老同志黄宗林一次次找我，反映老干部的意见，省文联十四年没有换届，他们认为省文联党组有责任，省里也有责任，不能再这样下去了！

其他老同志和文联干部群众也纷纷向我反映，由于省文联长期不换届，成了江西宣传口的“老大难”，工作、生活、经费管理上很多问题得不到解决，导致人心不齐，精神不振，团结涣散，发展滞后。

面对这种情况，我多次找陈世旭主席商量。陈主席是中国著名作家，是江西唯一获得鲁迅文学奖的作家，他在文学艺术上的贡献是有目共睹的。在和他的交谈中，我感到他是真诚的，也是实事求是的。他前些时间主持省文联工作，是想做好工作，也是尽心尽力的。作为一个著名作家，要承担那么多行政事务工作，包括他认为不合理的事，也真是难为他了。他的想法和风格，往往得不到一些人的理解和支持。我还和党组成员、副主席祝新穗、刘华，副主席王世兰一一谈心，了解到省文联这么多年没有换届带来的困难和问题，以及领导班子成员所作的努力。我还到省文联历届党政领导家里看望和听取意见，其中有陈茵素、晏政、杨佩瑾、张涛、帅焕文、陈长青、时佑平、黄宗林、刘仁德、舒信波、郭蔚球等。

通过这些谈心和了解，我明确了省文联关大门进后门的心理原因，了解了省文联领导班子工作困难的实际情况，也了解了省文联机关、各个艺术家协会，以及全省市县区要求换届的强烈愿望。于是，我对省文联的发展和前景有了底气和信心。我在和陈世旭主席以及其他领导商量打开省文联大门的时候，表示了做好省文联换届和开创省文联新局面的信心和决心。在省文联党组和主席团的领导下，一场改变省文联面貌的工作紧张而有序地开展了。

二、焕然一新

时隔十四年换届，是省委的决定，也是全省文联干部群众的期盼。

换届的关键是人事安排，是省文联党组如何运作，配合省委组织部、宣传部做好各项准备工作。省文联主席团的安排和各个艺术家协会领导班子的安排紧密联系，需要合理配备，统筹兼顾。特别是在省文联主席团的主席、副主席人选上，我多次代表党组向省委分管领导和省组织部、宣传部领导汇报；在取得共识并报省委之后，我在换届大会上就省文联主席团人选，征求与会人员意见，并针对有关人选提出的种种问题，实实在在而又旗帜鲜明地作出了回答，让大家消除疑虑，取得共识。即使有些问题比较尖锐，我也心平气和地予以说明，让提意见者口服心服。在后来的换届选举中，主席团成员都以高票当选，说明我们的前期工作是成功的。

省文联第六次代表大会于2000年12月13日在滨江宾馆大礼堂隆重举行。省委、省人大、省政府、省政协领导参加了会议，省委主要领导代表省委、省政府作重要讲话，中国文联书记处书记董良翚代表中国文联致辞。省领导的重要讲话和省文联的报告，分析了面临的形势，总结了历史经验，就全省文艺界今后五年工作提出了奋斗目标。与会600多名代表目睹省委主要领导带病作报告，坚持和省四套领导班子领导一起，和全体到会代表合影，把会议的气氛推向了高潮。换届大会迎来了江西文艺界的春天，鼓舞了全省一万多名文艺家和文艺工作者的士气，大家的心凝聚起来，大团结的氛围开始形成。

省委、省人大、省政府、省政协领导和全体代表出席省第六次文代会开幕式

在召开省文代会的前后，我和领导班子成员一起，先后就省文联机构、编制、职数，以及财政拨款、人员工资、工作条件、生活设施等一系列问题，分别向省委组织部、宣传部、省人事厅、省财政厅汇报，有的重大问题向分管的省委、省政府领导汇报。特别是在人员编制、干部职数、财政拨款上得到了关心和支持，让省文联的人文环境和工作条件得到了改善。这对全省市、县、区文联工作的开展也起到了推动作用。

省文联换届之后，我和领导班子成员一鼓作气，抓紧完成各个协会的换届。通过换届选拔人才，使用人才，充分发挥人才作用。省音乐家协会、省舞蹈家协会、省美术家协会、省书法家协会、省曲艺家协会、省评论家协会、省电影电视家协会、省作家协会等换届过程，集中了一大批优秀艺术家进入各协会领导班子，他们带领艺术工作者开拓进取，为省文联后来开展的一系列文艺创作和大型活动提供了组织基础和人才力量。

省作协第五次代表大会开幕式

三、春华秋实

省文联的活力在于坚持党的“二为”方向和“双百”方针，多出作品，多出人才，繁荣文艺。在抓好组织建设的同时，我和领导班子成员精心策划、精心组织、精心运作，开展了一系列文艺创作和重大活动，为配合中心工作，我们整合和挖掘文化资源，丰富城乡文化生活，致力提升我省文化软实力。

在这些活动中我们注重创新，突出亮点，打出品牌。

“相聚在五月”大型文艺晚会，于2001年5月2日在江西艺术剧院隆重举行。这是纪念江西省文联成立50周年“生日”的盛会，也是省文联换届之后的首场歌舞晚会。这场晚会之前，省文联联合省文化厅、省人事厅，开展了文艺界评选“十佳”活动，在纪念省文联50周年座谈会上进行了表彰，同时表彰的还有获得全国全省文艺奖项的艺术家。在晚会的策划创意上，省文联各艺术家协会联合省电视台，成立了晚会工作团队，组织各艺术门类演出团队，在节目组合和艺术表演上推陈创新，精益求精。整台晚会表现了江西50年来文艺工作的成就和文艺工作者的奉献。葛军演唱的《请茶歌》、邬成香演唱的《江西好》都让人为之动情。江西五位先后获得国家"梅花奖"的戏剧演员，人称"五朵梅"，即涂玲慧、陈琍、章曼君、龙红、赵一青合演，由戏、歌、舞组合"五朵梅"，令人惊叹不已。曾受到毛主席接见的表演艺术家潘凤霞和丈夫童乃庆，率领一家三代人同演赣剧《后继有人》，既表现了他们精湛的艺术水平，又表现了江西文艺界后继有人的发展前景。演出之后，全场掌声雷动，欢呼雀跃，经久不息。许多文艺界的老领导、老艺术家紧紧拉着我的手说："多少年没有看过这么高水平的文艺节目了！"

纪念省文联50周年大型文艺晚会

江西省第二届谷雨诗歌节"好山好水"大型诗歌朗诵音乐会，于2004年4月22日晚在江西艺术剧院举行。省文联和省作协提出新的创意，决定从2003年开始，把每年一度的谷雨诗会提升为谷雨诗歌节。让诗歌从诗人圈走出去，从"小众"范围走出去，走向社会的各个方面，并与美术、书法、音乐、舞蹈艺术门类结合，诗画、诗书、诗舞相配，使谷雨期间的文化活动向多视觉、多层面、多审美空间发展。为了做好这台以诗和歌为主的大型晚会，省文联、省作协联合南昌大学、江西电视台等单位，就围绕"树立科学发展观，建设美好新江西"主题教育活动，在创意上反复研究，取得了共识。整台晚会以"好山好水"为基调，由"鄱湖春韵""谷雨诗潮""赣江放歌""井冈抒怀"四个部分组成。民乐演奏《春韵》、诗朗诵《春天的鄱阳湖》、男声四重唱《斑鸠调》、歌曲《又是谷雨》等，让观众感受到阵阵扑面而来的春风；女声独唱《好地方》、京歌《精彩江西》、诗朗诵《仰望一座山》等，激情讴歌了我省在社会经济发展上取得的巨大成就。变幻的灯光、绚丽的舞美，充分展示出江西春夏秋冬四季湖光山色的娇美。在秀丽的山水间，少女婀娜多姿，传达出生机勃勃的春天气息，展现了全省人民奋发向上的精神面貌。这场晚会的成功，不仅给参加演出的艺术家、节目主持人、青年学生带来了极大的鼓舞，而且对丰富和提升全省各地谷雨诗歌活动、激励一批批文学人才、推动江西诗歌创作的繁荣和发展，产生了重要影响。

省文联谷雨诗歌节文艺晚会《好山好水》

“红谷滩之夜”国庆文艺晚会，于2004年9月30日晚在南昌市红谷滩行政广场隆重举行。这是红谷滩新区成立以来第一场户外大型文艺晚会，格外引人注目。省文联在几个主办单位支持下，与南昌市委宣传部承办了这场晚会。晚会创意上以欢庆国庆为主基调，节目由“井冈颂”“祖国颂”“江西颂”三个板块组成，将歌舞、戏曲、诗朗诵等艺术形式融为一体，以高雅、秀美、大气的艺术风格，表达对祖国55周年华诞的诚挚祝福。乔榛、丁建华、张铁林、腾格尔、刘媛媛、何澎等我国知名艺术家与我省艺术家同台演出。独唱《五星红旗》《亲爱的中国我爱你》《小康中国》、大歌舞《中国进行曲》等，气势雄浑，无不渗透着新时代中国人的自信和骄傲；诗朗诵《井冈抒怀》《为江西干杯》、红色歌谣演唱、独唱《永远的井冈山》、组合唱《大江西》等节目，深情讴歌

红谷滩国庆大型文艺晚会

了伟大的井冈山精神和江西改革开放取得的巨大成就，给人以美的艺术享受。晚会特别邀请了老红军刘家祁、人民解放军老战士张庆训和跳水世界冠军彭勃、第十四届亚运会皮划艇冠军杨文军等观摩演出。他们是共和国创建、共和国成立以及共和国发展的见证人，是“求新思变、开明开放、诚实守信、善谋实干”江西人新形象的代表。这场晚会舞台设计与周围花草构成宏大的视觉空间，整个节目清新、流畅、欢快，加上晚会由中央电视台知名主持人张政和我国知名影视演员凯丽主持，给广大观众留下了美好、深刻的印象。

中国（江西）国际傩文化艺术周，于2005年6月15日—21日隆重举行，由中国文联、江西省政府主办，江西省文联、南昌市政府承办。该艺术周是省文联结合江西实际，在2004年上半年组织考察全省十多个县、市、区傩文化历史和现状的基础上，作为传承文化遗产、弘扬传统文化、打造江西文化品牌而提出的重大举措。艺术周安排六大活动，由省文联呈报省政府和中国文联并得到了大力支持。由于涉及六个外国艺术团队到江西演出，经报告，国家文化部（现文化和旅游部）同意并把我们报告的艺术节改为了艺术周。艺术周开幕式和踩街表演，于15日上午10时在滕王阁广场举行，并由江西卫视和凤凰卫视现场直播。民俗歌舞剧《赣傩的表情》在江西艺术剧院演出一周，国际傩文化研讨会在省科技馆大会议厅召开，傩文化面具展在省文联艺术展厅开展，傩

上、下照片为《赣傩的表情》剧照、演职人员合影

文化篝火晚会在绳金塔举办，傩文化现场考察在南丰县石邮村进行。这场以“弘扬传统文化，建设美好江西”为宗旨的文化活动，以规模大、内容精、时间长影响国内外观众，受到中国文联和文艺界的高度评价。特别是民俗歌舞剧《赣傩的表情》，被誉为多年来江西舞台艺术最具魅力的精品之作。主创人员刘华、余达喜、赵小元、罗亚群、邓伟民、熊伟、汪秀珍等，深入基层，调查研究，潜心创作，精益求精，在该剧中把傩文化所蕴含的民族精神和思想内核，即“与天地共其德，与日月共其明，与四时共其序，与鬼神共其吉凶”融入该剧的全过程，体现了创意上的突破和追求。全剧由“序曲、喊春、张灯、唱彩、接福、尾声”六大部分组成，运用生动鲜活的艺术形式，充分反映江西丰富的民间文化习俗，比如婚俗、年俗、农俗、祭俗等。演出中大量运用江西的音乐、方言、舞蹈，配合先进的声光电及舞台布景技术，将江西人民自古至今的生活场景生动地表现出来，力图在充满沧桑感的民俗画卷中，艺术地表现中国人寻找家园、营造家园、向往美好生活的朴素情感和生生不息的奋斗历程，展现在江西大地上发生的独具魅力的生活史和精神史。中国文联主席周巍峙看后赞不绝口，称该剧“独具魅力，赣味十足”。

“和谐江西又一春”江西省各界人士迎春文艺晚会，于2007年2月14日在江西艺术剧院隆重举行。晚会在几个主办单位支持下，由省文联承办。这是一场精心筹备、出彩出新的大型文艺演出，力求融思想性、艺术性、观赏性为一体，丰富多彩，好听好看。演出诠释了江西崛起、和谐创业这一主题，尽情表现江西人在中部地区崛起的新形象、新变化、新业绩。晚会在兴国山歌和京剧曲牌编排的歌舞《恭喜大拜年》中拉开序幕，亲切生动展示赣鄱大地欢歌笑语的动人画卷；舞蹈与杂技《吉祥贝贝》，几十只憨态可掬、表情各异的小金猪，表演得活灵活现；以弋阳高腔为主旋律，变奏、音响赣版新“天鹅湖”舞曲，展示鄱阳湖候鸟灵性和优美生态环境；情景表演《越洋电话》，表现新型农民走出国门、走进国际市场的新观念、新追求；女声四重唱《和谐春之歌》唱出江西大地和谐创业新气象；用赣剧曲牌与民间合舞鼓点结合编创的舞蹈《和合同庆》，表现农民丰收的喜悦心情；

瓷乐组舞《四时合序》通过瓷乐演奏和舞蹈语汇，辉映出四时合序年年红的场景：女子器乐演奏《红红火火的日子》，以江西民歌“斑鸠调”与时尚女子乐队旋律创作新编民歌器乐曲演奏，展现红火喜庆的美好生活。东方歌舞团、上海芭蕾舞学校、北京红樱束打击乐队、中国女子“猫乐队”的表演体现了自己的实力，让观众享受了高品位的文化大餐。开幕式在东方歌舞团大歌舞《火树银花》、舞蹈《四季如花》、独唱《国泰民安》《丰收大歌》中结束。省委、省政府领导对我说：“这是我省多年来最好的迎春晚会之一，感谢主办单位和工作人员的共同努力。”

中国视协“农村小康电视节目工程”获奖作品颁奖典礼，于2007年9月21日在新建“小平小道广场”举行。典礼由中视协和江西省影视家协会、南昌市委宣传部、新建县委、县政府主办，我是颁奖典礼总策划、总统筹之一。选择在新建县望城镇举办颁奖典礼，旨在纪念邓小平同志在新建望城的岁月和改革开放的早期思考，具有重要历史意义。颁奖典礼为获奖作品的主创人员颁发了奖杯和获奖证书。这些获奖作品题材广泛、风格多样、制作精良、可看性很强，是展示社会主义新农村建设极好的影像记录。颁奖典礼的文艺表演，主要是新建县的优秀传统节目和民间演奏活动。首先是两条“长龙”持续在舞台中蜿蜒翻滚，做出各种造型动作；几对狮子腾挪跳跃，威风凛凛；得胜鼓擂鼓筛锣、声势浩大、阵容壮观。歌曲、诗朗诵、戏曲、舞蹈等多种艺术形式的十多个节目依次上演。演员们精彩投入的舞台表演，赢得了现场阵阵热烈的掌声和欢呼声，整个场面洋溢着欢声笑语。望城镇和有关村领导，以及广大村民为颁奖典礼做了大量现场服务工作。

2007年11月21日，“永远跟党走”大型文艺演出在上饶县旭日广场隆重举行。省文联、民进江西省委和上饶市委、市政府、上饶县委、县政府以及江西电视台联合举办，旨在欢庆党的十七大，贯彻落实党的十七大精神。主办单位领导和干部群众两千多人冒雨参加，秩序井然，气氛热烈。90分钟的节目形式多样，丰富多彩，特色鲜明。“欢庆腰鼓”由江光腰鼓队、上饶县合唱团、省杂技团组合演出，一“鼓”打响；《走进新时代》《满堂红》《把一切献给党》《大江风帆》《西部放歌》《向导》《旗帜》由邬成香、刘燕燕、周发猛、徐彬彬、张翔、胡万鹏、彭冬发分别领唱、独唱、三重唱，唱出了颂党心声；萍乡采茶戏《榨油坊风情》由赵一青演出，风采不减当年；京歌《共产党员》、诗舞音画《永远的怀念》、戏曲联唱、相声《说和道顺》由于刚、邢冬莲、焦晃、余丽、陈琍表演，可谓精彩纷呈；李丹阳、佟铁鑫独唱《中国正是好时候》《心中装着谁》《我爱歌唱》和群舞、大歌舞《欢天喜地》《燃烧的激情》，一次次赢得观众的掌声和欢呼声。吉安市文艺学校从编舞、伴舞到群舞，作出了贡献。

欢庆党的十七大文艺晚会在上饶旭日广场举行

在这一系列繁杂有序的工作变革中，我领悟到一个理念，就是与时俱进，向新的某种不同的方向变化，或许这就叫“创新”。初生之时往往是艰难的，即使在改革中也是如此。把窗户打开，让阳光雨露进来，就能捕捉到改革创新的思路。回头一看，那一幕幕春华秋实的情景展现在人们的面前。

四、着眼长远

在抓好文艺创作和各项工作的同时，我和领导班子成员更加重视省文联的长远发展。一是注重培养和选拔中青年文艺人才。无论各个艺术家协会，还是《星火》杂志、《摇篮》报、城市雕塑工作办公室、滕王阁文学院，以及作家、艺术家个人创作研讨或笔会、展览，我们都会为中青年艺术工作者提供条件和服务。二是制定各艺术门类的奖项，鼓励荣获省级和全国文艺作品大奖的作家、艺术家多出优秀作品。三是制定全省文艺发展长远规划和实施办法。四是选拔一批优秀文艺骨干到省文联和协会工作，其中包括毛国典、李小军、徐渊明、熊伟、江子等人，加强文艺家队伍建设，努力培养文艺界的领军人物和优秀骨干。

省文联领导班子向省委领导汇报工作

按照省委和省直机关工委要求，我们坚持党的文艺方针，坚持人民至上，努力建设文明单位，积极开展公益文化服务。围绕党的中心工作，我和领导班子成员，经常组织文艺队伍为厂矿、农村文艺演出。多年来，省文联一直荣获省级文明单位，获得各种荣誉和奖励，在社会上产生了良好影响。

2000年以来省文联的工作和发展，让我和领导班子成员体会到，从省文联到市、县、区文联工作，重在一个“联”，在“联”字上做文章，在全省文联系统形成一个共识，繁荣江西文化艺术，打造江西文化品牌，致力文化艺术走在建设和发展的前面。通过我们的联系和汇报，2017年一次省委常委会议，专门听取省文联工作汇报，我在会上做了15分钟的发言，引起了各位领导对文联工作的重视。这次会后省委转发会议纪要时，省委办公厅还给我打电话，就涉及省文联工作这一段征求我的意见。省委常委会议纪要被发到省直各部门和市县区，对全省文艺工作和一万多名文艺工作者是一个很大的鼓舞。省委主要领导和其他领导，对省文联重大活动给予各方面的关心和支持。正因为这样，省文联工作进入了最好的发展时期之一，得到社会各界和广大干部群众的好评。

从我个人来说，最难忘的莫过于参加2001年第七次全国文代会和2006年第八次全国文代会。在这两次文代会开幕式上，我荣幸地坐在人民大会堂会议大厅第一排，近距离地聆听江泽民、胡锦涛的重要讲话和朱镕基、温家宝的经济工作报告，以及参加党和国家领导人与文代会代表大联欢活动，进一步提高了对中国特色社会主义文化的认识，增强了做好文艺工作的使命感、责任感，激发了对文化艺术事业的热爱和执着。还有我在两次文代会和担任中国文联委员、中国影协、中国视协理事期间，认识和熟悉了一大批中国文艺界著名作家、艺术家，并在交往中得到了他们热情的关心和支持。

这一期间是我从政以来最美好的时光，作为省文联党组书记、常务副主席，并在2003年5月起担任省委宣传部副部长，能够为繁荣和发展江西文艺事业尽职尽责，是历史责任，也是莫大荣幸。

全国文代会江西代表团合影

与省文联主席陈世旭在全国文代会上

中国作协采风团与江西部分作家合影

省文联领导与各市县文联领导合影

第九章　初心依然

2007年10月我从一线退下来之后，继续担任多年江西省电影电视家协会主席，先后创办江西创意文化艺术产业有限公司和担任江西省老文艺家协会会长。

或许是多年工作习惯，或许是作为文化人，我每天联系的人和事还是和宣传文化艺术影视工作有关。只是角色变了，责任变了，方法变了，依然不变的是我的初心。

一、拾遗补阙

从体制内走上社会之后，我换了一个角度思考工作。比如文化艺术界的工作，有省文化厅、省文联及有关单位和协会的组织领导，但工作不可能包罗万象，可以利用社会力量，做一些拾遗补阙的事情，支持省市文化工作。

2008年1月13日晚，中央电视台《同一首歌——走进南昌》在江西南昌体育馆隆重举办。作为江西省电影电视家协会主席，我担任晚会总策划、总统筹。这场晚会是央视《同一首歌》第一次走进南昌，也是政府指导、市场运作的大型演出。从创意上来说，把《同一首歌》大牌明星的表演和江西企业创新精神结合起来，为建设更加美丽的“英雄城”而欢呼。这场晚会有两万多观众在体育场观看，冰天冻地、雪花飘飘，秩序井然，一切正常。群星演唱的激情和观众有序的掌声，构成一幅幅震撼人心的特别风景。王力宏、梁静茹、田震、周渝民、祖海、陶喆、蔡妍（韩国）、郭峰、孙楠、阿雅和花儿乐队的演唱，特别是祖海的《好运来》、田震的《把握每一个瞬间》、孙楠的《只要有你一起唱》，激起一阵阵欢呼声。令人感动的是，这样寒冷的时候，我们都披上了棉衣，而演员们却身着单衣，尽情发挥。演出从开始到结束，安全保卫任务繁重，加上天气持续降温，我们或多或少有些担心。南昌市委、市政府有关领导和市公安局，对安全方面做了大量工作，在开始出现某些混乱时，不仅增加了公安干警，还抽调了特警力量，始终保持会场的安全和稳定。南昌银行行长徐荣生和广大员工为演唱会的投资和运作，江西五湖文化传播有限公司董事长徐华等人为演唱会的联络、协调作出了贡献。

中央电视台《同一首歌》在南昌八一体育场举行

2008年年初，我萌发了在江西南昌举办中国金鸡百花电影节的念头。这也是江西文化人一直盼望的盛事。

我以江西电影电视家协会主席的身份，与副主席张跃明一起，一方面找中国电影家协会党组书记康健民等汇报，另一方面找省委常委、南昌市委主要领导汇报，并与南昌市委常委、宣传部部长周关多次研究，提出了在南昌市举办电影节的指导思想、艺术特色和运作方案。经过半年多努力，并经过中国电影家协会的现场考察，终于确定了在南昌举办第18届金鸡百花电影节。

2009年10月14日晚，第18届中国（南昌）金鸡百花电影节开幕式在江西省体育馆隆重举行。我作为电影节组委会副主任、执委会主任之一，和其他领导成员一起，按照省委、省政府和中国电影家协会的要求，在开幕式创意上推陈出新，展示时代特色、南昌特色、电影特色，突出“英雄城”，展示“南昌，今夜星光灿烂”。开场歌舞是根据《请茶歌》改编的《山歌迎客喜迎宾》，之后歌舞表演安排了《闪闪的红星》《海霞》《知音》等影片的主题曲和插曲，引起现场观众热烈反响。节目体现江西“红色”元素，追求色彩缤纷，表现国内外精彩的歌舞和电影节目。其中有乡土风情的歌舞、异域风情的歌舞、好莱坞电影《保镖》的主题曲、印度宝莱坞舞蹈《蒙格尼》和阿拉伯舞蹈《尼罗河的美人鱼》等，给观众带来了不一样的感受。表演在传承原曲喜庆、热烈风格的同时，加入了更多的动感元素。著名歌唱家李谷一的经典老歌《绒花》《知音》，本届电影节形象大使、南昌籍演员邓超演唱的电影节主题曲《绽放》，以及歌手郭蓉、刘玉婉带来的大家耳熟能详的电影歌曲，博得观众的阵阵掌声。

中国金鸡百花电影节在南昌隆重开幕

这场晚会有三大亮点：一是启用了500平方米的LED电子显示屏，舞台背景的视频内容不像以往那种以新闻方式显示，而是为每个舞蹈节目专门制作了三维动画，使得舞台具有舞感、美感；二是演出的音响制作高水平，整台晚会14个节目，每个节目在声乐、舞蹈、器乐等方面都与电影密切相关；三是参加演出的东方歌舞团演员阵容强大，精挑近百名优秀演员登台演出。

2012年，省文化厅主管的省老年文艺家协会到了换届的时候。参加协会的都是省文化厅、省文联退下来的老干部、老文艺家，其中一部分人刚退下来不久，都还想学习，想创作，想做点贡献。省老文艺家协会把他们组织起来，开展力所能及的活动，对社会、家庭、个人都有益处。省政协老主席刘运来、省文化厅老厅长郑光荣以及文艺界的老前辈，都劝我出任协会的会长，甚至说到非我莫属。我盛情难却，只好恭敬不如从命。

在两百多名艺术工作者参加的换届大会之后，我和常务副会长王世兰，副会长王秀凡、李涌浩、祝新穗、孙宪、宫正、黄忠伯、康保民、廖国良担负起领导责任。在继续做好协会原来主要工作的同时，我们开拓了新的服务领域，让大家老有所学、所乐、所为。比如参与一些公益性文艺活动，慰问老艺术家80、90、100岁生日，学习毛主席在延安文艺座谈会讲话，组织新年小型聚会活动，抢救老文艺家史料，还有一年编印一本《江西文史资料》，得到了大家的认可。我和省文化厅、省文联主要领导汇报交流时，他们对省老文艺家协会工作表示充分肯定，也认为其发挥了独特作用，为省文化厅、省文联做了“拾遗补阙”的工作。

省老文艺家协会采风活动

二、添砖加瓦

社会上的事情涉及方方面面，运用自己的力量，帮助办些对社会、对人民有好处的事情，就是发挥余热。江西创意文化艺术产业有限公司成立后做的第一件事，就是联合和参与拍摄传承和弘扬中华民族文化的多部电视剧，例如《传说》《黄梅戏传奇》《牡丹亭》等。虽然没有多少经济效益，甚至出现了亏损，但对繁荣我省电视文化产生了影响。江西创意文化艺术产业有限公司先后创办了贤士艺术馆、红谷艺术馆、江西创意高新艺术馆，举办了几十场书法、美术、摄影展览，以及文艺演出和大学生艺术周活动，得到了广大艺术家和艺术工作者的肯定，促进了艺术创作和文化产业的发展。

2012年11月18日，是欢庆党的十八大胜利召开、贯彻落实党的十八大精神的日子。江西瑞顺实业有限公司请我担任总策划，举办大型文艺演出，以表彰中国照明灯饰行业经销商千强。抓住这个机会，我提出与欢庆党的十八大结合起来，提升这场晚会的政治影响和文化力量，得到该公司董事长张辉勇的支持。我们一起专程到湖南卫视，确定由新干县委、县政府、江西瑞顺实业有限公司、江西创意文化艺术产业有限公司和湖南卫视金鹰传媒有限公司联合主办这场大型晚会，名称定为“点亮世界 璀璨东方”。

11月18日，这场晚会在新干县文化广场隆重举行，参加晚会的观众达四千多人。在晚会整体设计上，我们把欢庆党的十八大和中国照明灯饰千强表彰结合，表现江西红色文化、非遗文化和江西人的精神，进而歌颂新时代，歌颂中国在世界上崛起。在内容构架上，120分钟的文艺表演分为四个篇章，第一篇章“古色”，第二篇章“窑炼”，第三篇章“星耀”，第四篇章“璀璨”。整个舞台风格表现或苍茫大气，或娓娓道来，营造浓郁的文化气息。晚会由湖南卫视主持人汪涵、李湘主持。一批内地及台湾地区著名歌手、快乐男声、快乐女声、民歌小天后、当红原创歌手、音乐猫女子乐坊、芭蕾表演组合、激光秀团队，以及“魔电女孩”组合的表演，让人感受到厚重、时尚、华丽、动感。

欢庆党的十八大文艺晚会在新干隆重举行

2013年11月，中国视协第三届新农村电视节在江西进贤西湖李家隆重举行。该活动由中视协、江西省影视协、进贤县委、县政府主办，江西创意文化艺术产业有限公司、进贤县委宣传部、西湖李家承办。我作为中视协农村委员会副主任，农村电视节的发起人、总统筹之一，带领江西创意文化艺术产业有限公司员工，做了大量组织协调工作。西湖李家地处进贤县军山湖与青岚湖之间，是一个具有600多年历史的古村庄。树木苍翠，田园秀美，乡风古朴，民俗浓郁。经过多年的建设和发展，西湖李家已成为新农村建设的典型。选择西湖李家，就是想通过典型宣传，把新农村电视节做大做强。本届新农村电视节开幕式是为获奖单位和个人颁奖，10位好村干部、10位致富带头人获奖、30部最佳作品、50部好作品奖项也各归其主。文艺表演穿插在颁奖之中，显得庄重、大气、热烈。由中视协组织的北京、河北等地演员，与进贤县、西湖李家当地演员结合，冒雨演出了一场雅俗共赏、喜闻乐见的乡土节目，获得两千多名观众的好评。

第三届中国视协新农村电视艺术节开幕式在新建西湖李家举行

2017年11月6日，“欢庆十九大 讴歌新时代”演唱会暨世纪中央城第五届邻里节在红谷滩沙井办事处世纪中央城广场隆重举行。江西创意文化艺术产业有限公司、省老文艺家协会策划创意，联合红谷滩新区管委会、沙井办事处、世纪中央城居委会、红谷艺术馆，并邀请省音协、省舞协、省曲协、江西科技职业学院等单位参加，共同承办了“欢庆十九大 讴歌新时代”演唱会暨世纪中央城第五届邻里节活动。演唱会没有明星演员和专业演艺团体，以群众性自编自演为主，由三部分组成，一是社区自娱自乐节目，二是大学生自创节目，三是省文联协会推荐的节目。这场以自娱自乐为主的演出节目同样精彩动人，观众好评不断。社区团队在三部分节目中独占鳌头，合唱《共筑中国梦》、乐器合奏《节日序曲》、快板《劳动托起中国梦》、舞蹈《水兵舞》《看了你一眼》《大梦想家》，以及乐器演奏钟琴《我和你》，表现了当代社区居民新理念、新生活、新追求。南昌大学、江西科技职业学院《共圆中国梦》《花儿为什么这样红》等歌曲大合唱，表现了当代大学生青春焕发和靓丽风采。在全省文艺界颇有影响的相声演员小筱贵林、阿志《夸南昌》表演和李小英鄱阳大鼓《晒秋》演唱，给这场节目锦上添花。著名歌手邬成香独唱和伴舞《党旗最鲜艳》把演唱会推向了高潮。

欢庆党的十九大演唱会在红谷滩世纪中央城举行

2018年10月，由我牵头，江西创意文化艺术产业有限公司运作，省教育厅、省文旅厅、省文联指导的“2018·首届瑶湖大学生艺术周”在南昌高新区举办。在江西科技学院大礼堂举行的开幕式晚会，讴歌了改革开放40周年江西教育发展和大学生时代风采。晚会节目由南昌大学、江西师范大学、江西科技学院、南昌工程学院、江西现代职业技术学院、江西制造职业技术学院、江西工业职业技术学院、江西外语外贸职业学院艺术团队演出。各高校都力推自己的品牌节目，精心彩排，全力打造，展示自己的最好水平。大合唱《不忘初心》、京歌演唱《红梅赞》、二重唱《寻根》；大型舞蹈《盛世欢歌》、舞蹈《瑶湖潮》、舞蹈《惊蛰》、舞蹈《看我一张张笑脸》、踢踏舞《贸易时代》、女子群舞《水的女儿》、舞蹈与双排键《梦里寻他千百度》、健美操《动起来》；管音演奏《难忘的旋律》、管乐合奏《HANDCLAP》、琵琶演奏《新编十面埋伏》等，可以说是形式多样，内容丰富，风格各异，精彩纷呈，加上灯光舞美的效果，整场演出流畅、大气、时尚，达到了较高的艺术水准，表现了当代大学生的新形象和高校艺术教育的新面貌。开幕式演出后，省政府老领导、艺术节指导单位领导和广大师生给予了高度评价，一致称赞这是多年来高校最成功的一次大型文艺演出。

首届瑶湖大学生艺术周开幕式在南昌高新区江西科技学院剧场举行

三、顾问角色

由于长期从事宣传、广电、文化、艺术工作，我的工作、生活圈大都是文化人，自然而然地会联系到文化项目、文化活动。在一些人眼里，“姜还是老的辣”。出于工作也好，出于尊重也好，不少单位和企业邀请我担任顾问或指导。说实在的他们是好意，我不过是尽点心、出出主意，毕竟这是我喜爱的事业和工作。

2007年，省委、省政府决定兴建前湖迎宾馆。前湖迎宾馆的建设，在省委省政府领导下，在省政府有关部门配合下，由红谷滩新区管委会承建。2008年，省委、省政府和南昌市委、市政府领导强调在抓好迎宾馆硬件建设的同时，要抓好软件建设。

省委、省政府领导审看前湖迎宾馆文化装饰作品

按照省委、省政府领导的指示，我带领江西创意文化艺术产业有限公司这个团队，接受了前湖迎宾馆文化装饰任务，并迅速组成前湖迎宾馆文化创作工作组。工作组分为美术、书法、摄影、陶瓷、地市6个组（陶瓷分为两个组），办公和财务在省画院。我配合南昌市委常委、副市长、红谷滩新区工委书记卢晓健，管委会主任宋铀，以及红谷滩新区城建局长熊伟等人，多次召开省市有关专家学者研讨会，听取他们对前湖迎宾馆文化装饰的意见，提出整体思路体现江西自然景观和人文景观、创作一批艺术精品的实施方案，上报省长、常务副省长审批执行。按照省领导批准的方案，各组提出作品计划和质量要求，落实到单位和作者。对于宾馆主楼、大会议室、会见厅和总统楼、副总统楼、部长楼的大画，作品的主题、内容、风格都要经集体讨论，上报审定。省政府领导和省政府办公厅、省财政厅、南昌市、红谷滩新区有关领导，以及书画家代表蔡超、杨金星等一起，六次审议大画作品，对一批大画作品艺术水平的提高，起了重要的指导作用。

参加前湖迎宾馆艺术创作的有300多位艺术家和艺术工作者，其中有大名鼎鼎的中国工艺美术大师王锡良、张松茂、秦锡麟，以及其他江西杰出的书法家、美术家、摄影家、陶瓷艺术家，他们创作了200多件作品。这些艺术家大都是江西文化艺术的继承者、传播者和创新者，其作品成为江西文化艺术的财富，也是前湖迎宾馆最吸引人的亮点之一。

前湖迎宾馆文化装饰总结表彰会议在宾馆总统楼召开

对于南昌市旅游文化建设，我长期是建议者和参与者。多年来，我先后与南昌市委、市政府主要领导做过汇报或书面报告，提出了一些建设性意见，得到过他们的肯定和支持。比如以中国文联和江西省政府主办、省文联和南昌市承办的国际傩文化艺术周，旨在传承民族文化（非物质文化遗产），弘扬民族精神，打造文化品牌；由南昌市政府、红谷滩新区管委会出资成功建成中国（南昌）傩文化园。该园早已初具规模并正式开放过，但出于某些原因，至今让这么大一座全国唯一的文化公园，孤孤单单、冷冷冰冰地矗立在山坡上。对这件事，几任书记在我的关于恢复傩园开放的报告上做了明确支持的批示，做过有关安排，并指示我先后找过市委宣传部、红谷滩新区的主要领导解决。其实，这座傩园稍做改造，即可开放，并能迅速改变红谷滩文化设施滞后的现状，把中国傩园（内含其他民俗文化）和秋水广场、摩天轮、万达广场文化结合起来，山上、山下、江边景点遥相呼应，就会出现一个新的旅游文化格局。当然，办好任何事情都有一个程序和落实的过程，我相信在即将打造南昌文化城的过程中，这件事一定会得到切实解决，以造福于南昌市广大市民和国内外游客。

江西物华天宝，人杰地灵，具有组织和拍摄影视、动画文化作品的丰富资源。多年来，我指导和参与拍摄的电视剧和纪录片、专题片、动画片，比如《牡丹亭》《黄梅戏宗师传奇》《小平小道》《花开千年》《水稻之源》《汪大渊传奇》等，无论是作品成功，在中央或省市电视台播出的，还是种种原因，有待改进提高，尚需继续完成的，以及运作不够，社会效益和经济效益不到位、不理想的，我和公司的同行都会总结经验，调整思路，继续努力，并致力于培养一批新人，联合有品位、有实力的影视文化企业，为江西影视多出作品、多出人才而努力。

贤士艺术馆中秋雅集部分艺术家合影

红谷艺术馆组织部分艺术家欢庆十九大演唱会和书画艺术展合影

江西创意高新艺术馆动工仪式

江西创意文化艺术产业有限公司成立10周年暨江西创意高新艺术馆开馆首展合影（前排右八为省政府原副省长熊盛文、右七为省文联党组书记郑翔、右三为公司董事长张武生）

江西创意文化艺术产业有限公司原董事长朱子云

参与组织拍摄电视连续剧《传说》

江西摄影名家作品展合影

南昌华南城领导与江西创意高新艺术馆部分艺术家、工作人员在抗“疫”花开艺术展厅合影

抚州市委、市政府领导钟利贵、黄晓波和北京、江西摄制单位领导在电视剧《牡丹亭》合作仪式上合影

联合拍摄电视连续剧《黄梅戏宗师传奇》开机仪式

第十章 三代忠诚

家庭是人生第一据点，是经世首个平台，也是亲情的天然港湾。像千千万万的家庭一样，我一家三代传承着中华民族传统文化和优秀品质，忠诚国家，热爱人民，奉献社会。

一、大爱无声

英国作家萧伯纳说过："家是唯一蕴藏人类缺点和失败的地方，它同时也蕴藏着甜蜜的爱。"

蕴藏着甜蜜的爱，一直在我父亲的心中。

父亲中年照

父亲这幅人到中年之照，我特别喜欢，一直收藏在身边。60年代初，父亲从一个林业职工转为国家干部，家庭兴旺，事业有成。照片中的父亲，表情庄重，满满阳光。可以想到，这是父亲最开心的时候。

就像很多年轻人一样，对于父亲我在很长时间内并不太了解，只是在读书填表的时候，会填上父亲的姓名俞子芳，以及他的家乡在浙江省浦江县（原义乌县）黄宅区王村。后来我才逐渐知道父亲出生于一个贫苦农民家庭，有一个姐姐和两个弟弟，一个弟弟叫子登，另一个叫子田。从祖父开始，我们俞氏家族代代为农，一直没有出过读书人。或许受俞氏大家族名人世家的影响，父亲勤奋自学，学有所长，还写得一手好字。

一家三代合影

兄弟姐妹合影

在几十年的家庭生活中，我和父亲接触不多，但有两个生活场景一直刻印在我的脑海里。

在我8岁的时候，正值大年三十的头天，母亲告诉我，父亲今天要回来了。晚饭前，我便赶到河边村头，等待父亲，望眼欲穿。突然我看见父亲肩扛扁担，一头是条大鱼，另一头是各种年货。父亲披着夕阳，快步流星，显得那么年轻，那么矫健！我被眼前的情景感动了，跑步迎接父亲，连声呼叫爸爸。父亲把我搂在怀里，亲了又亲。回到家里和母亲一起，全家人其乐融融，幸福极了。

在我儿子16岁的时候，年迈的父亲病入膏肓，昏昏欲睡，一天到晚都是眯着眼睛。别人说什么他都没有感觉，可当我们大声告诉他，他最疼爱的孙子俞琎以高分被华南理工大学录取时，他竟然睁开眼睛，拉上孙子的手，流下了一串串眼泪。这一场景让所有在场的亲朋好友动情，纷纷掉下眼泪。

每当想起父亲对我们这两代人的爱，想起一件件往事，我便感到一句名言说到了我的心坎上：在这个世界上，爱你最深却又不表达的人，便是父亲。

父亲一生都是为了工作，为了他人，为了后代。

父亲在自己的职业生涯中，始终把工作放在第一位，他默默无闻，任劳任怨，被大家称为“老黄牛”。无论是在安义还是奉新林业局，他年年被评为先进工作者，长期担任业务股长，在股级岗位上乐于奉献。父亲的老同事告诉我，父亲的职务低，作用大，每天都要从他手上办理木材业务，他有一定的审批权。六七十年代是木材紧张时期，可见父亲这一工作岗位的重要性。他们还告诉我，父亲坚持原则，秉公办事，不仅没有以权谋私，还得罪了不少乡亲好友；他还发挥自己的人脉关系，加强县外的业务联系，为县里林业发展和木材输出作出了贡献。

父亲对后代的爱护胜于自己的生命。父亲、母亲从进入晚年开始，不仅没有好好休息，反而进入新的“工作”领域，每日每夜照顾孙儿、孙女，几乎是废寝忘食、连续作战。我儿子俞琎是父亲最小的孙子，父亲年过六旬，更是对他疼爱有加。

父母亲与妹夫一家合影

一次到萍乡我妹妹家过年后，父亲带孙子乘火车返回樟树，路上遇到大风和降温，天气十分寒冷。父亲不顾重病在身，脱掉自己的大衣，紧裹在孙子身上，而自己受尽风寒，回家后大病一场。

父母和岳父母在我家合影

父亲在南昌的最后岁月，已是病情严重，步履艰难。而令人惊奇的是，他老人家以顽强的毅力，坚持像往常一样，每天从省广电厅步行到八一广场，再到羊子巷小学接孙子回家。这是一段父亲身患重病顽强接送孙儿的日子，其中饱含的爱心力量让人无法相信。

父亲对子女的教育，重在思想品德。从80年代开始，我先后在萍乡市和省直机关担任领导职务。父亲从来没有因为我的进步和条件，提出过任何个人要求。特别让我感动的是，父亲心底里很想回老家浙江浦江一趟，见我工作繁忙，便一直不对我言明心意。我不知多少次出差到浙江、上海，其中一次还带队到浙江东阳横店影视城考察，途经浦江也没有停留。我在仕途中，经历过“青云直上”，也有过种种挫折，但是父亲相信组织，相信儿子，荣辱不惊，顾全大局。父亲一直严格要求我、提醒我，一定要做一个品德高尚的人，廉洁自律的人，有所作为的人。

父亲是儿孙的精神偶像。从小到大我看到的父亲总是那样自信，那样乐观，那样冷静，即使在因脑血栓引起瘫痪失语的十多年中，他还是那么坚强和坚持，一点儿也不悲观。一次他在家里因中风摔倒在地，一次在省二附院做手术，病情那么严重，手术那么痛苦，他却从来没有在我们面前说过一句苦楚，更没有半点怨言，一切都在忍耐之中。在他失语的日子里，我常抚摸他的手，可以触及他内心深处的痛苦和无奈，从他的表情中依然可以看出父爱的关心和期望。我非常后悔的一件事情，就是没有和父亲面对面深谈过。父亲一生经历过那么多，又有多少往事值得留恋，可我没有给父亲这个机会。父亲一生没有和我们有过释怀的机会，我们也没有让他享受应有的幸福晚年，这使我留下子欲养而亲不待的终生遗憾。

2008年5月20日，父亲走完了90春秋的历程。他走得那么平静，那么安详，就像往常睡着了一样，永远地休息了。

常言道：父母天地心，大小无厚薄。父母是孩子的镜子，父亲是孩子严厉的法官。我深深感到，父爱可以牺牲一切，包括自己的生命。只要父亲健在，我们就无忧无虑，总是那么年轻、那么快乐。

二、寸草春晖

高尔基说："母亲是唯一能使死神屈服的力量。"我从母亲身上深深领悟到了这一点。在这个世界上，我们永远需要报答的最美好的人，就是母亲。

我永远记得那一天，母亲临终前和我的亲切对话。当时我并不知道这是我们母子生离死别的日子。

那是2009年大年初二的晚上，万家灯火，家家团圆，一片喜庆。没想到母亲突然病重，卧床不起，说话也打不起精神。我们一大家人都围在她身旁，气氛显得严肃而又紧张。母亲看到这个情

母亲和孙子俞琎

形，却镇定自若，一脸常态，劝我们不要这样难过，一再说自己很快就会挺过来。

我的母亲和父亲一样自信而又坚强。不知有多少次发生这种病情，她都在村、乡和市医生治疗下转危为安。这次她又和我说，要找樟树市医院内科彭主任，只要他一来，她的病就会好的。她认为自己还有一段时间，劝我们放心，各自回房间休息。

在我们和市医院彭主任通过电话之后，母亲病情比较稳定了，我们也相信母亲还有恢复的希望。此刻已过子时，我和妻子胡小红连夜赶回南昌换取衣服。儿子俞琎和姑姑、叔叔一起，继续陪伴着母亲。特别是我儿子，一直偎依在他奶奶身旁。儿子是我母亲从小带大的，是我母亲最喜爱的孙子，有孙子陪伴在身旁，是对她老人家最大的安慰。可就在这天的清晨，母亲病情突变，与世长辞。

她走得那么突然，那么安详，那么无声无息。就像父亲去世一样，我们全家为母亲举行了简单的葬礼，伴随着一路鞭炮和下葬仪式，我们在场泪如雨下，哀思无比。

几天之后的一个深夜，我梦见母亲在我楼上窗外呼唤我的小名“林根”，还敲着窗户连声说要进来看我，我也连说“妈妈你进来呀”，妈妈说“我进不来呀”。我心里一着急就醒了，原来是母亲托梦。这不禁让我想起但丁的一句名言：世界上有一种最美丽的声音，那便是母亲的呼唤。我真想母亲多托梦，多听到她的声音。

好长一段时间，我特别想母亲。只要我一安静下来，母亲的音容笑貌就会浮现在我眼前。我总觉得她没有走，时时刻刻都陪伴在我们身边。我真恨不得地球倒转，重又回到我的童年时代，拉着母亲那双温暖的手，跟她讲述过去的事情……

后来，我的心慢慢平静下来，但仍会常常想到母亲。每次到商店看到母亲喜欢吃的广桃酥和糕点，还有百合粉，我都会想到我给母亲选购的场景。可是，我再也没有这个机会了，一种浓浓的失落感涌上心头。

我的母亲名叫杜桂香，1921年农历八月初三出生，土生土长的江西樟树（清江）人。像父亲一样，她生于乱世，出身贫苦，目不识丁。与父亲结婚后，她以自己瘦小体弱的身躯，撑起了家里的千斤重担，把我们五兄妹抚养长大。

父亲和母亲

勤劳是母亲的本色。母亲接连生下我和大弟新根、大妹金兰、小妹月兰、小弟望根，生活在五六十年代，家庭条件那么差，父亲一直在外工作，她一人硬着头皮把我们一个个拉扯大。母亲每天都起早摸黑，缺吃少睡，忙于把子女拉扯大，也忙于操劳家务。这让她面黄体弱，几乎没有过上一天轻松日子。我们兄妹成家有了小孩之后，母亲和父亲又到了工作“第一线”，帮助我们几家带好孙儿、孙女。就这样，母亲为我们忙了一辈子，也苦了一辈子。

节俭是母亲的风格。在跟随母亲成长的日子里，我看到母亲穿的都是旧的或者带补丁的衣服，几乎没看到过她穿新衣服。我们兄妹的衣服，也都是一个接一个的旧衣服，以至于我习惯穿旧衣服，连过年都不愿意穿新衣服。饮食上更简单，基本上就是稀饭、红薯、咸菜、蔬菜，几乎天天一个样。为了家里的柴米油盐，母亲真正做到了节约每一粒米、每一滴油。我记得有一次我在河里游泳，把一块肥皂浸泡在水里，回来后两手空空。这块肥皂的浪费，让母亲非常心疼，这个场景我至今记忆犹新。

善良是母亲的性格。母亲不仅以自己的善良之心，教育我们子女后代，而且要求我们与人为善，多做好事。我在省直机关工作时，每逢春节来临，母亲总是要求我带上几十幅挂历，送给亲朋好友，以示新春祝福。每次家乡有了急需抢救的病人，无论男女老少，她都会打电话要我出力帮助。好几位老人和儿童到南昌被抢救过来，也确实得到了母亲的关心和我的配合。在母亲的指点下，我为家乡护树、修路、校建、文化做了不少事情，没有辜负母亲的期望。

贤惠是母亲的品格。父亲病重回老家时，母亲已年近八旬，但她坚持伺候父亲，与父亲寸步不离。大弟和大妹也在家照顾父亲母亲，但他们常有农事、家事在身，一直在父亲身边的还是母亲。父亲不能自理，不能讲话，不能走动，生活的每一个细节，都是母亲包揽。母亲太累了，一晃又是整整十年，这需要多大的勇气和毅力！这对患难与共、风雨同舟的夫妻，上演了六十多年"同生死、共命运"的爱情交响曲。

三、连理之殇

与前妻合影

逝者如斯，岁月沧桑。每当我想起前妻杜莲英，不由陷入一种沉思，感叹一个人的命运多舛，婚事难料，生活不易。

我和前妻杜莲英本村本土，是一起长大的老乡。她出身草根，家境贫寒。她父亲杜龙圣，是我们村的村主任，母亲是农家妇女，有三个妹妹一个弟弟，大妹杜美英，二妹杜秋英，小妹杜小英，弟弟杜宏根。我读大学时，杜莲英还在读初中。由于年龄的差距，我们很少交往。她高中毕业后，碰上洪都机械厂招工，就有机会到了南昌市工作。那个时候能当上大企业职工，也是挺荣光的。而我在萍乡工作繁忙，一时也没有找对象。回家乡过年时，我们正好遇上了。过去十多年了，我印象中的小丫头，已经长成

前妻和她妹妹合影

了大姑娘，清新可人，落落大方。或许小时候村里开过我们俩的玩笑，她却牢记在心里。她主动和我打招呼，既不胆怯，也不害羞，还邀请我到她家做客。此后，我们保持着通信联系。

一年之后，我们相爱了。她毅然决定从南昌调到萍乡，在市电信局当话务员，在萍乡与我结婚成家。大妹杜美英也跟随她到萍乡，妹夫叫曾水保。本来想一大家子好好过日子，可万万没有想到，在我们结婚之时，莲英所患的“重症肌无力”之病就开始加重了。这个病始于眼睛，逐步发展到全身，整个人处于一种半瘫痪状态，连喝水都要靠药物才能吞下。这给了她以致命的打击，也使我一家陷入了困境。

从此，她先后到市医院、市中医院，以及湖南、广东、上海、青岛等医院治疗，后又经乡下土医师治疗，都没有效果，并且越来越严重，其间发生过一次次病危抢救。为了治病，她以坚强的毅力，不知吃了多少苦头，也不知煎熬了多少痛苦，可她从来不和我说。在我工作繁忙、往往照顾不周的时候，她从来没有一句怨言，在任何时候都理解和支持我的工作。

到了1987年10月，她看自己快不行了，坚持到南昌江西中医院住院，就是要每天看到我，要我在她身边。只要我在，她就充满期待。我当时分管省电台、省电视台工作，每天忙得不可开交，只有晚上到医院看望，主要依靠在萍乡的小妹杜小英日夜照顾。莲英的病情越来越重，可她却一如往常，从不叫苦，从不灰心，让我安心工作。1988年4月26日早上，她突然再次病危，抢救无效，永远地离我而去。在她的病床前，我久久地看着她平静安详的脸庞，忍不住流下一串串眼泪，不愿意离开她半步，那种生离死别、依依不舍的愁绪，顿时涌上了心头。

给她送葬的那一天，我乘车从南昌出发到老家，一路流泪不止。在旁陪同我的省电视台办公室主任谢军一直劝我，安慰我。办完丧事之后，我在自己的房间桌上，一直放着她那张梳着小辫、青春焕发的半身照片，静静地看着她、深深地纪念她，了却我心中挥之不去的情感。

四、琴瑟和谐

岁月如梭，光阴似箭。不知不觉我和妻子胡小红结婚已经三十多年了。我们三口之家，和和美美，心心相印，温馨快乐。

结婚照

妻子和儿子

说实在的，我对妻子怀有感激之情，也庆幸自己在最需要爱情的时候，上帝之手把妻子捧送给了我。据说缘分是百年、千年修来的，这当然只是个说法，但不管怎样，缘分确实来之不易，又似乎是天之作美。

我和胡小红的相识就是这样，一切都似偶然之时，而又在必然之中。

1987年大年初二，省电视台主持工作的杨淑良（女）副台长，请我回南昌处理有关工作。由于过年不便打扰司机，我坐公共汽车从萍乡到上高，看望我大学同学、老乡、上高县长孙志泉后，再由他安排车送我回南昌。在上高县招待所吃晚饭时，我偶遇了胡小红和她母亲。原来她们也是老乡专程来看孙县长的。这样我们边吃边聊，十分开心。饭后县广电局领导找孙县长，邀请我和孙县长一起参加他们组织的春节联欢晚会。盛情难却，我们只好赴会。入席就座时，正好碰上一批德国企业家，主宾之间总得有点文化交流。正在尴尬之时，没想到胡小红挺身而出，以流利的英语和德国客人交流，让大家兴奋不已。胡小红端庄秀丽，举止大方，给我留下了美好的印象。

过了几天，大年初六上午，我乘车从南昌到樟树给父母亲拜年。在樟树码头，渡船开到河中心就搁下了。我从车上下来，面对熟悉的江水，不禁想起青少年时，不知多少次来往于赣水之间，可惜没有当年的滔滔江水，浪遏飞舟了。正在沉思之中，传来一声清脆的“俞厅长”，我一看正是胡小红，真是无巧不成书。我们一起聊起樟树的往事，聊起小时候的故事。当胡小红问我怎么不带爱人、小孩一起回老家时，我只好告诉她我爱人重病在萍乡，也没有小孩。这时胡小红感到自己太唐突了，一再表示对不起。

记得5月份的一个周日下午，我的老乡、时任《江西日报》副总编辑周金广到我入住的洪都宾馆来看我，还带了一个小丫头，我一看是胡小红。原来江西日报社办公与住宿都在洪都宾馆附近，不过一墙之隔。我们一起聊得很投机，互相之间也更熟悉了。后来因为我工作繁忙，忙于应酬，而胡小红家在临江，刚到医院工作不久，也很少到南昌出差，我们通过书信来往，一直保持着联系。

1987年6月，我上庐山参加全国电视台长会议，在云中宾馆洗澡时不小心撞破脾脏，导致病危送庐山医院抢救。庐山医院医护人员全力以赴，日夜操劳，在世界遗产的秀美庐山，演绎了一场抢救生命的故事。在长达一个多月的时间里，胡小红一家人，和很多亲朋好友一样，上山看望我、安慰我。从庐山治病和修养后，我即赶回南昌投入工作，想把耽误的时间抢回来。

岳父、岳母及全家福

天不作美，祸不单行，前妻在省中医院住院治疗数月，经抢救无效，不幸离世。面临困境的时候，我得到了同事和亲友，包括胡小红一家人的安慰和鼓励。半年之后，我的精神状态从低迷中振作起来，生活、工作也恢复了正常。

在这个时候，不少领导和朋友给我介绍对象，介绍的大都是机关干部和大学生。我妈有意和我生活在一起，希望我找一个她喜欢的、有文化修养的女孩子。但真有说不清的原因，不是我不满意，就是母亲不喜欢。后来我的老师和同学跟我说，不是有个老乡胡小红吗？她还没有找男朋友，为什么不可以找她？大家在我们两人之间做工作，找机会让我们见面，就这样我们更加接近了。但我内心深处还是有些顾虑，我妈认为胡小红漂亮能干，人又聪明，但年纪太小了。我妈想让我找个年纪大一点儿，更成熟一点儿的。

但是，缘分是不可阻挡的。通过我和胡小红的进一步接触，我们之间的信任和情谊逐渐走向成熟。无论有什么看法，也无论有什么困难，我们都勇敢面对，充满信心。1989年5月，我们在众多省市领导关心和亲友们簇拥下，终于走进了婚姻的殿堂。

正如露珠附于花冠那样，爱，寓于清纯的灵魂深处。正因为这样，一个人在爱他所爱之人时，会显得无比理解与宽容。

我们的婚宴十分简单，在南昌市丁公路省煤炭厅招待所举办，参加宴请的有省广电厅、省广播电台、省电视台的领导和部分中层干部，总共只有三桌。但场面布置一新，气氛热烈，洋溢着一种大家祝福的欢乐。省煤炭厅招待所工作人员，精心安排，热情服务，给了婚宴很大的支持。此情此景，让我兴奋不已，久久不能平静。现在，我终于有了一个温馨的家庭，可以安安心心地过日子了。

在我们生活的初期，经济上十分拮据。我们结婚时连一件像样的家具和电器都没有，买一个电冰箱，花费了我一年的工资。到了1991年，我们好不容易有了一千块钱存款，这是我第一次有了积蓄。胡小红用这笔钱，一是买了《鲁迅全集》花了一百四十多元，二是为儿子买水袋花了一百多元。可见在她的思想深处，想的是支持丈夫的学习和工作，是关心儿子的健康和成长。

当然，妻子的可爱之处，更多的是她的智慧和包容。

为了支持我的工作，组织上把胡小红从樟树调来南昌省厅工作，并同意按照胡小红个人意愿安排工作岗位。但我和胡小红商量，提出她到省厅驻梅岭702发射台工作。这样胡小红就到离南昌几十公里外的山上上班，每周只能回来一次，胡小红毫无怨言，坚守岗位，积极工作，一干就是十多年。

我们结婚后一段时间没有住房，临时住在青山路萍乡驻南昌办事处。胡小红一度在702台驻南昌办事处上班，我每天上下班虽有专车接送，但她从来不坐我的小车，一直坚持骑自行车上班。怀孕之后，她也仍然坚持骑自行车上班。有一次她骑车在丁公路，被汽车撞了，滑倒在车底下，当时把周围的人都吓蒙了，纷纷过来帮助。待她从车底爬出来时，发现下身已经流血，被送到医院后医生要求手术流产，可她坚持保胎，一直到孩子出生。

在单位她平等待人，真诚待人，热情待人。很长一段时间内，省厅、省台的工作人员，大多数都不知道她丈夫是厅领导，以至于闹出了一些笑话。在702台和教育出版社工作这么长时间，她从来都是以普通工作人员的身份，做好行政管理工作，端茶倒水，送饭送菜，这些她都心甘情愿，忙忙碌碌。对此，单位所有员工都为她点赞。

无论是单位还是家庭，她都对人善良而又宽厚，具有很强的包容性。在单位，她尊重和团结所有的同事，乐意和各种性格的人打交道。即使是她有看法的人，也能理解和共事，从不说三道四。在家里，胡家和俞家这两个大家族，她是大管家，具有举足轻重的作用，为两家的和睦作出了重要贡献。

现在我们年龄大了。然而，真爱是不会老的，它存藏永恒的火焰与不灭的光辉。这种人性之火，无论在任何时候都不会熄灭，并且会越烧越旺，既温暖自己，也照亮他人。

俞家、胡家全家福

五、子贤可期

儿子幼年

儿子的出生、长大、成熟，是我生命中无比荣幸和自豪的事情。

儿子1990年出生取名时，我是查了中华字典的。之所以给他取名为“俞琎”，是因为“进”字加了“王”，望儿不寻常，希望他不断进步，走向成功。同时，“琎”字中有个“王”字，意思如同一块晶莹的玉石，漂亮而又坚硬，愿他今后成为能文能武、能屈能伸的大丈夫。

有人说，名字对一个人的一生很重要，或许有些道理。儿子俞琎，从南昌羊子巷小学，到育新中学，到江西师大附中，到华南理工大学，一直到中国联通广东省分公司工作，确实春风得意，一路畅通。

这当然有学校老师、单位领导和我父母、亲友的关心培养，也有他个人的悟性和后天努力。

记得儿子2岁时，有一次，在我看完6点半《江西新闻》，准备看中央电视台7点《新闻联播》时，儿子急忙跑到我房间大声说：“爸爸，嘭嘭来了、嘭嘭来了。”原来儿子听惯了央视《新闻联播》开始的声音，告诉我马上要播《新闻联播》了。此时，我一阵惊喜，但也不得其解。他这么小的年龄，怎么懂得提醒爸爸？还有一次，我在收看7点央视《新闻联播》时，儿子也站在我旁边看。在央视播出《天气预报》时，儿子跟着音乐节奏，同时和播音员说出各主要城市和港、澳、台名称，有时比播音员说得更早。只是儿子口音不准，把“呼和浩特”说成了“朴克波克”。这更让我大吃一惊，他怎么能全部记住，一个不少，还能比播音员念得更快！

儿子上小学的时候，我和妻子探问过儿子：“你将来想成一条龙还是一条虫？”儿子脱口说出：“我不是龙，不是虫，我是一条蛇。蛇就是小龙。”这孩子可真调皮，那么小的年纪，竟然懂得“龙、蛇、虫”！三者之间他不取上，不取下，而取中，冥冥之中有些道理。儿子对我父亲、母亲特别孝顺，说一不二。他对老师更加尊重，把老师看得高于一切，把老师的话当作“圣旨”，常常对我们讲，老师怎么说、怎么好。他是个听话的孩子，上学从不迟到、不早退，风雨无阻。我父亲每次送他上学，快到校门口时，他就会让我父亲先停下来，并挥手示意送爷爷。他懂得爱护自己，生怕同学笑他娇气。

儿子童年

儿子读初中的时候，我的萍乡同事、北大毕业的黎祖谦，在南昌梅岭702台看到我儿子这么聪明伶俐，提出要和儿子成语接龙，每说一个字双方接上一个成语。经过多次较量，儿子不甘落后，不甘失败，让黎祖谦大吃一惊。他和我讲：“你这个儿子潜力很大，将来一定是个才子。”我的同班同学、擅长

儿子少年

数学的周仲武、中学数学老师彭石天，在高考前辅导儿子数学时，发现儿子基础好，疑难题一点就通，以后只要用功，肯定能考上好大学。高考时，儿子发挥正常，考出了自己的最好水平，考上了华南理工大学。该校学生大都为来自全国各地的“尖子”，儿子又选择了华南理工“王牌”专业之一——电子信息工程专业。

这对儿子是一个挑战，他也一度学习跟不上，甚至出现个别学科不及格的情况。但儿子不灰心、不放弃、不松懈，顽强拼搏，刻苦学习，终于克服种种困难，顺利完成了学业任务，成为一名合格的大学生。

儿子在广州参加工作之后，一直表现不错，多次受到领导表扬。有一次，我和中国联通广州分公司原董事长周友盟聊天，谈到如何帮助儿子进步时，她拿一支筷子出来，比喻一个人才的培养，就像一支筷子，只能一节节成长，就像通常说的“芝麻开花节节高”。她比喻儿子虽然进步不小，但现在还只到了筷子的三分之一，还要埋头苦干，继续进步。儿子从中领悟到了周总的成功之道，更加刻苦学习，努力钻研，做出了成绩。从中国联通广州市公司调到广东省公司之后，儿子更加谦虚谨慎，求真务实，经常到基层，到市场，到用户中调查研究，扎扎实实工作。面对新时代的到来，儿子

儿子工作照

对自己提出了更高的要求，多年被评为省联通系统的先进个人，潜心钻研，奋发有为，努力为全系统智慧医疗、大数据、5G的发展作出贡献。

儿子、侄子和我

儿子从小尊敬长辈，孝顺父母，我存有他几年前写的三篇随笔，足可窥见他仁爱慈善之心。

1.我的爷爷

老年之初的爷爷照

许多故事，常常以美丽、欢乐为开始，以悲伤做结束。是的，生活中一道道仓促的划痕都会成为我们刻骨铭心的记忆。每个人的生命都会留下遗憾。最让我揪心的就是回家的时间太少，懂事以后和爷爷在一起的日子更是屈指可数，满打满算加起来不到几天。不知不觉中，爷爷已经离开我们半年多了，他留给我的是太多的回忆，儿时朦胧的记忆里饱藏着爷爷对我深深的爱。

爷爷对于我们这一家人来说，是座耸立的高山。而我们只是一颗颗石子，源于山，却并不了解山。我出生的时候，爷爷已有70岁高龄，因为我是最小的孙子，爷爷自然对我倍加宠爱。再加上爸爸妈妈工作比较忙，小时候我和爷爷奶奶在一起的时间就比较多。

在我的记忆里，爷爷不仅没有打骂过我，而且简直不能单单用“好”字来形容。生活中诸多爱的密码，是需要细节来解读的，直到今天我才读懂了爷爷许许多多对我细节上的关心。

记得小时候，爷爷最喜欢抱着我到处走。广场、中山路、公园是我们经常去的地方。每次出去，我总会让爷爷给我买一大堆吃的、玩的东西，爷爷对在我身上花钱从来毫不吝啬，而我总是高高兴兴地满载而归。上幼儿园以后，爷爷负责接我，记得很清楚的是爷爷每次接我的时候都会带很多吃的，而且每天的东西都不重样，这让我每天都很期待放学。在楼下和小伙伴们一起玩的时候，爷爷总是在远处默默地看着我，我每次摔跤或者和小伙伴们玩得不开心而哭闹时，第一个出现在我身边安慰我的一定是爷爷，他总能以最快的方式让我重新高兴起来。爷爷也教会了我很多东西，象棋、军棋、扑克等，他忍不住把自己的强项传授给我。但是每次和我玩这些的时候，爷爷总是想方设法地让我赢，因为我赢了就会很开心地笑，在他眼里，我的笑比一切都重要，只要我天天开心，他无论怎么样都可以。

爷爷对我的关爱难以言表。记得我才3岁多一点儿的时候，我们一家人一起去萍乡过年，由于我坐汽车容易晕车，在去萍乡的路上三番五次地呕吐，所以回南昌的时候只能和爷爷坐火车回来。回来的路上，天气突然冷了起来，我冻得浑身都在发抖，那时候外面正在下雪，爷爷穿的衣服也不多，而且身体也不好。但他二话没说就把自己的外套脱了下来把我包住，然后看着我舒心地笑了笑，很快地，我就像一只小松鼠一样在爷爷的怀里睡着了，当时也不懂事，根本就不知道爷爷那一晚上是在和寒冷做斗争，一个70多岁的老人顶着严寒一夜不睡是多么难熬。正是因为那一夜，爷爷生病了，连续住了一个多星期的医院。

也可能是平常过度劳累，没有注意休息，爷爷的高血压经常发作。到了我6岁的时候，爷爷基本上天天都住在医院，有几次终于可以出院了，还没在家里住几天就又生病住院了，而我那时候刚刚上小学，也没有去注意爷爷。直到有一天突然听说爷爷要开刀，小时候一听到开刀这个字眼，我就会吓得浑身发抖，于是在爷爷开刀前我去医院看望了一次他老人家，爷爷跟我说了很多话，说了什么我现在也记不太清了，只是很清楚地记得，我一去就趴在爷爷的病床上哭着说："爷爷，你要开刀啊，是不是很严重，会不会死啊？"爷爷却淡然地笑着对我说："不会的，我还要看着你长大，读大学……"那时候我虽然只有6岁，但是也知道爷爷这么说只是让我不要太难过，所以我还是一直哭，直到我离开医院为止。谁也没有想到，从那次以后我再也没有听到过爷爷说话了。爷爷做完手术以后好像很久都没有出院，他的病也慢慢发展成了中风瘫痪。他出院回家后已经和原来完全不同了，变得根本不能自理，还需要奶奶来照顾他。从那一刻起，我就好像失去了爷爷。

尽管爷爷病得很严重，在他老人家心里还是什么都清楚的。虽然他已经中风瘫痪，但是他对我的关爱丝毫没有减少，每次我放学回来，他都会看着我微微地露出笑容。还记得有一天，全家人都很忙，大家中午都没有时间接我，于是早上爸爸妈妈就在讨论中午放学谁来接我，最后也没有讨论出结果。令我感动的是，爷爷听到了，以为没有人去接我，竟然一瘸一拐地走到我们学校，并在放学之前走到了我们班的门口。爷爷一只手拄着拐杖，另外一只手里还是像从前一样拿了一个苹果和一包牛奶。他走到我们班门口时，用手轻轻地向我打着招呼，嘴也在轻轻地动着，想说但却说不出来。他虽然说不出话来，但我从他那焦虑的眼神里读懂了他那疼爱儿孙的心。从爷爷身上，我读懂了一种前辈那博大的胸怀与赤诚的亲情。下课之后，我飞奔出教室并大声地喊着爷爷。和以往一样，他见到我的第一件事就是将手中的苹果和牛奶递给我，后来我慢慢地搀扶着爷爷回家。在路上，正好遇见了匆匆赶来接我的奶奶。在我们的搀扶下，我感觉爷爷都已经走得很累了，更何况是来学校的一路上，根本没有任何人的搀扶，是什么力量让他独自一人，从远在八一广场之外的家中艰难地走到学校。他不能说话，又是以什么方式问得我们班的具体位置——那便是爱，是一种升华至神圣的亲情。这是一般祖父难以做到的啊！在他的心目中，孙子比他的生命还重要！

后来爷爷终于在南昌待不住了，他想念自己的家乡了。一是想到爷爷应该回老家住一段时间，二是考虑到老家有更多的亲戚可以更好地照顾爷爷，而且爸爸妈妈的工作也比较忙，于是爸爸就把他送回到了老家。因为我也上小学了，学习比较紧张，只有寒暑假的时候才能抽空回去看看爷爷，和爷爷在一起的时间便越来越少了。爷爷在乡下过得也不是很好，乡下的环境不如城里，再加上爷爷本来就病魔缠身，身体自然一天不如一天。慢慢地，爷爷的脸上几乎没有了笑容。但是每次我和爸爸去看他的时候，爷爷总是会目不转睛地看着我，紧紧地握着我的手，嘴角终于露出了一丝微笑。然后我奶奶和姑姑就会在他耳边对他说："这是你最喜欢的孙子俞琎啊。"他听完会点点头，眼角也有泪水悄悄地滑落。那时候我一点儿都不懂事，只是看到爷爷那个样子，心里也很难过。直到现在我才读懂爷爷每个细节动作的含义。他微笑是因为看到我正在茁壮成长，就仿佛看到了生命的意义。如果现在能回到那个时刻，就算让我和爷爷在乡下一起待一年我也不嫌多。

爷爷就这样过了十多年，我也在他老人家的呵护下渐渐长大、懂事了。记得我考上大学以后去看爷爷，那时候爷爷的病情已经加重了，而且又摔了一跤，牙齿咬到了舌头，出血不止，那种场景真是让人不忍心再多看一眼。爷爷被送到医院的时候好像已经不省人事，谁都不认识了，连止血的棉花都被他吞了进去，医生也说他完全失去了知觉。我去医院看爷爷的时候，爷爷正在昏迷中，后来终于醒了，他居然在失去知觉的情况下还认得出我，并且用手去拉我的手，这就像是一种本能。我悄悄地在他耳边说："爷爷，我考上大学了。"我说了好几遍，爷爷终于点了点头。看得出来他那个时候已经很痛苦了。我真希望我能帮爷爷解除病痛，可惜我根本做不到。

上大学的时候，我经常会想起爷爷，想起我和同学玩得正开心的时候，爷爷正在痛苦地煎熬。终于，去年5月20日，爷爷仙逝，永远离我们而去了。更可惜的是，因为考试我没有办法回家为爷爷送终。我现在才懂得，人生最不能等的莫过于孝敬父母，孝敬老人。听到爷爷去世的消息，我虽然在遥远的广州，心里也在默默地喊着："爷爷，一路走好。"

爷爷下葬那天的烟花照亮了荷湖村的天空，照亮了亲人们悲痛的脸，或许也照亮了虚无之中他在天堂之上前行的路……

（2008年8月）

2.我的妈妈

今天是"三八"妇女节，我却没有给妈妈送什么礼物，只是简简单单地发了一句"节日快乐"，妈妈给我回了一句"儿子快乐，我就快乐"。这么多年来，也没有好好表达过对妈妈的爱，其实挺惭愧，但是在我心里，妈妈却是最温暖、最美丽的摇篮，承载了我这二十多年的梦想。谨以此文，献给我最伟大的母亲。

妈妈在庐山含鄱口

难忘二十八年前的那个春天，我呱呱坠地，从此开启了一段美丽的旅程，而陪伴我最长久的人，就是妈妈。翻开旧时的相册，一股股幸福的暖流涌上心头，特别有印象的一张照片是我和妈妈坐在一条小船上，我们幸福地笑着。

妈妈的爱体现在她对我无微不至的关怀中，我的成长倾注了她120%的心血。她也是我这一生最亲密的人，从最初的喂奶到现在的工作，她恨不得所有事都替我包办，对我的宠爱程度几乎胜过了任何一个家庭。直到现在，我们还保持着每天几个电话的热线联系，我有事没事都喜欢找妈妈，因为她是我的庇护神，只要有委屈，妈妈一定是最好的避风港。还记得大学时闹过的笑话，我和同学在一起，遇到了不开心的事，第一句喊的居然是“妈妈”。为了给我创造更好的条件，妈妈对自己节省得不得了，从来没有买过什么贵重物品，而对我却万分舍得，再贵的东西，只要我想要，她一定会给我买。妈妈对我的成长一直持开放态度，而且所有我喜欢做的事，只要不是坏事，她一定支持我。我小时候喜欢电脑，妈妈就在家里开了网络，让我成了最早接触互联网的一批人；我中学时喜欢流行音乐，妈妈就陪着我一起听最新的流行歌曲，让我在音乐方面也小有造诣；工作后我想要接触股市，妈妈毫不犹豫地给我打了一笔钱，让我学习金融知识，纵然亏得很厉害，但是妈妈还是鼓励我继续持仓。可以说，我目前所有的幸福，都是妈妈给予的。而我，却不曾给予妈妈什么。

妈妈的爱体现在她对我们整个大家庭的辛劳贡献中，中国传统女性的优点，在妈妈身上得到了最好的体现，不仅要坚守在工作岗位上努力赚钱，相夫教子、照顾老人更是占用了大部分时间。几十年来，家里大大小小的事，都是妈妈在操办，不仅要照顾我和爸爸，俞、胡、刘三大家族的一大帮人，上有外公外婆、爷爷奶奶、舅公舅婆等长辈，中间有叔叔婶婶、舅舅舅妈、姨妈姨父等，下有哥哥姐姐及他们的子女，妈妈都要顾及，她成了我们整个大家庭的顶梁柱。虽然事情繁多，但是妈妈总是不辞辛苦，做到尽善尽美，让家中所有人都充满幸福感，我要为妈妈的贡献点赞！

而妈妈最让我佩服的一点是，她不仅有着中国传统女性的优点，还是跟上时代潮流的“先锋”。妈妈最初在电视台工作，后来被调去江西教育出版社担任中层干部。妈妈虽然出生在60年代初期，却一点儿也没有和时代脱轨，她懂得的领域已经完全超过了很多年轻人。她会开车，歌唱得也很棒，懂建筑，还懂互联网和电子商务，更让我惊奇的是，妈妈有着超强的销售和业务公关能力，甚至能和互联网公司的CEO对话。妈妈虽然即将退休，但是仍然有很多单位想继续聘用她，她的社会价值是被很多人所认可的。妈妈协助爸爸做文化产业，后来成了我的创业启蒙导师，先后在教育培训、产业园、青年公寓等多个项目上大力支持我和我的团队，和我一起寻找商机，谋划未来的发展。在我事业不顺的时候，妈妈会给我最大的支持和鼓励。我时常在想，妈妈在这个年龄尚且如此努力奋斗，我还有什么理由寻找安逸，这也成了我努力奋斗的最大动力。

而让我感到惭愧的是，我这一路走来，带给妈妈的烦恼太多了，过年过节也没有给妈妈买过什么东西，更多的都是把自己的爱埋藏在心里，我是一个不太喜欢表达感情的人。我对爸爸更多的是尊敬和崇拜，而对妈妈，是深深的依恋。记得2008年的汶川地震出现了很多感人的瞬间，如果生命只剩下最后一刻，我第一个想到的一定是妈妈，这个我一生中最重要的人。

谁言寸草心，报得三春晖。人生路上，亲情是最持久的动力。愿爸爸妈妈青春永驻，我们一直幸福地走着……

（2015年3月）

3.我的爸爸

光阴似箭，岁月如流，转眼间我已经走过了二十八个年头。最近，看到父亲正在准备写他的个人自传，表面平静的我实际上思绪万千。我知道，一个人写自传的开始便是步入黄昏之际的标志。老实说，我并不擅长写文章，但是我知道，文学对于我的父亲而言，确实意义非凡。再加上我和父亲沟通的时间本来就非常少，所以我觉得，这是一次非常珍贵的机会，借他写回忆录之际，抒发我的一些感想。

与爸爸妈妈在仙人洞前合影

父亲中年得子，在我小时候自然对我宠爱有加，宝贝似的惯着。他经常对妈妈说："感谢你给我带来一个这么可爱的儿子。"我能从他的话中感觉到我的出生给他带来的意义。虽然我那时候还很小，但是我清楚地记得父亲曾多次带着我在公园附近散步，给我讲"树叶子的故事"，到后来，只要有时间，他总是会把我从楼下抱上5楼，一开始父亲单手抱着我上楼也游刃有余，后来随着我不断长大，他甚至有点抱不动我。亲戚们大多数都非常羡慕我，说我是含着金钥匙出生的。的确，我出生的时候父亲已经是省广电厅的副厅长，但是我并没有很大的优越感，倒是经常感叹"我们家是个穷家”。父亲对我的爱从来不用言语表达，而是在行动中让我体会深刻，除非犯了原则性错误，否则他从来不打骂我，在家里扮演着慈父的角色。从后来留下的录像和照片中可以看到，我竟然还调皮地骑到父亲的肩上。记得上了初中之后，我开始一个人睡一间房，父亲每天凌晨都会醒来，从楼上跑下来看我有没有盖好被子，直到我考上大学为止。

父亲对待工作的态度是一丝不苟的，更是严肃的，他工作的时候一定不允许任何人打扰。有一次我在玩，不小心吵到了他，一向舍不得骂我的他，竟然对我大发雷霆。从那以后，只要他在工作，我一定不敢去打扰。

如果以后有人问我，父亲给我留下最珍贵的是什么？我一定会毫不犹豫地告诉他：善良和大气。父亲告诫我最多的就是，一个人首先要有个良好的品德，对人要善良真诚；其次要大气，不要害怕吃亏。这几句话在父亲身上得到了最好的诠释，父亲的作风之正、品德之美这些年一直深深影响着我，甚至影响着我们整个大家庭。父亲为官平易近人，办公室大门对所有工作人员敞开，甚至是守门的叔叔阿姨，也可以随时到他办公室去与他直接沟通，几乎所有跟过他的工作人员还有司机，都被他的善良和美好品德深深感动，离开时都纷纷表示不舍。父亲每次回到家乡，碰到家乡的老人都会送上一点儿钱，让他们好好生活；每次在街上碰到要饭的老人，他总会掏出几块钱解囊相送。其实，我们都知道那些沿街乞讨的人很多都是假的，但是，在父亲的脑海中，这些东西压根就没有浮现过，因为他觉得这个世界上大多数人还是内心善良的。这就是父亲留给我最珍贵的东西，我会带着它一直走下去，也会把它传承给我们俞氏家族的后代，成为激励我们的正能量。

我曾在纪念爷爷的文章里写到，人生最不能等待的就是孝敬父母，可是我却没有做得很好。虽然我独在异乡，和母亲几乎每天都有电话沟通，但是对父亲的关心却只是埋在心里，未曾很好地表现出来。我深深地希望他在接下来这些年的生活中，能够活得快乐。我还是有很多做得不够的地方，父亲对我的关心和爱可能我还没能完全领悟，可能要等到为人父母的那一天，我才能真正了解长辈们的心思。

时光慢些吧，不要再让你再变老了。

我愿用我一切，换你岁月长留。

我是你的骄傲吗？还在为我而担心吗？

你牵挂的孩子啊，长大啦！

（2017年6月）

参考书目

1. 中共中央党史和文献研究院.毛泽东邓小平江泽民胡锦涛关于中国共产党历史论述摘编[M].北京：中央文献出版社，2021.

2. 习近平.论中国共产党历史[M].北京：中央文献出版社，2021.

3.《中国共产党简史》编写组.中国共产党简史[M].北京：人民出版社，中共党史出版社，2021.

4. 危仁晸.当代江西简史[M].北京：当代中国出版社，2002.

5. 国家图书馆.部级领导干部历史文化讲座·艺术卷[M].北京：北京图书馆出版社，2008.

6. 季羡林.季羡林文集：第一卷、第二卷[M].南昌：江西教育出版社，1996.

7. 文汇报笔会编辑部.走过半个世纪——笔会文粹[M].上海：文汇出版社，1996.

8. 李国强，傅伯言.赣文化通志[M].南昌：江西教育出版社，2004.

9. 李济生，李小林.巴金六十年文选[M].上海：上海文艺出版社，1986.

10. 俞向党，胡运筹.共和国之魂[M].南昌：江西人民出版社，1997.

11. 席宣，金春明.文化大革命简史[M].北京：中共党史出版社，1996.

12. 吴泰昌.亲历文坛五十年[M].南京：江苏凤凰文艺出版社，2017.

13. 江西省社会科学志编纂委员会.江西省社会科学志[M].合肥: 黄山书社, 1998.

14. 黄勇.北京广播学院40年[M].北京: 北京广播学院出版社, 1994.

15. 中共江西省委党史研究室.70年70事[M].南昌: 江西教育出版社, 2019.

16. 俞向党.美自创意[M].南昌: 江西人民出版社, 2012.

附录一　论著选编

一、论文

加强和改善经济宣传的三点思考

经济建设是全党全国人民的中心任务。

经济宣传作为宣传工作的重要组成部分，最直接、最经常、最广泛地为经济建设服务，其意义和作用不言而喻。在不久前召开的中央工作会议上，江泽民同志指出："我们要加强和改善宣传教育工作，要特别注意宣传的内容、形式和效果。"这就进一步提出了加强和改善包括经济宣传在内的宣传教育工作的任务和要求。

那么，如何加强和改善经济宣传呢？回顾总结，我有以下几点体会：

第一，经济宣传要联系政治。就是说，在宣传中把经济和政治结合起来，从政治上观察和认识问题。邓小平同志指出，现代化建设必须以四项基本原则作保证，既要集中精力搞经济建设，又要旗帜鲜明地坚持四项基本原则。搞好经济宣传，不能就经济讲经济。经济宣传要有党性观念和宏观意识，要防止刮风，要从国情出发想问题。我们的经济建设，包括改革开放，都是与坚持社会主义方向，巩固社会主义制度，发挥社会主义优越性息息相关的。很多重要经济问题，同时又是政治问题。比如这次中央工作会议研究的国有大中型企业问题，就不仅关系到国民经济的全局，而且关系到社会主义的巩固。再比如农业问题，这些年来我国农业持续稳定发展，人民群众手中有粮，心里不慌，丰衣足食，安居乐业。就是在今年安徽、江苏等七个省市发生这样重大自然灾害的情况下，也保证了灾区人民的正常生活和社会稳定。这和世界上一些国家由于粮食、农副产品短缺，经济状况恶性化而造成社会动荡，形成了鲜明的对照。这充分说明我国坚持社会主义，深化农村改革的成功，具有重要的政治意义。如果我们仅仅从经济上加以宣传，那是远远不够的。还有很多的经济问题，特别是经济改革问题，如计划经济和市场调节相结合的问题，如果不和建设具有中国特色的社会主义联系起来看，就说不清楚。当然，这里说的把经济和政治联系起来，并不是说要把每个具体经济问题都提到政治高度上来宣传，而是指的从总体上加以把握和认识。

第二，经济宣传要联系实际。就是说，在宣传中要结合经济建设和改革开放的新情况、新问题，总结新典型，推广新经验。应该充分肯定，过去一些年里，我们的经济宣传取得很大成绩，同时也存在一些这样那样的问题，其中反映比较突出的是宣传中的简单化、表面化，没有触及深层次的矛盾和问题，缺乏思想性和针对性。宣传成就、传播信息、反映生活、引导消费，这些都是需要切实做好的，但更重要的是要针对新的实际，特别是改革开放的重要问题，全面体现中央的精神和党的方针政策，进行正确的引导。比如出现经济过热和市场疲软，我们就不能只是跟着叫“过热”和“疲软”，而应全面地辩证地加以分析，提出建设性的意见。在这些方面，我们是做得不够的，甚至人云亦云，跟着经济现象跑。这里有两个问题，一是认识水平问题，二是思想作风问题。这种状况和经济建设、改革开放极其丰富、极其复杂的实际是不相适应的。江泽民同志最近说：“我们提倡解放思想，发扬民主，敢于善于把中央的路线、方针、政策同各地具体情况相结合，把中央的精神同干部群众的思想实际相结合，创造性地工作。”这是很值得我们深思的。

第三，经济宣传要联系群众。就是说，在宣传中要为群众着想，着眼于教育群众，充分调动群众的积极性。毛泽东同志曾经说过，群众生产、群众利益、群众经验、群众情绪，这是我们时刻要注意的问题。当前，经济宣传的一个突出问题，是我们的有些宣传“外行看不懂，内行不屑看”。我们经常进行经济形势、经济任务、经济政策，经济改革的宣传，这是必需的。问题是如何让群众对我们的宣传发生兴趣，感到和自己有关，并从中受到教育和鼓舞。具体来说，经济目标、指标、概念、数字，这些意味着什么？和群众切身利益有什么联系？群众关心的热点、难点问题，如经济改革、住房改革、工资改革等，如何才能使群众理解和支持？还有，如何实事求是地把工作、任务和困难、问题告诉群众，引导群众正确处理国家、集体、个人三者关系？所有这些问题，只有从宣传选题、内容、角度、形式等方面贴近群众，使群众感到我们的宣传和他们的生产、生活密切相关，和国家富强、人民富裕相关，从而引起思想感情的共鸣，激发起集体主义、爱国主义、社会主义的热情，我们的宣传才能真正取得成效，才能真正团结和教育群众。

以上所讲的三点在我看来，是当前经济宣传必须要认真研究和解决的几个根本性的问题。只要我们认真学习，全面领会中央精神，掌握马克思主义基本理论和必要的经济理论知识，深入实际，调查研究，虚心向群众学习，全心全意为人民服务，我们就能够改变现状，开拓创新，把经济宣传提高到一个新的水平，为服从、服务和保证经济建设的完成作出新的贡献。

（本文1991年11月发表于《声屏世界》，获江西广播电视学会经济论文一等奖，中国广播电视学会经济论文三等奖。）

进一步加强宣传的受众意识

——学习毛泽东新闻思想的几点体会

毛泽东思想体系有着博大精深的内容，新闻思想是毛泽东思想的一个方面，群众观点又是毛泽东思想的一个极其重要的内容，它贯穿在毛泽东新闻思想的始终。当年，毛泽东同志的报道、演讲和文章，都是非常受群众欢迎的。即使我们今天读他的著作，也分外感到亲切和鼓舞。这其中除了毛泽东思想闪烁着真理的光芒外，一个很重要的原因就是他所有文章中都有一种很强的群众观点，即今天所说的“受众意识”。他的文章、演说或报道无论在思想上还是内容上，抑或表达形式上，都贴近群众、贴近生活，他的语言浅显易懂却含义深远，群众不仅愿听愿读，而且爱听爱读，直到响应他的号召，不怕牺牲，去争取胜利。这对于我们从事广播电视宣传工作的同志来说，无疑是非常值得学习、研究的。因此，今天重温毛泽东新闻思想中的群众观点（受众意识）是有很大的现实意义的。

毛泽东新闻思想中的群众观点，概括起来，有三个方面的主要内容。

一、为人民服务是宣传工作的根本宗旨

“努力办好广播，为全中国人民和全世界人民服务。”这是毛泽东1965年给中央广播事业局的题词，它明确指出，广播宣传的根本宗旨是为人民（包括中国人民和全世界人民）服务，人民群众是广播宣传的服务对象和宣传对象。那么，宣传工作如何实现自己的这一根本任务呢？根据毛泽东新闻思想中的群众观点，主要在三个方面。

1.要站在人民的立场上说话。毛泽东主张要“真正站在人民的立场上，用保护人民、教育人民的满腔热情来说话”，要分清敌我，不能站在敌对的立场上对待人民群众，不能用嘲笑和攻击的态度来说话。立场问题是宣传工作的首位问题，所以毛泽东把它阐述得十分明确和透彻，旗帜鲜明，毫不含糊。我们今天的广播电视宣传，依然要遵循这一原则。首先，我们要热爱人民群众，如果对人民群众缺乏热情，对他们在火热经济建设和改革开放中取得的巨大成就抱着无所谓的态度，那么是没有资格做一名新闻工作者的。只有对人民群众的生活和工作充满热情，才会想群众之所想，急群众之所急，言群众之所言，才谈得上树立全心全意为人民服务的思想意识。其次，对于危害人民利益的、不健康的、有害的、甚至腐朽反动的东西，我们要坚决抵制，人民群众中敏感的、热点的问题，要把握适度。我们的宣传要有利于安定团结，有利于保护人民群众的热情，有利于社会主义现代化建设。

2.要以平等的态度对待群众。毛泽东要求新闻工作者，在自己写文章的时候，“不要老是想着‘我多么高明’，而要采取和读者处于完全平等地位的态度。……你的架子摆得越大，人家越是不理你那一套，你的文章人家就越不爱看”，要“以真正平等的态度对待干部和群众。必须使人感到人们互相间的关系确实是平等的，使人感到你的心是交给他的”。我们广播电视宣传在这方面做得又如何呢？恐怕不能说完全做到了毛泽东所要求的“真正平等的态度”，我们的广播电视多少还有点给人以“居高临下，我播你听”的感觉，我们的某些节目与人民群众之间存在着隔阂，缺少“共鸣”。这需要我们调整自己的工作态度，改变自己的工作方式。我们应该放下架子，把自己摆在为人民服务的公仆位置上，老老实实为人民群众代言，而不是自以为是，凭自己个人的好恶和习惯去办节目。人民群众的需要才是我们宣传工作的出发点，离开了人民群众，我们的节目一定会无的放矢，毫无意义，也必定毫无生命力。马克思说过：“人民的信任是报刊赖以生存的条件，没有这种条件，报刊就会完全萎靡不振。”

3.要关注群众关心的问题。1942年12月，毛泽东在指示晋绥边区《抗战日报》时说：“本地消息，至少占两版多至三版，排新闻的时候，应以本地为主，国内次之，国际又次之。”他接着又说，《抗战日报》“不是给新华社办报，而是给晋绥边区人民办报，应根据当地人民的需要（联系群众，为群众服务），否则便是脱离群众，失掉地方性的指导意义”。这里，毛泽东从版面大小、新闻次序先后和文章具体内容三个方面详细地说明了地方报纸应遵循的几个原则，不难看出，这全都是从群众需要的角度来考虑的。这三条照样是我们广播电视宣传中必须遵循的。我们的某些节目群众不爱听不爱看，原因就是脱离群众或不符合群众的需要。我们应该怎样去发现群众的视听需要呢？一方面，我们需要培养出素质较高的编辑、记者，能从日常生活中发现带有普遍性的问题，及时反映群众的呼声和要求。另一方面，我们必须健全现有的工作制度和改进目前的工作习惯，适时地把编辑、记者派到基层去采访、去生活，把自己的思想感情和群众打成一片，这样，我们才能知道群众真正关心的是什么。编辑坐在办公室里等稿子，记者动不动就跑机关找新闻，这样是很容易脱离群众的。即使在抗战时期，毛泽东照样要求《晋绥日报》的编辑“轮流去参加一个时期的群众工作，参加一个时期的土地改革工作”，并说“这是很有必要的”。要了解群众关心什么，我们还要重视群众的来电来信工作，群众的来电来信中，常常有值得深入报道的典型题材，常常有群众普遍关心的问题，我们把这些采访好，报道好，就一定会受到群众的关心。

二、宣传工作应该使群众喜闻乐见

毛泽东不仅强调宣传要以全心全意为人民服务为宗旨，还多次强调要讲艺术，要使群众喜闻乐见，否则，你有再多的道理群众也不愿听，你也会“英雄无用武之地”。怎样使宣传工作做到喜闻乐见呢？

1.宣传要看对象。毛泽东说：“如果真想做宣传，就要看对象，就要想一想自己的文章、演说、谈话、写字是给什么人看、什么人听的，否则就等于下决心不要人看，不要人听。”如何看对象？就是要根据对象的不同特点来安排相应的节目内容和播出方式。“弹琴要看听众，射箭要看靶子。”受众中哪些需要“阳春白雪”，哪些需要“下里巴人”？如何把二者很好地统一起来，使我们的节目满足各种层次的需要？这是我们必须加以认真研究的一项重要工作。播出方式方面，我们的广播电视沿用了几十年的是“录播”，单调、刻板，群众有一种“距离感”；近年来各地电台电视台开始尝试用直播方式播出，群众有一种 “亲切感”；在直播的基础上，又开通热线，让群众参与直播，是在与自己谈心，而不是在训导自己。这些好的经验很值得我们总结、推广。

2.宣传要让群众懂得。在毛泽东看来，文章语言“切忌死板、老套，令人看不懂，没味道，不起劲”。毛泽东认为文章不能太硬，应该力求通俗，使读者读起来感到亲切，引人入胜。而我们有些编辑、记者的稿子里，常常罗列一堆数字和专业术语，叫群众看了听了之后枯燥无味，而且不知所云。我们的编辑记者不善于把采访来的数字形象化，把专业术语通俗化。这一则是因为他们的工作态度不认真，稿子从被采访者手上到记者手上再到编辑手上，都没有很好去修改，敷衍塞责，得过且过；二则是因为他们采访不深入，自己也不懂得其中的原委，自然只有以其昏昏使人昭昭了。要让群众看得懂听得懂，我们的编辑记者首先要端正工作态度，凡自己也看不明了的字句一定要改得明白无误才发，不能怕麻烦而不去打电话不去询问；其次是要加强学习，不仅要学政治学习业务，还要学习社会各行各业的基本知识。新闻工作的特性要求编辑记者有广阔的知识面，要在采访中、编辑中不停学习，不断进步。

3.要善于运用群众语言。毛泽东十分强调学习群众语言，运用群众语言，他说：“人民的语汇是很丰富的，生动活泼的，表现实际生活的。我们很多人没有学好语言，所以我们在写文章做演说时没有几句生动活泼切实有力的话，只有死板板的几条筋，像瘪三一样，瘦得难看，不像一个健康的人。”我们的广播电视节目，特别是某些新闻节目，颠来倒去总是那几个词语，干巴巴的。我们应该像毛泽东要求的那样，下苦功夫去学习群众语言、运用群众语言。不要自以为语言文字功夫了得，放不下架子，要真心去学，深入群众，留心观察、分析群众的语言运用，一些俗语中常常包含着深刻的哲理，更要好好领会品味，学以致用。此外，电台电视台的播音语言，要尽可能口语化，少用甚至不用书面语，口语亲切好懂，书面语晦涩难懂，还有点“酸味”。总之，要遵照毛泽东指出的那样，“洋八股必须废止，空洞抽象的调头必须少唱，教条主义必须休矣，而代之以新鲜活泼的，为中国老百姓所喜闻乐见的中国作风和中国气派”。

三、听取群众意见，不断改进宣传工作

毛泽东1940年2月在《〈中国工人〉发刊词》中说：“一个报纸既已办起来，这不但是办的人的责任，也是看的人的责任。看的人提了意见，写短文短信寄去，表示喜欢什么，不喜欢什么，这是很重要的，这样才能使这个报办得好。”毛泽东还在其他场合说过不能“关门办报”，不能“书生办报”。办报如此，我们办广播电视也是如此，不仅要靠自己的编辑、记者的努力，还要依靠通讯员、群众的关心和支持，需要听众观众给我们提意见。凡是对改进工作有利的，我们一定要接受。怎样才能让群众来提我们的意见？一方面，我们要把节目办得贴近群众，吸引他们来参与来提意见，对群众提出的意见认真处理，或采纳或给予解答，群众觉得自己的意见受到重视，自然就会不断地提出意见。另一方面，我们要通过召开听众座谈会、观众座谈会和受众调查等方式，使节目的主办者和节目的接受者直接进行交流、探讨、研究一些深层次的问题。只要我们不断地听取群众的意见并加以改进，我们的节目一定会越来越受欢迎。

毛泽东新闻思想中的群众观点，实际上是我党一贯的工作路线即群众路线在宣传工作中的具体运用，群众路线也是我党思想路线、政治路线和组织路线的根本工作路线，这是已被实践检验了的正确路线。毫无疑问，它也应该体现在我们的广播电视宣传工作中。当前，随着各地广播电视节目送上卫星，广播电视这一行业的竞争变得空前激烈，这就更需要我们千方百计来提高节目的水平。除加强行业内部管理，充分调动起每一个人的工作积极性外，还有一个重要的方面就是要提高广大新闻工作者的受众意识，尽可能地让我们的节目贴近群众，为群众服务。只有这样，我们的节目才能引起群众的注目，才能产生较好的社会效益和经济效益，我们的事业才会兴旺发达。

（本文1993年5月发表于《声屏世界》，获江西省记协优秀论文奖。）

新闻审稿要把握好“六统一”

目前，新闻审稿已渐渐成为一种制度，新闻单位的领导越来越多地认识到新闻审稿的重要性。首先，新闻无疑是我们广播电视节目的重中之重。广播电视作为党、政府和人民的喉舌，新闻应该说是最直接的体现，新闻往往被受众视为党和政府的声音，人民的声音。近年来，新闻节目播出量越来越大，整点新闻、滚动播出等形式使得受众每天都要接触到大量的新闻，新闻对人们的影响越来越大。因此，新闻审稿已成新闻单位的各级领导的必然行为。其次，新闻节目是否体现了上级的思路、部署和要求，也需要通过审稿来验证。从这个意义上说，担负审稿的领导不仅仅是审编辑、记者的工作，同时也是在审自己的工作要求、工作目标是否得到了实现，审稿是新闻单位各级负责人组织新闻、领导新闻的重要一环。最后，新闻审稿还可以发现问题，防止错误，改进工作。领导审稿一般不会满足于就事论事，往往会根据发现的带有普遍性的问题，提出改进的方法，提出新的更高的要求。从这个意义上说，新闻审稿又是把握正确舆论导向、提高舆论引导水平的重要一环。

导向性是新闻的本质功能，新闻一经播出，就必然发挥出导向功能，为此，我们在指导思想、选题、采编上都十分强调导向意识。审稿是新闻播出前的最后一环，把握正确的舆论导向在此就显得格外重要。实行新闻审稿就是要在这最后一刻牢牢把握好正确导向。坚持正确的舆论导向是新闻审稿的根本任务。

那么，领导在新闻审稿过程中，应如何把握正确的舆论导向呢？根据我个人的体会，我觉得应该做好“六统一”。

一、导向性和思想性相统一

这里讲的思想性是指广播电视宣传的总的指导思想。广播电视新闻导向性如何，首先取决于新闻节目是否符合这总的指导思想。我们宣传的总的指导思想是坚持“一个根本指针”，这个根本指针是邓小平同志中国特色社会主义理论。目前，我国一切工作的中心是社会主义现代化建设，而邓小平建设有中国特色社会主义理论是我国社会主义现代化建设的指导纲领，我们的新闻只有以这一指导纲领为指针，才能正确引导、解释社会主义现代化建设的种种现象，把全党全民的思想、行动统一到建设有中国特色的社会主义的伟大事业上来。而我们的新闻宣传是否符合这个根本指针，衡量的标准是五个“有利于”：有利于推进改革，建立社会主义市场经济体制，发展社会生产力；有利于加强社会主义精神文明建设和民主法制建设；有利于鼓舞和激励人们为国家富强、人民幸福和社会进步而艰苦创业、开拓创新；有利于人们分清是非，坚持真善美、抵制假恶丑；有利于国家统一、民族团结、人民心情舒畅、社会政治稳定。只有坚持了这“一个根本指针”和五个“有利于”，我们的新闻宣传才能达到团结、稳定、鼓劲的宣传要求和目的。

二、导向性和准确性相统一

新闻的正确导向能否实现，还取决于新闻报道的准确性。这里，新闻报道的准确性主要是指宣传口径的准确、报道内容的准确和新闻表述的准确三个方面。新闻宣传的口径一定要与党中央保持一致，对各个时期一些重大宣传活动的报道，中央都会提出一些统一的宣传口径，外宣有外宣的口径，内宣有内宣的口径。该报什么，不该报什么，该怎么报，不该怎么报，都有讲究。报道内容的准确要求新闻事实必须是真实的，真实是新闻的生命，虚假报道不仅不会产生正确的舆论导向，而且还会严重损害新闻单位的声誉。新闻表述的准确主要应从四方面加以把握：一是概念运用是否准确、科学，如一则新闻在报道共产党员扶贫时，用了“承包”这一概念，党员与贫困户之间只有扶助关系，“承包”用得不准确。二是判断要辩证，经得起推敲，如一条新闻里说“一个能人救活了一个企业”，这话过于简单、片面 。三是数字报道要慎之又慎。一般地说，新闻报道要尽量把数字形象化、具体化，受众易于理解和接受，数字毕竟有枯燥、抽象的一面。但有时数字又很能说明问题，非用不可。这时，就要注意数字的来源是否具有权威性，是否完全准确，是否会带来负面效应，数字的背景是否交代明白，数字与人民群众有什么关系等等。四是要有画龙点睛之笔，要特别留意表述中要有突出主题、深化主题的笔墨，必要时还应要求配发言稿，这样，新闻宣传才会更有力度，更有深度。

三、导向性和贴近性相统一

贴近群众、贴近生活、贴近实际，是我们对新闻的一贯要求。因为只有做到“三贴近”，群众才愿看愿听我们的节目，才会产生共鸣，只有产生共鸣，我们新闻宣传的目的才能实现，换言之，导向性必须通过贴近性来实现。因此，我们的新闻报道必须树立群众观点，把报道的重点放在基层，放在群众上。即使是反映领导的活动或会议新闻，也要站在群众的立场来报道，如报道重点工程的竣工，许多记者习惯于报道领导的讲话和剪彩，这些当然也要反映，但应更多地报道工人们的辛劳、智慧以及工程对人民群众生活的意义，因此，要多深入生活、多深入思考。在强调贴近基层、贴近群众的同时，还要强调贴近党的方针政策，贴近党和政府正着手做的事情，贴近党和政府的工作意图，要找准上下的结合点，使上下都满意。

四、导向性和生动性相统一

新闻节目只有让受众喜闻乐见，导向性才能实现。所以，新闻节目同其他节目一样，也必须讲究宣传的艺术。只有生动活泼的表现形式，才能引人入胜。新闻节目如何才能活泼呢？①视角要新颖。切入点要小，要新，要以小见大，发微见著。有些新闻选题很好，但切入点欠佳，审稿时就要注意扭换角度，以便达到更好的宣传效果。②形式要活泼，要善于运用同期声、录音报道、现场采访等表现手法。当然，这些表现手法都必须为表现主题服务，而不是为了用同期声而用同期声。形式和内容必须和谐统一，否则，即使用了广播电视的各种表现手法，新闻仍显得干巴、僵硬、空泛。③语言要生动。一些新闻语言往往套话、空话连篇，这是要尽量避免的。新闻要善于使用生动活泼的群众语言，群众中的一些谚语、俗语往往极富哲理和人情味，运用得好，不仅群众喜闻乐见，还会增强新闻的导向功能。

五、导向性和建设性相统一

我们的新闻，不管是正面宣传也好，还是批评性报道也罢，都要对社会对人民产生积极的作用，而不是消极的影响。怎样才能有建设性呢？一是选题要有代表性，要选择上下都关心且具有普遍意义的事情，这是新闻具有建设性的基础。二是定位要有积极性，即报道的立足点是解疑释惑，化解矛盾，促进工作。三是报道要有艺术性，要巧妙地体现新闻报道的积极性目的。正面报道，典型宣传，要使人信服，使人感动，使人仿效，即所谓正面文章巧做。批评报道，要致力于理顺情绪，促进问题的解决和工作的改进，即反面文章正做。如反腐倡廉、扫黄打非、伪劣商品等报道，一定要表明我们有能力解决这些问题，给人以信心和希望。总之，一切报道都要致力于使事物向好的方面发展，换言之，要有建设意识。

六、导向性和服务性相统一

服务性一是指新闻要服从于大局，二是指新闻要服务于中心工作。服务性是导向性的具体体现。新闻报道一定要有大局意识，领导审稿时要从大局上考虑，而不能就事论事。一条新闻能不能用，必须看它是否适合当时的大气候、大环境，特别要注意不能与大气候、大环境唱反调。有些事情，在局部看是好的，可以报道的，但放到全局上看，不一定能报。一般地说，新闻报道什么，群众就认为党和政府在提倡什么。所以就要注意新闻里所报道的是否与党和政府提倡的相一致。服务党和政府中心工作是新闻服从大局的具体体现。新闻作为党和政府的喉舌，必须为党政中心工作摇旗呐喊，为中心工作的顺利进行创造良好的舆论环境，使大家齐心协力，同心同德，把中心工作做好。为了宣传好中心工作，就要加强一些有分量、有力度的新闻报道，如在新闻节目中开专栏，或在新闻的数量上予以侧重，以形成声势，产生影响，实现正确的导向。

（本文1995年11月发表于《声屏世界》，获江西广播电视论文一等奖。）

多出精品必须解决的几个问题

多出精品是摆在整个宣传思想战线面前的一项重要任务，也是我们广播电视工作者奋力追求的目标。那么，怎样才能多出精品呢？这涉及方方面面的问题。我们认为，“深化精品意识”“探索精品特色”“培养精品人才”乃是多出精品必须要解决好的三个基本问题。

一、深化精品意识，提高精品创作的自觉性

在1994年召开的全国宣传思想工作会议上，江泽民总书记提出：“以科学的理论武装人，以正确的舆论引导人，以高尚的情操塑造人，以优秀的作品鼓舞人。”这些“科学的”“正确的”“高尚的”“优秀的”要求，实际上就是对“精品”的要求。此后，有关“精品”的文章大量出现在报纸、杂志、广播和电视等媒体上，“精品”已成为大家谈论的“热点”，优秀作品也在不断涌现，1995年被称为“质量年”。那么，出现这种“精品现象”的社会背景是什么呢？

首先，这是历史的必然，是我国经济发展和人民物质、文化生活需求提高的客观需要。马克思说：“物质生活的生产方式制约着整个社会生活、政治生活和精神生活的过程。”（《马克思恩格斯全集》第二卷，1966年版，第194页。）在我国经济处于低潮的六七十年代，广播电视的设备落后，人手少，素质低，要想生产出“精品”是十分困难的事。也正因为经济落后，广大听众和观众对物质的追求自然要胜过对精神的追求，特别是在物质生活得不到保障的情况下，精神生活的需求往往会被压抑并变得萎缩，六七十年代的观众有一台黑白电视看一套节目就感到满足了。到今天，经

过改革开放十多年的经济发展之后，人们的物质生活得到了较大的改善，人们精神生活的需求越来越高，对广播电视需求已从求“有”的阶段发展到求“精”的阶段，精品的受众市场得以形成并不断扩大；从广播电视自身来看，经济的发展也极大地改善了节目生产的人、财、物条件，加之长期的创作实践已积累了丰富的经验，社会的“需求”加自身的“可能”，为广播电视的创作进入一个新阶段即多出精品的阶段准备了客观条件。

再者，这也是时代的要求。我们知道，经济基础决定上层建筑，同时，上层建筑也对经济基础有反作用。作为上层建筑之一的广播电视，必须多出精品，才能适应并推动经济的进一步发展，反之则会影响、阻碍经济的进一步发展。所以，多出精品不仅是经济发展的必然，也是经济发展的动力之一，此其一。其二，现在是社会主义市场经济时期，而非计划经济时期，只有精品才能带来社会效益和经济效益，才能保障广播电视在市场经济条件下的生存、发展和繁荣。其三，西方敌对势力始终不愿看到一个强大的中国出现，他们对我们的意识形态的渗透和侵略始终没有停止过，并把中国西化的希望寄托在我们第三代、第四代人身上。只有多出精品，才能在意识形态的斗争中立于不败之地，才能提高我国人民的欣赏能力、识辨能力和防疫能力。因此中央主要领导多次指出，要多出优秀作品教育好青少年，特别是少年儿童。从这个意义上说，多出精品，是培养和造就一代又一代接班人、保证中华民族长盛不衰的战略举措。

因此，深化精品意识，绝不是一个简单的提高节目质量的问题，它是历史的必然，时代的召唤。多出精品是历史和时代赋予我们的神圣使命。对这一点认识得越深，创作精品的自觉性就越强，多出精品的可能性也就越大。江西省1994年度获得了“五个一工程”奖满堂红，一个重要原因就是精品意识很强，从领导的指导思想、组织工作和配套的政策措施，到创作者的殚精竭虑、一丝不苟，莫不包含着一股强劲的“出精品”的动力。中央电视台近两年一套节目整体质量比以往有显著提高，办了不少优秀栏目，也是该台提出要把它办成精品频道之后的结果。这些无不证明：只有当“需求”

加“可能”再加上主观的“努力”，多出精品才能真正地实现。

二、探索精品特色，明确精品创作的努力方向

那么，精品有哪些特色呢？创作精品要从哪些方向多加努力呢？通过对一些精品的分析，我们感到精品之“精”主要表现在四个方面：选题精当、内容精深、形式精美、艺术精湛。

1.选题精当

选题是精品创作的第一步，第一步往哪个方向迈出，结果就会大不一样。有人说，好的选题是成功的一半，话虽有点夸张，但也不无道理。那么，什么样的题材才是可能出精品的题材呢？至少有两个可以遵循的原则，一是群众性原则，二是时代性原则。所谓群众性原则，即精品的题材应该是广大群众感兴趣的，能在群众中产生广泛影响的。没有广大群众的认同和接受，作品便失去其存在的社会价值，更谈不上“精品”。中央人民广播电台的新闻专题节目《午间半小时》，1995年被评为全国十佳名专栏，它之所以深受广大听众的喜爱，就是因为节目内容大多是群众关心的话题，如老百姓住房难问题、如何搞好国有大中型企业问题、独生子女教育问题、人才流动问题、女大学生分配难问题，等等。题材的群众性越强，它对社会的影响也就越大，也就越有价值作为精品的选题。题材是否具有较强的群众性，可以从三个方面来衡量：①是否反映了人民群众的生活；②是否表现了人民群众的思想感情；③是否提出和阐明了人民群众关心的有重大意义的问题。在强调群众性原则的同时，要注意避免“媚俗”的错误倾向。所谓时代性原则，是指选题要具有鲜明的时代特征，如通讯《谁是最可爱的人》《县委书记的好榜样——焦裕禄》、电影《地道战》及电视连续剧《蹉跎岁月》《情满珠江》等，莫不具有鲜明时代特征。什么样的题材具有时代性？热点问题往往具有时代性。热点问题是指人们一时间做得最多、议得最多、想得最多的问题，它是时代的产物，不同时代有不同热点，一个时代的基本特征往往能通过热点问题折射出来。当然并非所有的热点都反映出时

代的本质特征。我们应选择具有时代本质特征的热点作为精品的选题，并以此来表现一个时代的精神风貌。为此，创作者必须对他所处的时代有深刻的认识，知晓大局并能预见形势的发展趋势。

2.内容精深

只有思想内容深刻的作品，才经得起时间的考验，具有长久的魅力。深刻是精品的灵魂。鲁迅的许多文章之所以至今仍征服读者，根本的原因就是他的文章闪烁着思想的光芒；1995年被评为全国十佳名专栏之一的中央电视台《焦点访谈》为什么受欢迎？就是因为它对社会焦点问题有深入的分析和精辟的评论，使人觉得“有嚼头”。肤浅的东西可能会取悦一时，但人们往往转瞬即忘。一部作品的思想内容是否深刻，主要看四个方面：①是否反映了事物的本质；②是否阐明了事物的普遍意义（规律）；③是否揭示了事物的社会根源；④是否提出了事物的发展前景（趋势）。而要做到这四方面的深刻，创作者必须具备三方面的素质：①丰富的生活经历和渊博的社会知识；②科学的世界观即较高的思想水平；③始终站在人民的立场上（即进步的立场上）。创作精品，应提倡深入生活、深入群众、深入实际的创作作风，反对“侃”作品的极不严肃的创作歪风。毛泽东同志说过：“中国的革命的文学艺术家有出息的文学艺术家，必须到群众中去，必须长期地无条件地全心全意地到工农兵群众中去，观察、体验、研究、分析一切人，一切阶级，一切群众，一切生动的生活形式和斗争形式，一切文学和艺术的原始材料，然后才有可能进入创作进程。”（《在延安文艺座谈会上的讲话》）这段话至今仍有现实意义。

3.形式精美

所谓形式，即创作者用以表现内容的方法和手段的总和，是作品的内部构造和表现形态。形式是否精美，不能孤立地去评判。什么样的形式是精美的呢？一要看它是否符合内容表达的需要。能把人和作品内容充分地表达出来并使之具有较强的艺术感染力的形式是美的，如电视系列专题片

《中华之剑》的纪实报道形式就很成功，是精美的。二要看它是否符合受众的审美情趣、欣赏习惯，受众是否喜闻乐见。创作精品就要努力创造与内容和受众相适应的艺术形式。艺术形式具有相对的稳定性，并非随着新内容的产生立即就可以形成的，常常是在旧形式的基础上，经过不断的革新、创造和反复的艺术实践才能逐步形成。换言之，创造新颖的艺术形式，主要通过以下两条途径：①吸取一切现有的改革成果。如《东方时空》的形式就是吸收了现场纪实报道、互相呼应的杂志型栏目、节目主持人形式、每天固定播出、注重分析和评论等一系列的节目形态改革的最新成果。②利用新的物质条件创造新的表现形式。如MTV就是把音乐和电视台结合起来的全新的表现形式。

4.艺术精湛

广义地说，作品的艺术包括作品的表现形式。表现形式上面已说过。这里讲的艺术主要是指作品中运用的表达技巧，表达方式。精品是思想性和艺术性的完美统一，艺术精湛是精品的共同要求和共同特征，精湛的艺术使受众在获得美的享受的过程中，不知不觉之间受到教育和感染。毛泽东同志说："缺乏艺术性的艺术品，无论政治上怎样进步，也是没有力量的。"（《在延安文艺座谈会上的讲话》）而要达到艺术精湛的境地，一要懂艺术：对广播电视工作者来说，要懂得广播电视的艺术特点和艺术规律；二要懂美学：要懂得人民群众的审美情趣、审美观念、审美理想和审美规律；三要善借鉴：广播电视是综合艺术，它融各种艺术所使用的材料和手段为一体，如造型艺术中的线条、色彩，表演艺术中的音响、节奏、旋律、人体动作，文学艺术中的语言等等，创作艺术精湛的广播电视作品，一刻也离不开对相关艺术手法的借鉴；四要善创新：创新是艺术的基本特征，艺术最忌重复，没有创新便没有艺术性可言，受众的兴趣也常常体现在求新上，因此要不断地推陈出新，给受众以新的感受。中央电视台每年一度的春节联欢晚会，可谓集精品之大成，几乎每年都挖空心思、翻新花样，因而一直受到欢迎，但不少观众仍有不满足感，可见，艺术上的精益求精是多么重要和必要。

三、培养精品人才，抓住精品创作的根本

马克思主义告诉我们，社会的发展是以解放和发展生产力为前提的，同样，精品的创作也是以解放和发展其生产力为前提的，生产力诸要素中，人又是最活跃最革命的因素，人是生产活动的主体，同样也是精品创作的主体，精品创作中的一切活动都是人的活动。我们考察精品之创作，自然要牢牢抓住人这一精品创作的根本。精品创作之人才，主要分三个层次：领导人才、策划人才和专业人才。

1.领导人才

领导又分部门领导（部室领导或具体节目的负责人）和上级领导（指部、厅、局、台领导）两个层次。精品创作过程中，对这两个层次的领导人才各有不同的要求。就部门领导来说，他必须具备两个基本素质：①他应是广播电视节目创作的行家里手，才不会瞎指挥；②他应具备较强的组织能力。就上级领导来说，他必须总揽全局，站得高，看得远，把自己的主要精力放在抓精品上来。他所要做的工作主要是决策工作：①定选题；②定政策。上级领导确定精品选题时应遵循的原则是：通盘考虑、统一规划、点面均衡、形成合力。上级领导要制定一系列扶持精品生产、播出和销售的优惠政策，要建立完备的激发人才潜能、鼓励人才脱颖而出的竞争机制。当前，如何深层次地改革传统的管理体制，使之有利于精品的创作，已是上级领导亟待解决的重要课题。上海东方电台、东方电视台建台短短几年就成绩斐然，一条重要经验就是台领导班子进行了一系列的管理体制改革。

2.策划人才

所谓策划，就是对一个时期的宣传或一个栏目、一个节目等的创作活动进行谋划。策划不等于一般的计划，一般的计划是先做什么后做什么之

类的具体工作安排，策划追求内容和形式的创新，追求整体和长远效益。策划是精品创作的重要一环，策划的成败直接决定作品的成败。上面提到的《东方时空》的策划是较成功的范例，其《东方之子》报道精英、《生活空间》报道百姓、《焦点时刻》报道热点、《金曲榜》（《音乐电视》）推出新歌，既错落有致，又互相呼应，且定位明确、内涵深远，使得《东方时空》具有丰腴的土壤和长久的生命力。所有这些都是成功的策划带来的效应。策划可分为宏观策划和微观策划。宏观策划指的是远期策划、选题策划和大型节目框架策划等，如中央电视台为纪念抗日战争胜利50周年和迎接第四次世妇会在北京召开而推出的一系列相关的节目、栏目就是宏观策划。微观策划是指对单个节目策划。我们既需要宏观策划人才，也需要微观策划人才。策划人才必须具备的一个基本素质是创新意识强。要想多出精品，必须注意发现和培养有较强创新意识的策划人才，并充分肯定他们的劳动。同时也要吸收专家学者参与策划，一些知识性、专业性强的节目没有专家学者参与策划是出不了精品的。

3.专业人才

专业人才是指从事具体工作的编辑、记者、主持人、技术人员等等。他们是节目的直接生产者，他们素质的高低直接决定了节目水平的高低。创作精品，必须拥有一支高素质专业队伍。这种高素质主要表现在三个方面，即思想水平高、业务能力好和敬业精神强。从目前全国各地电台、电视台的现实情况看，高素质的专业人才仍嫌太少。为了解决高素质人才少而精品需求大的矛盾，各地电台、电视台开始探讨人事制度的改革，力图培养各自的名记者、名编辑、名主持人等等，这就抓住了问题的根本所在，它使我们对今后特别是对下个世纪多出精品充满信心。

（本文1995年11月发表于《声屏世界》，获江西广播电视学会论文一等奖。）

从时代的高度把握和开掘主题

——《共和国之魂》等三部革命历史题材电视专题片创作谈

为了展示从八一南昌起义到红军主力长征这段重要历史, 开掘红土地的精神宝库, 江西和上海、湖南电视工作者一起, 从1997年至1999年先后拍摄了《共和国之魂》(精编八集)、《湘南起义》(六集)、《红色中华》(十集) 等三部电视专题片, 在省、市党政领导的关心支持, 以及宣传部门的指导、参与下, 创作单位遵照江总书记提出的"以科学的理论武装人, 以正确的舆论引导人, 以高尚的精神塑造人, 以优秀的作品鼓舞人"的要求, 投入大量人力、物力、财力, 集中许多理论、历史、党史工作者的智慧, 精筹密策, 细思慎酌, 团结协作, 艰苦奋斗, 做出不懈的努力。《共和国之魂》受到中央电视台、国家广播电影电视总局、中宣部领导和专家的好评。该片在中央电视台黄金时间播出后, 在全国观众中引起了强烈反响。在1999年中宣部组织的全国第七届"五个一工程"评奖中,《共和国之魂》荣获理论文献电视片"五个一工程"奖。《湘南起义》在湖南、江西播出后, 在两省, 特别是湖南获得了高度评价, 分别获得两省1998年度社教类电视片一等奖。《红色中华》被列入江西省"五个一工程"项目, 并作为建国五十周年献礼片, 已于国庆节前在江西电视台、江西有线电视台播出。

《共和国之魂》等三部革命历史题材电视专题片, 题材重大, 主题鲜明, 史料翔实, 制作精细, 融政治性、纪实性和抒情性为一体, 在创作上有诸多的特色。其中最具特色的是在作品主题的把握和开掘上, 有独特的视角和构思。创作者站在时代的高度, 以弘扬革命精神和革命传统为主题, 在展示历史的同时, 着力表现我们党第一代领导人和革命前辈的革命精神和情感世界, 以人带史, 以事塑人, 以加强对历史揭示的力度和深度。具体来说, 主要有这样几个方面:

一、从理性上提炼主题。《共和国之魂》修改达十三稿,《湘南起义》修改达六稿,《红色中华》修改达九稿, 力求围绕主题、突出重点、情理交融、出情出魂。《共和国之魂》以一个“魂”字，讲述了我党我军从八一南昌起义到创建井冈山的历史意义，阐明了井冈山精神的丰富内涵和深远影响。《湘南起义》展示了朱德、陈毅等老一辈革命家揭竿起义，走井冈山道路，实现朱毛会师的革命实践和精神风貌。《红色中华》描绘了在中央苏区瑞金建立苏维埃共和国，以毛泽东为代表的中国共产党人进行政权建设、经济建设、文化建设的成功尝试，并最终实现建立中华人民共和国的伟大理想和政治抱负。所有这些，都充分体现了中国共产党人把马克思主义与中国革命实际相结合，实事求是、开拓创新、艰苦奋斗、无私奉献的精神。《共和国之魂》第八集“世纪晨钟”和《湘南起义》第六集“千秋风范”，都是在准确地描述人物、事件和革命发展过程的同时，把主题思想推到了一个更高的境界：老一辈革命家和无数革命先烈铸就的革命精神和光荣传统，无论过去、现在和将来，都是中华民族的宝贵精神财富，我们世世代代都要发扬光大。

二、从情感上挖掘主题。在注重革命前辈丰功伟业的同时，更加注重他们的情感世界和思想精华。从《共和国之魂》到《红色中华》，有“金丝被之梦”的英雄气概，有“沧海横流”的坚定信念。井冈山时期红军师长张子清，作战时被打断了一条腿，战士们送给他洗伤口的食盐舍不得用，后来听说医院消毒食盐供应不上，就毫不犹豫地把食盐献了出来，自己却因伤势恶化而牺牲。莲花县委书记刘仁堪被捕后，敌人残暴地割掉了他的舌头，他忍着剧痛，用脚趾蘸着自己的鲜血，写下了“革命成功万岁”六个大字，最后壮烈牺牲。江西籍将军梁必业，随红军离开中央苏区后，他母亲受到国民党的残酷迫害。解放大西南时，梁必业随四野进军广东，他母亲听说部队要经过赣南，每天搬个小凳子坐在路边，等了一天又一天，不知打听了多少行路人，就是要看看儿子梁必业。梁将军每说到母亲此情此景时，不禁热泪盈眶。创作者正是选择了许多这样的兴奋点、闪光点，来表现他们的崇高思想和人格魅力。

三、从细节上深化主题。在革命战争年代，面对白色恐怖和枪林弹雨，革命先辈，特别是那些为革命英勇献身的人们，不知有多少可歌可泣的故事。创作者发掘一些动之以情、感人至深的逸闻趣事，通过这些细节，来体现历史大背景、大主题的丰富性和生动性。如在《共和国之魂》中，毛泽东的井冈山情缘，朱德的“爱兰”之癖，陈毅痛悼亡妻，刘英、朱仲丽谈张闻天、王稼祥的珍闻；在《红色中华》中，毛泽东谈方志敏、瞿秋白的从容就义、何叔衡的英勇牺牲、项英的临危受命，都赋予了历史更为鲜丽、更为悲壮的色彩；在《湘南起义》中，讲述朱德等老一辈革命家身经百战，出生入死之后，把人们的视线拉到了他们功成名就之时。朱德女婿刘铮回忆说，朱德生前把夫人康克清和子女叫到身边说：我们这儿没有继承问题，所以你们就打消这个念头。如果说有什么继承的话，我办公室里有些书，这些书你们可以拿去读。家里面咱们省吃俭用还剩了点钱，把它都代我交党费。邓华上将夫人李玉芝讲到这样一个细节：解放海南岛以后，战功赫赫的邓华就要回广州，当地要组织欢迎他。邓华为了避免更多的惊动，提前赶路，在路上和随行人员只吃了一碗广东的阳春面。朱良才上将的大儿子原名朱兰瑞，朱良才亲自给他改名朱庶民，并告诫儿子以后何时何地都应该想到自己是老百姓。这位50年代毕业于中国人民大学的学生，听从父亲的教诲，没有留恋北京大城市机关工作，而是回湖南老家汝城工作，至今已有四十多年。这些都展示了老一辈革命家为革命胜利奋斗终身的高风亮节，让人感到震撼，心灵得到涤荡。

四、从气势上烘托主题。从南昌到井冈山，到瑞金，到整个苏区，革命先辈在这块红色土地上，创建了第一个革命根据地，奠定了人民共和国的基石，从这里走出人民共和国的两位国家主席、一位代主席、一位开国总理、九位元帅、八位大将、三十四位上将、一百一十四位中将……这些开国领袖人物和将帅们的理想、追求、信念、毅力、品格气壮山河，惊天动地，有一种浩然之气。因此，创作者在声、色、像、形上俱能营造与之适应的氛围，显得气势磅礴。例如为了拍好象征革命和牺牲的井冈杜鹃，摄制组先后四次上井冈山，从不同角度拍摄了丰富多彩的画面。在南昌、井冈山、瑞金的航拍，对于南昌作为军旗升起的地方、井冈山作为革命的摇篮、瑞金作为红色故都，其高大、雄伟、辽阔、挺拔、壮丽、秀美以及绵延不尽的起伏和若隐若现的变幻，很有象征性。同时，运用诸多的航拍资料片和照片，如长江、黄河、长城和北京、上海、香港，以及卫星发射、三军演习、驻港部队、国庆盛典等，造成总体上的大气势，增强历史的厚重感。

（本文发表于《声屏世界》1999年第12期）

二、序跋后记

《创业者的足迹》序

1990年以来，江西电视台收集了30余篇庆祝建台20周年的文章，由于种种原因，未能及时与读者见面。现在，江西电视台、江西省广播电视厅史志编辑部共同整理成册，定名《创业者的足迹》，作为史志丛书之一予以出版，实为一件好事。

这些文章的作者，有的是一直关心、扶持电视台工作的领导，有的是从50年代开始就为筹建江西电视台付出辛勤劳动的元老，有的是参与1970年电视会战的老同志，还有的是后来我们自己培养起来的年轻有为的业务骨干，他们忆往事，谈经验，说感触，话心得，字里行间流露出对电视工作的无限热爱与执着追求。这些文章，从宣传、技术、管理、事业建设、业务研究等方面记载了电视台的一些重大的历史片断，勾勒出了江西电视台20余年的发展轮廓。这些历史片断，反映了创业者的艰苦与欢乐，表现了开拓者的辛劳与智慧。创业者们用他们的青春和心血谱写了电视台的前期发展史。我们尊重历史，我们会铭记前辈们所付出的一切。在未来的江西电视事业的建设上，我们将承前启后，继往开来。

目前，江西的广播电视事业都已发展到一个新的历史时期，我们已拥有广播电视中心大楼，具备了广播电视节目制作的一定条件，1993年又形成了一厅多台的新格局，1994年省电台、电视台的节目还将被送上卫星，覆盖全国。展望未来，前程似锦，令人振奋。为把前辈们开拓的事业推向新的水平，我们还要做许多开拓性的工作，要做许多前人没有做过的事情。但无论事业如何发展，前辈们留下的创业精神、进取精神和奉献精神都永远是我们宝贵的财富。对于干事业的人来说，这三种敬业精神永远是我们宝贵的财富。对于干事业的人来说，这三种敬业精神犹如空气、阳光和水一样，不可一日或缺。《创业者的足迹》则是学习前人、借鉴历史、激励后人的好教材。

本书附录了江西广播电视中心工程兴建的有关记叙，体现了省委、省政府几届领导的深切关怀和省直有关部门、单位的积极支持，以及本厅建设者们所付出的努力，以示纪念。

我们感谢江西电视台和史志编辑部的同志们所做的这项极其有意义的工作！

（本序于1993年10月由江西电视台起草，由我审定。）

《声屏丛书》序

古人说：“太上有立德，其次有立功，其次有立言。”又说：“盖文章，经国之大业，不朽之盛事。”可见，著书立说，在以往的年代是多么神圣，多么神气，多么神秘。而如今则是寻常而又平凡了。尤其是党的十一届三中全会以后，我国理论、教育、文化、新闻界，都出现了前所未有的繁荣兴旺，出版界同样生机盎然。这是改革开放给人们的精神生活带来的重大变化。正是这一变化的感召，厅里几位同志把多年辛勤笔耕的作品结集为一套《声屏丛书》，交中国广播电视出版社出版。责任编辑也将我所发表过的一些文章汇集成一册，列在丛书之中，在付梓之前，嘱我为丛书写一篇序言。我认为丛书的出版，是我省广播电视系统中极有意义的事情，故乐于从命，写几句话。

《声屏丛书》的作者都是具有十几年乃至几十年新闻实践并有一定新闻理论素养的同志，其中有的还担任了一个单位或部门的领导。他们或长于广播电视节目的策划与组织，或倾心新闻理论的研讨，或关注各类节目的业务探索，或致力于广播电视文艺及剧作的创作。丛书所收集的作品反映了作者对自己所钟爱事业的认知、探索与研究成果。当然这些作品涉足的领域虽广，考察的问题虽多，实践的门类虽深，但也不可能涵盖和回答广播电视事业前进中的所有问题，也不可能对各类重大问题作出完全正确的判断。这里我们要借用德国思想家莱辛的一句名言："如果上帝在他的右手握着全部的真理，而在他的左手握着无与伦比的、永远活跃的追求真理的动力（即使再加上永远不断使我出错这一点），而对我说，挑选吧！我就会谦恭地握住他的左手……"勇于实践，不断探索，我们要肯定的就是丛书作者们的这种精神。

"文章合为时而著，歌诗合为事而作。"丛书的作品源于广播电视改革时期的各个阶段，发轫于新闻活动的实践和广播电视文艺创作的实践，一定程度上反映了省一级新闻单位和新闻工作者如何在党的正确领导下，在邓小平同志建设有中国特色社会主义理论指引下，努力探索，奋力拼搏，辛勤耕耘。因此它不仅仅是个人的成果，而且具有一定的代表性，它是新闻改革辛勤跋涉中的雪泥鸿爪，它是广播电视发展的历史长河中的一掬浪花，它是建设有中国特色社会主义新闻理论体系中的铺路小石。

由于丛书涉及广播电视的方方面面，对于关心和初涉广播电视工作的人们，是一份可资借鉴和操作的资料；对于专事广播电视研究的人们，则是了解新的历史时期我省新闻工作面貌的媒介，从中可以看到新闻工作者在建设有中国特色的社会主义新闻理论体系时是如何学习与实践、继承与发展、改革与创新的。丛书的问世，同时对于作者也是一种鼓励，对于后来者也是一种启迪，它鼓励与启迪新闻工作者如何总结自己的昨天，如何对待自己的今天，如何把握自己的明天。

我们正处于世纪之交。新世纪赋予广播电视工作更加光荣和艰巨的使命，这是一个千载难逢的机遇，是一个出作品、出人才的辉煌年代，《声屏丛书》的出版将起到抛砖引玉的作用。我相信，今后我省广播电视工作者一定有更多的好作品问世，迎接新世纪的来到。

（写于1995年10月）

（作品简介：《声屏丛书》是省广播电视系统有关领导、记者、编辑撰写的作品集，由中国广播电视出版社出版发行。该丛书作者有20多位，从不同角度，总结广播电视宣传和管理的基本经验，在业内产生了一定影响。）

《春晖集》序

张步蓉同志把自己从事记者工作以来的新闻作品结集出版，定名为《春晖集》。我认为这个集名，表达作者心意，是十分贴切的。“谁言寸草心，报得三春晖。”作者通过自己的新闻实践、新闻作品，讴歌我们的时代，鞭挞社会丑恶，表达了对党对人民的真诚和对事业的执着追求。

翻开《春晖集》，不难看出，作者从1986年至1996年从事报刊编辑、记者工作，起点就比较高，其作品都是改革开放年代的产物，是时代大潮中的浪花，因此具有一定的价值。《春晖集》中题材相当广泛，涉及20世纪80年代中期至90年代中期社会改革的方方面面，尤其是反腐倡廉、捕盗缉私、打黑扫非、青少年教育、大龄青年婚假，老年人的赡养，计划生育的忧思，社会保险的起步，环境状况的警示。有道是：记者是站在历史前排的人。又有说：“今天的新闻是明天的历史。”而作者正是一个有责任心的记者。她并不满足于坐在编辑部对付来稿，而是在处理完版面稿件之余，抽时间深入生活，深入民众，用耳朵倾听基层的呼声，用眼睛观察时代风云，用心去体察民心民情，因此社会的热点、难点、焦点问题都可以在她的作品中得到反映。这些作品因而就成了江西、特别是南昌市改革开放年代社会发展的记录。

作者1996年调入江西省广播电视厅，在江西有线电视台新闻部任副主任，她的新闻工作者的潜质和才华，得到了很好的发挥，突出表现在她为理论文献电视片《共和国之魂》《湘南起义》《红色中华》《共和国摇篮》所作的独特贡献上。这些作品，展示了八一起义、秋收起义、井冈山革命根据地和中华苏维埃共和国创建的历史，讴歌了以毛泽东为代表的老一辈革命家的丰功伟绩，揭示了井冈山精神铸就共和国之魂的真谛。这几部作品是中共江西省委宣传部和江西省广播电视厅的重点片。作为第一编导，她不仅要参与撰稿、指导画面拍摄，而且还要承担联络、采访老红军以及党史、军史专家的重任。作者在进行创作时，有追求、有责任心、有真情。为了提升电视片的文献价值，展示老一辈革命家的音容笑貌，无论是冰天雪地，还是酷暑炎热，她都会怀着一颗诚挚的心去敲开被采访者的门。采访前，她翻阅报纸杂志、历史档案、人物传记和回忆录，在对被采访人做了详尽了解和研究之后，记下要点，列出问话提纲。她待人纯真，有的老红军接受了她三番五次的采访之后，被她的真诚和执着感动，直把她当亲人对待。她成功地采访了七十多位为中华人民共和国成立浴血奋战、德高望重的老红军、老同志，增强了这几部片子的历史价值和艺术感染力。党史界、理论界的专家认为：老同志的访谈为党史、军史留下了宝贵的资料，也是这几部专题片的精华所在。在这几部电视片播出的同时，作者还写了十几篇关于老红军的人物专访，这些专访内涵丰富、刻画细腻，体现了作者“文”“品”相宜的政治水平和写作功力。这其中的不少作品分别获得省级、国家级的奖项。八集理论文献片《共和国之魂》荣获第七届中宣部精神文明建设“五个一工程”奖，六集理论文献片《共和国摇篮》荣获第八届中宣部精神文明建设“五个一工程”奖，这在江西电视专题片创作上的突破，张步蓉作为主创人员之一，出力殊多，功不可没。

值得一提的是，作者还擅长于人物专访，她在新闻采访中善于把握人物，捕捉人物瞬间的动态和特征，揭示人物的内心世界，提炼人物闪光的思想和品质。其中一些作品，题材新颖，视角独特，笔调细腻，文字秀美，有较强的感染力和说服力。正因为如此，《春晖集》对于新闻工作者，特别是一些年轻新闻工作者来说，多少会有一些启迪和帮助。

在省广播电视局这样一个知识分子比较集中、人才济济、新人辈出的地方，作者并不引人注意，她所在的单位——江西有线电视台也是刚刚起步。然而，她通过自己勤勤恳恳的追求，默默无闻的工作和孜孜不倦的努力，终于走向了成功。不久前，张步蓉已晋升为主任记者，迈上了一个新的起点。由于我和作者同事多年，她的《春晖集》出版，我写上几句话，拟作为序。

（写于2001年6月）

（作者张步蓉，女，安徽芜湖人，大学本科学历，高级编辑，江西电视台经济生活部原副主任，在电视专题片《共和国之魂》《湘南起义》《共和国摇篮》《红色中华》中担任编导，作出了突出贡献。多件作品获国家级、省级奖。）

《中国文联晚霞文库·江西卷》跋

在省委省政府的关心支持和省文联党组的具体领导下，经过近两年的编选，本套共计300万字10卷本的《中国文联晚霞文库·江西卷》终于审定付梓，作为编者，我们感到十分欣慰。收入本套丛书的作者都是省文联副厅以上的老同志，他们同时又是蜚声文坛的老作家和文学评论家，在长期担任文艺界的领导工作之余，勤奋创作，硕果累累。被收入丛书的作品，包括小说、诗歌、散文、文艺评论等，展现了老作家们丰富的人生阅历和深厚的创作功力。如今，这些老作家中有的已经逝世，有的年事已高，但他们的作品仍深深地影响着一代又一代文学青年。仍健在的老作家，也在不断地做着新的艺术探求，他们的笔，仍在深情地讴歌着广袤的红土地。

我们相信，本套丛书的出版，将进一步调动老文艺家们的创作积极性，同时也将积极推动我省中青年文学作者的创作积极性。今后，我们将继续为老文艺家们出书，将他们的成果广为宣传，给人民奉献更多更精美的精神食粮。

丛书的出版，得到了有关领导的大力支持，中共江西省委常委、宣传部部长刘上洋同志亲自作序。省文联党组领导同志亲自策划，在编辑人员和经费方面一一落实。本丛书的出版还得到了省财政厅的大力支持。丛书编辑出版过程中，承蒙百花洲文艺出版社给予了热情帮助，他们为丛书出版提供了诸多便利，社领导亲自过问关心，责编同志付出了很多心血。晏政、郭蔚球、舒信波同志作为丛书编辑小组成员，在编辑方针及书稿内容等方面做了大量的工作，王克平、刘继汉、吴松亭、蒋克己、汪秀珍、刘孟沐、李晖、章伟新等同志在编选、审稿等工作中付出了大量的心血，谨在此一并致谢！

（写于2004年5月）

（《中国文联晚霞文库•江西卷》，收集了9位省文联副厅以上老同志的书稿，包括小说、诗歌、散文、文艺评论等，展现了老作家们的深厚创作功力。该文库2004年由百花洲文艺出版社出版发行。）

《汪少林文集》序

从20世纪60年代到21世纪的今天，正是我们国家经历种种困难曲折甚至遭受危机，终于走上了稳定、改革、发展和崛起的时代。

汪少林，作为我们党培养的新中国一代知识分子，在这个伟大复兴的时代，经风雨，见世面，以自己的激情和毅力，从小学、中学、大学到走上工作岗位，勤于写作，持之以恒，写下了大量的作品，其中大部分是文学艺术创作。《汪少林文集》一书，有词曲、律诗、对联、游记、纪实、通讯、论文、小说、评论等13个品种，达百余万字。

《汪少林文集》的作品，从1958年起至今，时间跨度40多年。这是一部知识分子的读书史、生活史、工作史，真实记载了一代知识分子成长的心路历程，反映了知识分子从“臭老九”到“工人阶级一部分”的历史命运，体现了改革开放后知识分子焕发的生机和活力。值得一提的是，作者无论是学习体会、工作心得、业务总结、新闻报道，还是诗词对联、论文评论、观光随笔、国外采风，看起来大都是即兴之作，但不少是精心之作，其中不乏优秀作品。从这些作品中我们可以深深感受到，今天我们的学习条件、工作环境、生活质量、精神状态与改革开放以前的过去相比，是有多么大的变化。这对我们了解过去，了解现在，了解我们的国情又是多么地必要。“诗书非药能医俗，道德无根也树人。”《汪少林文集》中的作品，有益于我们热爱我们的国家，热爱我们的人民，热爱我们的社会主义，热爱我们伟大的中国共产党，从而自觉地为中华民族的伟大复兴而奋斗。

《汪少林文集》作品中，有相当一部分具有学术价值和较高文化品位的著作。为了编写《中国楹联鉴赏辞典》《江西名胜楹联》《书的知识手册》《析字联话》等书籍，他用多年的时间，几乎查遍和收集了全国所有涉及这方面内容的报刊书籍和资料，分门别类加以整理，并在评注中体现了自己的理论功底和业务水平，在评对联、评图书、评文章、评中堂、评元曲中做了不少有益探讨，对中堂艺术有独到的研究。

（写于2004年12月）

（作者汪少林，男，江西樟树人，毕业于北京广播学院。长期从事图书编辑工作，出版发行作品有《书的知识手册》《中国楹联鉴赏辞典》《江西名胜楹联》《析字联话》《沙琳厄言》《旅英随笔》等，计200多万字，撰作诗、词、曲2000多首。）

《沧海求珠》序

今年5月，收到陈国涛同志书稿《沧海求珠》并嘱我写一篇序言的时候，我正在忙于筹办中国江西国际傩文化艺术周。紧张之余，我不时地看看书稿，逐渐地被书稿的内容和细节所触动，并带入深深的思考之中。无论是书稿“收藏人生”部分，还是“三年日记”部分，以及散文小说部分，讲述的大都是多少年前的事情，然而在我们今天看来，还是那样地受到吸引和感染。这是一种情感的力量，精神的力量。我认为书稿具有这种跨越时空的影响力，在于作者在创作上源于生活，表现生活，挖掘生活中的精神内涵。

《沧海求珠》“三年日记”部分，作者讲的是从1965年到1968年个人的一段历史，共296篇。“日记”记录了一个大学生从入学到“文革”红卫兵这段历史。其中大部分是讲述一个特殊的历史时期，也可以说是我们国家最混乱的历史时期，展示一个年轻的大学生，在他的心灵深处是怎样面对“文革”、面对历史的。在5万字“日记”中，作者真实地讲述历史的进程和经历，也毫不掩饰地表现了自己的兴奋、冲动、迷惘、失望和期盼。年轻大学生这种天真和幼稚，与许许多多同时代的大学生一样，都曾经有过。然而，在他的字里行间，处处体现了对真、善、美的追求，对党和国家的热爱，对同志和朋友的关心。在那样急风暴雨式的“狂热”年代，多少人成为历史的匆匆过客，而他却能这样地观察和对待历史，能正确地认识把握自己，这是非常可贵的。

《沧海求珠》“收藏人生”部分，作者触角大都是有代表性的基层干部、群众、先进人物、劳动模范、艺术家和领导干部。作者善于在基层、在第一线，来表现他们的业绩、成就和贡献。作品大都主题鲜明，思路清晰，语言生动，使人耳目一新。特别值得一提的是作者善于抓住细节来表现人物内心世界和高尚品德，给人以深刻的印象和启迪。例如《温家宝在江西》，是写当时的地矿部副部长温家宝在江西考察工作。作者跟随家宝同志12天，记录了家宝同志深入基层，体察民情，与干部群众打成一片的动人情节，体现了新时期领导干部的平民意识和朴实作风。作者当然不会想象温家宝同志以后担任国家总理，但他的这篇文章成功地体现了一代国家领导人崇高的风范。这是他人物特写的一个亮点。

《沧海求珠》作者是《江西地质报》的一位主编，长期在地质工作第一线，几十年勤于学习和写作，有较深厚的文字功底和基层工作经验，其作品多次获得我省新闻报道较高奖励及地矿系统奖励。作者对中国一位美术大师艺术成就做过这样的分析：“……丰富的乡村生活，深厚的人文历史积淀与优美的大自然孕育了他的艺术激情与灵感。”我想这正是作者创作实践的真实体验和总结。我和作者是北京广播学院的同学，为他的书稿《沧海求珠》写序，我感到非常高兴，因为他给了我一个表达思想情感的机会。我衷心祝愿陈国涛和其他的同学们，在今天这样伟大复兴时代作出我们新的贡献！

（写于2005年7月）

〔作者陈国涛，男，江苏扬州人，毕业于北京广播学院。长期担任《江西地质报》主编，有小说、散文、诗歌、特写、报告文学及摄影作品数百篇（幅），并获得全国企业报展评一等奖和江西省好新闻二等奖。〕

《美自创意——江西文化名人谈》后记

进入21世纪以来，随着经济社会的发展，江西文化艺术正在展示全新的风采，古色、绿色、红色文化丰富多彩，交相辉映，谱写了江西文化艺术史上新篇章。

本书荟萃的就是江西文化新篇章中的部分篇目。遵照中共江西省委、省政府有关领导的指示，由我负责组织的江西一批专家学者，包括来自全国的江西籍专家学者，结合中国非物质文化遗产——江西傩文化传承与开发、江西省委省政府接待中心前湖——迎宾馆文化装饰、滕王阁二期扩建工程文化装饰布局、婺源旅游文化综合开发、重大节庆文化活动等项目，站在全国乃至全球文化发展的高度，以一系列鲜活的理论和观点，彰显了与时俱进的文化信念和艺术追求，体现了江西文化人对文化发展的自觉担当和勇气。

美自创意。正是这一批江西专家学者和省有关领导的文化创意，提升了上述项目的文化品位，揭示了上述项目的文化内涵。无论是已经完成的项目，还是着手运作的项目，以及正在策划的项目，都展示了江西文化特色和艺术魅力，给人美的启示、美的感受、美的快乐。我作为上述项目的策划者和组织者（井冈山全景画馆，我只负责前期学习考察和提出建议），有责任也有必要将这些项目创意、创作经验加以整理，以留下宝贵的精神财富。

饮水思源。当我们总结和思考这些年来进行上述项目时，应当感恩于江西文化发展的大环境。省委主要领导从贯彻落实"三个代表"重要思想、科学发展观的高度，十分重视文化事业和文化产业的发展。从2001年开始，省委主要领导先后在省文联召开全省文艺工作座谈会，多次亲临省文联考察指导工作；并在省委常委会议上，听取省文联关于全省文艺工作汇报，就全省文艺工作作了一系列指示，给全省文艺工作者以极大鼓舞，开创了江西文艺繁荣、发展的崭新局面。2008年以来，在省委和省委宣传部的关心支持下，省市有关领导，省直有关部门领导，对省文联工作给予了诸多支持，营造了和谐的氛围和良好的工作环境，全省文艺工作得到了持续、稳定的发展，为建设和谐、富裕、秀美新江西作出了新的贡献。

贵在运作。我们在总结项目策划创意同时，注重体现这些项目的运作过程，正是诸多省市领导、有关部门、单位领导的大力支持和主办、承办、协办单位的精心运作，才有了这些项目的圆满成功。除了感谢书稿和照片中已有的中央有关部门领导、省有关领导和专家、学者之外，要感谢其他有关领导和有关部门、单位领导及有关人员（见鸣谢名单），还要感谢配合大型活动，确保活动安全的省公安厅、南昌市公安局以及广大干警。

在编写本书过程中，96岁高龄的中国文联原主席周巍峙，亲自为本书题写书名，江西省政府朱虹副省长在百忙之中为本书作序，让我们非常感动。中国作家协会主席团成员、江西省作家协会主席陈世旭，江西省社科院原院长、省科技厅原厅长、研究员李国强，江西省新闻出版局原局长、省出版集团原董事长、编审熊向东分别撰文。这些领导、朋友和同行的支持和帮助，让我们如愿以偿，把这本书奉献给读者。

本书选用的中国文联、省委、省政府领导的讲话或摘要，均为公开发表或记录整理，由编者负责。书稿中有关江西前湖迎宾馆文化装饰创意大纲（草案）由李晖记录整理；有关江西前湖迎宾馆大画、主画简介主要由陈世旭撰写；滕王阁二期扩建工程文化装饰策划根据南昌大学艺术与设计学院周曙和省社科院课题组设计综合整理；婺源旅游文化综合项目设想由张莉记录整理。选用照片由刘立德、万恺、刘孟沐、郭晶、唐济生、万朝晖、周曙……以及红谷新区管委会、江西省摄影家协会为大型活动组织拍摄的摄影家提供。

本书涉及的一系列重大文化活动，得到我工作单位省广电厅、省文联、省委宣传部和我的母校——中国传媒大学的支持和帮助；得到江西湖光山色文化艺术传播有限公司、江西金童实业有限公司、江西民和实业有限公司、江西惠谱投资有限公司、江西亚鑫投资有限公司、江西鑫海贸易有限公司、江西省恒达供用电工程有限公司、景德镇望龙有限公司等企业领导的支持和帮助，我们表示深深的谢意。

本书编入的这些项目以及专家学者的论述，或许有这样那样的不足和局限性；加上时间比较仓促，我们来不及找更多的有关人员——征求意见，在归纳整理中难免有不当之处，敬请领导和专家指正。

本书在较短时间内顺利完成，我们尽了最大的努力。吴文斌、刘孟沐同志做了大量资料整理归纳工作，万江麟、唐济生同志做了诸多修改，张莉同志自始至终负责文稿打印校对工作，于洋同志积极做好北京联络工作，张罗粉同志认真细致地做好后勤服务工作。

本书由景东陶瓷集团有限公司、南昌天宇电子有限公司和江西创意文化艺术产业有限公司共同策划，由江西人民出版社编辑出版，社长徐建国给予大力支持，副社长游道勤担任本书责任编辑，同异文化传媒公司揭同元先生担任书籍设计，付出了辛勤劳动，在此一并表示感谢。

（写于2012年2月）

三、域外随笔

欧洲见闻

1.千姿百态的文化风采——欧洲六国印象之一

欧洲文化，源远流长，灿烂辉煌，在世界上产生了重大影响。前不久，我随同中国戛纳电视节代表团走访了欧洲六国，对欧洲文化有了切实的感受。

历史悠久、古迹众多是欧洲文化的主要特色，也是欧洲文化的精华部分。欧洲人重视自己的历史，致力于文化建设。无论是在法国巴黎、意大利罗马，还是在荷兰阿姆斯特丹、德国科隆，我们都对他们历史古迹被保护得如此完美感到震惊，同时也为他们把古迹与现代文明融合为一体的建设感到骄傲。在这些城市中，博物馆、艺术馆、纪念馆比比皆是，人文景观无处不有。意大利古城佛罗伦萨，曾经是欧洲文化发祥地和文艺复兴中心。我们看见，整个城市古色古香，街道、楼宇、教堂、塔楼、广场仍然保留着昔日的风貌，是一座文艺复兴时期的宝库。意大利古城米兰圣玛丽亚餐厅墙上，有一幅达·芬奇大型壁画《最后的晚餐》，至今已有五百多年历史。为了恢复这一世界名画的原貌，当地耗资巨大，用二十多年时间进行修复，直至今年5月才重新开放。法国巴黎卢浮宫，展示了从中世纪卢浮宫到大卢浮宫的发展历史，其博物馆七个展厅展示了从中世纪至19世纪欧洲和世界各地不同时期的艺术珍品。卢浮宫的建筑，则是古代建筑和现代建筑结合的典范，王宫、庭院、玻璃金字塔相互辉映，显得富丽堂皇而又充满时代气息。比利时布鲁塞尔郊区，有一处滑铁卢战场纪念碑。它是一座巨大的金字塔土丘，高45米，方圆300米。土丘上端有头铁铸雄狮，特用战场上的废铁铸造而成。在它的周围仍然保留了当年拿破仑军队与英国、普鲁士联军决战的古战场和指挥作战的古堡。这座奇异的高大建筑，如同拿破仑兵败滑铁卢故事一样发人深省。

考察组在法国巴黎

比利时

卢森堡

名目繁多的传统节日，是欧洲文化最热烈、最广泛的部分。欧洲人执着地热爱自己的传统节日，大多数节日都有鲜明的民族风格和浓郁的文化意蕴，使人们在欢乐中得到享受和启迪。除了共有的圣诞节、复活节、狂欢节等盛大节日外，一些国家还有自己独特的节日。比如意大利的罗马城纪念日、民间艺术节，法国的农业节、音乐节，德国的教师节、艺术节，荷兰阿姆斯特丹的花节、风车节，威尼斯的赛船节等。在威尼斯，当地导游告诉我们，威尼斯一年有十个全国性节日。在这些节日期间，所有场所、商店、银行都是关门的，人们载歌载舞，纵情欢乐。其中比耶纳勒节是最大的国际现代艺术展览，在奇数年份开幕，还组织除艺术展览外的其他文化活动。在科隆，狂欢节是最富情调的节日，不仅全城百万之众倾巢而动，而且周围许多城市的人们，包括外国游客也会蜂拥而至。这种联欢活动持续几天，夜以继日，整个城市变成一个大舞台，人们在这里表演、游行、寻欢作乐，充分展示自己的想象和激情。在荷兰阿姆斯特丹市，正值花节期间，我们在市内一家花市观赏，只见鲜花满园，争奇斗艳，美不胜收，仅名贵花卉就达2000多种。特别是国花郁金香，花形美观，色彩鲜艳。据说最大的花卉市场在该市西南郊，当地平均每天出售花卉600余万份，其中约80%向国外出口，畅销近百个国家和地区。这个“花都”处处展示了花文化的神奇魅力。

影视文化活动的发展，是欧洲文化富有影响力和活力的体现。欧洲人喜爱影视文化，推崇影视名人，迎合影视新潮。我们到过的法国戛纳、袖珍王国摩纳哥，以及意大利米兰、威尼斯、罗马，都有一年一度国际性电影节、电视节或电影电视节。这些影视活动，既是影视文化交流观摩的盛会，也是影视工作者，包括影视名人交际和娱乐的舞台，无疑对当地文化产生了积极的影响和推动。我们参加世界闻名的戛纳电视节交易会，看到了主会场的宏大、展台的精致、节目的丰富。一些电视大台在这里充分展示实力和优势。同时我们也注意到了它对戛纳社会的影响。在交易会主会场的周围，我们看到地面上有一大串刻有署名的双脚印，整整齐齐，引人注目。一打听，才知道这些都是世界影视名人的脚印，以表彰他们的业绩。街道两旁的商店，到处都有影视明星签名的文化衫，外地的游客一般都会买上一两件作为纪念。在海岸边，成千上万的旅游者或躺在沙滩上晒太阳，或跳入海水中游泳。与会的电影、电视工作者和影视明星，也有许多人情不自禁地加入这支队伍，激起了更多的情趣和欢乐。有人告诉我们，正是电影电视节，使戛纳逐渐成为文化城、旅游城、汽车城，成为地中海一颗璀璨的明珠。在摩纳哥，每年一次的国际电影电视节、杂技艺术和各种体育赛事，加上风景秀丽、气候宜人的自然条件，使这个人口不到3万、面积不到2平方公里的花园小国，成了世界人口最稠密的地方，成了每年游客达300万的乐园。

戛纳电视节展厅

摩纳哥

在衣饰、饮食、居住、交通、礼仪往来、婚丧嫁娶和宗教信仰方面，欧洲人都有自己独特的文化生活习惯。法国的香水、“大菜”、葡萄酒，意大利的水晶、玻璃、皮革，德国的啤酒、眼镜、汽车，荷兰的木鞋、奶酪、钻石，都使我们大开眼界。但一些城市墙上的乱涂乱画、阿猫阿狗的屎尿污垢、日趋严重的色情吸毒、影视音像作品的不良影响，以及乞丐醉鬼的无人过问，也使我们难以理解。面对这种色彩斑斓、无奇不有的花花世界，我们应当作出更多的思考，扬人所长，避人所短。

2.巧夺天工的建筑奇观——欧洲六国印象之二

欧洲六国的建筑，特别是意大利、法国的建筑，是欧洲文化乃至世界文化的重要组成部分。许多不朽之作，以其设计之独特，规模之雄伟，装饰之精巧，令我们感叹不已。它们饱含重大思想和艺术价值，成为人类文化艺术之宫的瑰宝。

比萨斜塔，堪称欧洲一绝，为世界斜塔之最。它位于风光秀丽的热那亚湾，是意大利古城比萨大教堂的钟楼。由于斜塔毗邻其他建筑，一眼就能看出塔身的倾斜。站在远处，可以看得更加分明，领略到这组建筑群的美妙动人之处。斜塔之谜，就迷在斜而不倒，不知吸引了多少人探谜而来。斜塔于1174年兴建，1350年完工，为八层圆柱形建筑，塔高54.5米，全部由大理石砌成，当第三层完工时，出现了倾斜现象。斜塔建成六百多年来，塔身不断向外倾斜，逐渐离中心垂线至5.3°。1972年10月的一次大地震使该塔受到冲击，但它却安然无恙。1975年之后，塔身的倾度基本保持稳定状态。很有意思的是，1590年天才物理学家伽利略曾在斜塔上成功地做过著名的自由落体实验，使斜塔更加扬名天下。许多国家、包括中国的建筑大师，都先后到过比萨，为如何保护斜塔“诊治”，据说提出的诊治方案达700多种。这就是说，斜塔的重要性不仅在于它本身，而且在于对它的研究。斜塔是美丽的，又是奇异的，它向人们提出了不解之谜。

意大利斜塔

罗马斗兽场，又称高乐赛奥园剧场，是古罗马建筑的典范，也是世界古建筑史上的奇迹。它建于公元80年，是罗马皇帝为庆祝征服耶路撒冷胜利，强迫数万犹太俘虏历时十年而建成的。公元217年和250年它两次被雷击烧毁后重建和修复，公元429年和443年两次地震后又进行了维修。它是一座史无前例的宏伟建筑，呈椭圆形，高49米，周围有半公里长，可容纳五六万观众，外立面全部使用的钙华石。整个建筑分为四层。从一层到三层，每层都有80个镶有立柱的拱形门洞。第四层是一个个单间，每一层的拱门都标有房号，以便对号入场。位于建筑主轴线四端有四个贵宾入口，是专为上层人士准备的。北门有一小型两柱门廊而进的长廊，可直达皇家专席。场内有拱顶和带有连续走廊的观众席。场上看台和表演台用墙隔开，表演台后面就是贵宾席。据说罗马帝国统治者常在此驱使奴隶与猛兽搏斗，有一次为庆祝战争胜利，竟动用一万名角斗士与一万一千头野兽进行搏斗表演，其场面之大，悲惨之烈，难以想象。当人们站在斗兽场内三层通道上，发现这个一千九百年前的建筑，其设计竟是如此的精巧、周密和流畅，真叫人惊异万分。罗马斗兽场，作为建城已有二千七百多年历史的罗马的象征，无论是它的重要地位，还是它的艺术价值，被列入世界建筑之最都是当之无愧的。

意大利罗马

埃菲尔铁塔，是法国巴黎的象征，是世界上独一无二的纪念性建筑物。它是1889年为迎接世界博览会在巴黎召开而建成的。法国人说，那些旧建筑代表着巴黎的过去，而埃菲尔铁塔代表着巴黎的未来。它位于塞纳河畔，身居闹市，以其高大雄伟和美丽动人赢得世人啧啧称奇。铁塔高320

米，重7000吨，由15，000个金属部件和250万个铆钉组成，全靠四条粗大的带混凝土台基的铁柱支撑。塔分三层，每一层都设有酒吧和餐店，供游宾小憩。人们一般都喜欢站在第二层，尽情领略世界丽都巴黎的风采。天气晴朗时，可以看到方圆几十平方公里的景色。铁塔脚下是宽阔的林荫大道、几座花圃、小巧水面以及凯旋门和拿破仑像。埃菲尔铁塔是建筑史上大胆而独特的创新，无论是设计、施工，还是装饰选址，都是无可挑剔的。它是巴黎美丽的象征，具有神奇的艺术魅力。在它的周围，总有络绎不绝的游客和欢声笑语。

凡尔赛宫，是法国王宫，欧洲古典主义建筑的代表。它位于巴黎西南郊的凡尔赛镇，从1626年法王路易十三修建城堡，到路易十四建宫，以后陆续大规模兴建宫殿和园林，到1689年建成皇家宫苑。其建筑面积11万平方米，园林面积100万平方米。建筑以东西为轴，南北对称，中间是王宫，两翼是宫室、办公处、博物馆、剧院、教堂等。从王宫内庭穿过一个连拱廊可到达殿的西侧外立面，这是凡尔赛宫最精美的一处建筑，墙面长680米，与它前面的一系列花园相映生辉。中部的镜厅，更以雍容华贵、富丽堂皇著称。特别是典雅而精致的园林建设，宫内众多的花圃、林木、塑像，还有各处的喷泉，造就了变幻多彩的世界。宫后是一大片绿茵地，一条近2公里长的大渠从这里穿过，在一半处又与另一条小渠交汇，显得郁郁葱葱，一派生机。凡尔赛宫显示了法国建筑艺术领域的成熟和完美，并成为许多国家王家宫苑的样板。

拦海大坝，是荷兰筑坝造堤的伟大业绩，也是世界建筑史的奇迹之一。荷兰是风车之国、鲜花之国，同时也是堤坝之国。由于荷兰濒临北海，地势东高西低，有1/3国土处于海平面以下。为了阻拦海水，荷兰人很早就开始与大自然抗争，公元13世纪初就修筑了第一批堤坝，最后终于实现了中国精卫填海的神话，填出了小半个荷兰，据说共争得7000平方公里土地。拦海大坝则是整个筑坝造堤最辉煌的工程，建成于1932年。它位于阿姆斯特丹以北60公里处，全长32.5公里，宽90米，高10余米，坝顶是一条高速公路。大坝使荷兰的海岸线缩短了300公里，不仅大大减轻了海水对内陆的侵袭，而且逐渐造就了淡水湖，可围垦20多万顷土地。向海争地，荷兰人创造了世界之最。荷兰人说，上帝造海，荷兰人造陆，这不能说没有道理。

荷兰

3.世界之最的教堂艺术——欧洲六国印象之三

在欧洲的今天，基督教神学早已失去昔日的地位，但处处可见的教堂却依然光彩照人。或许是一种天赐，欧洲人的艺术天才，淋漓尽致地表现在各类建筑风格的教堂以及壁画、雕塑之中。仅意大利罗马教堂就有400多座。特别是米兰佛罗伦萨、科隆大教堂，梵蒂冈圣彼得大教堂和巴黎圣母院，把我们引入人类教堂艺术宝库的神奇世界。

意大利米兰最有名的是杜奥莫大教堂，它是世界上最大的教堂之一。它于1386年奠基，由于种种原因，历时五百年，到1813年才竣工，为哥特式建筑典范。其主体全部用砖砌成，外饰白色大理石，被称作“大理石山”，整个建筑面积达一万多平方米。教堂处处精雕细刻，使人感到宏伟壮丽。正厅从地面到穹顶高47.85米，据说可容纳3万人做礼拜。教堂外，排列着数以千计的十字架，屋顶由52根大理石柱支撑，屋顶上有无数塔楼、尖顶和3300百尊不同时代、不同流派的白石雕像，最高塔尖上耸立着圣母玛利亚雕像，高达4米，由于外镶金叶而显得金碧辉煌。登临塔顶，可以远眺阿尔卑斯山的景色。

梵蒂冈

意大利佛罗伦萨主教堂，是世界上第四大天主教堂。它建于13至15世纪，是许多艺术家经过两个世纪劳动的结晶。主教堂、钟楼、洗礼堂构成一组建筑群，看上去色彩协调、巍峨壮观。主教堂横宽竖长，气势轩敞。正殿与偏殿两侧，都饰以条带的高大方棱柱、壁柱。主祭坛有三个被隔成五间的圆形后殿，地面用五彩大理石铺砌。大殿墙上有诸多名家的壁画，赋予了教堂适度的时代感和节奏感。主教堂大圆顶呈双层薄壳形，两层之间留着空隙，上端略呈尖形。它高91米，最大直径45.52米，坐落在一个巨大鼓形体上。圆顶内有壁画装饰，屋顶灯亭格外引人注目。主教堂钟楼由著名设计大师乔托设计，造型独特，格调鲜明。钟楼地平面呈正方形，每边长14.5米，高89米，整个建筑饰满彩色大理石镶嵌图案，四周装饰着六角形和菱形浮雕饰板。钟楼内有414级台阶，拾级而上，可以登上楼顶。主教堂地下室珍藏着昔日佛罗伦萨老主教堂的遗迹，如壁画、墓石、石碑等。主教堂前面的洗礼堂，是一个八角形建筑，正面是三扇镀金铜门，每扇镀金铜门上都有各种各样的人物浮雕，形象逼真，姿态动人。

圣彼得大教堂，是世界第一大教堂，坐落在罗马西北郊的小国梵蒂冈城。圣彼得大教堂是欧洲天主教徒的朝圣地和梵蒂冈罗马教皇的教廷。圣彼得教堂和圣彼得广场为世界名胜，每逢重大活动，这里便人山人海，热闹非凡。圣彼得大教堂有过显赫的历史，早在公元4世纪，人们就在耶稣门徒最长者圣彼得墓上建起过一座老教堂，以后经过十个世纪以来的改建、重建而成现在的规模。新圣彼得大教堂于1450年始建，1626年最后完成，是意大利著名建筑家、艺术家米开朗基罗、拉斐尔等大师的共同杰作。整座教堂具有罗马式、巴洛克式建筑风格，长18.7米，宽133米，有高达42米的穹窿圆顶。教堂内部有花柱、镶嵌地板、雕镂的天花板和辉煌的金制祭坛，以及许多出自名家之手的壁画和雕塑。教堂大厅有座金色华盖，华盖下有陵墓、祭坛，数十盏长明灯昼夜不灭。大教堂前面是宽阔的圣彼得广场，可容纳50万人。它是由284根圆柱和88根方柱排列围成的，柱高18米，广场中央矗立着一座方尖石碑，两侧还各有一座造型美观的喷泉。

法国巴黎圣母院，是世界上最美丽的天主教堂，欧洲早期哥特式建筑和雕刻的主要代表。它位于巴黎古城区中心，塞纳河中的斯德岛上，始建于公元1163年，完成于1250年。到了19世纪，人们又在圣母院上面加建了一个高106米的尖塔，塔内悬挂了一只13吨重的巨钟。它巍峨又纤巧，空旷而高昂，前有小广场，后有小花圃，充满了神奇的诱惑。从塞纳河侧面看上去，它更显得光彩夺目，楚楚动人。整个建筑分为三个部分，大殿、钟楼、尖塔，殿内大厅6500平方米，高35米，可容纳一万多人做礼拜。大厅正中安放着玉石雕成的圣母像，周

巴黎圣母院

围墙壁、回廊、门窗、祭坛均以绘画雕刻装饰。巴黎圣母院都是石头建造的，其最大的特点是屋顶、塔楼、扶臂等顶端都是尖塔，殿堂屋顶上有法国的二十八尊历代君王的石雕像和三扇大窗户。院内还藏有13至17世纪的许多艺术品。巴黎圣母院的独特风格，对以后欧美所建的哥特式建筑有过重大影响。

德国科隆大教堂，是世界上最大最高的天主教堂之一，也是著名古城科隆的象征。它地处古城区内，矗立莱茵河畔，显得亭亭玉立，独领风骚。走近大教堂，呈现在眼前的是一座高160多米的宏伟建筑。它建成于1880年，全部用磨光石块砌成。整个建筑面积约6000平方米，东西长140多米，南北宽80多米，内有十个礼拜堂。教堂中央是两座与门墙连砌一起的双尖塔，四周林立着无数的小尖塔，仰看犹如一片尖顶塔林。大堂四壁上方有总数100多平方米的窗户，全部被装上描绘“圣经”人物各种颜色的玻璃，于晶莹清雅中透出庄严肃穆的风格。教堂钟楼上有五座响钟，其中最重的是24吨的圣彼得钟，格外引人注目。

（《欧洲见闻》，1999年在江西《知识窗》杂志分3期发表，荣获全国十家科普期刊优秀作品一等奖。此文为精编《欧洲见闻》在江西《声屏世界》杂志分3期发表。）

访俄日记

2004年10月，我带领江西文化艺术考察团赴俄罗斯考察。

俄罗斯（苏联）诞生于1147年3月，是一个千年大国。它的首都莫斯科是英雄之城，又称美女之城。它的历史、建筑、艺术宝藏都是全人类的瑰宝。

随行赶写的日记，或多或少留下了考察莫斯科、圣彼得堡历史文化和人文景观的印象。

10月29日 晴

当晚9点半我们从长春乘火车前往图们。我们终于成行了，内心充满了激动。我这一代人，是读俄罗斯文学，听俄罗斯歌曲，看俄罗斯电影长大的。优美绝伦的歌曲《莫斯科郊外的晚上》，让我们从小唱到今天。

10月30日 晴

北京时间早上7点（以下均为北京时间），我们抵达图们。我们乘车前往珲春长岭子口岸办理过关手续，之后出境乘国际班车到斯拉夫扬卡镇吃俄式午餐，面包加蔬菜。沿路颠簸不断，大片没开发的土地，显得十分荒凉。镇上风貌老旧，如同国内70年代水平。餐后下午2点半，我们乘车前往符拉迪沃斯托克（海参崴），晚上6点，我们入住海参崴酒店，海风拂面，清冷宁静。

10月31日 晴

早上7点半用餐，9点我们出发游览海参崴。海参崴原是中国领土，1858年《中俄瑷珲条约》和1860年《中俄北京条约》签订后，才被划归俄罗斯。参观该市市容和景点时，我们的心情不禁有些复杂。

我们先后游览了市国家自然博物馆、不冻港“金角港”、第一台蒸汽火车头、列宁广场、军舰遗址、二战功勋纪念碑、潜水艇、海参崴制高点等。沿路进入秋林百货店、紫金首饰店、巧克力店，我们看了俄罗斯的文化和特色产品。听说紫金是俄罗斯品牌，我在首饰店用600卢布买了一件紫金文化小饰品。

我们参观的旅游景点，大都在滨海边疆区政府附近，是海参崴市繁华地带。海参崴是俄罗斯远东地区最大的城市，面积560多平方公里，人口近90万。它是一座三面环海一面连山的山城，整个城市似乎漂在碧波荡漾的海面上。

在山水之间，我们见到城市房屋鳞次栉比，大多是六十年的5层或6层楼房，高层建筑寥寥无几，坡路为主，行车很少，与优美的自然环境相比，显得相形见绌。

令我们开心的是金角湾海港之游。游艇在海面浪花中飘荡，一群群海鸥在天空中飞翔。海鸥或是迎风展翅，或是俯冲海面，我们也一次次为海鸥送食，这些大海小精灵唰地将食物叼在嘴中，在空中作出精彩的技术表演，构成了一幅天然的水彩风光画。

11月1日 晴

早上5点起床，5点半我们集合，乘机前往莫斯科。9点15分的飞机改为12点起飞，先飞伊尔库斯克机场（贝加尔湖）逗留。贝加尔湖在古代属于中国，称号北海，据说苏武牧羊就在此地。这一年代久远、纯净唯美的湖泊，让我兴致勃勃，顶着风雪，外出观景。

从贝加尔湖机场飞往新西伯利亚机场，再从新西伯利亚机场起飞，到莫斯科机场已是2日早4点半。

我们旅行了近24小时，飞机飞行了9288公里，穿越了87个城市。入住宇宙宾馆时，天已经亮了。

11月2日 阴 小雨

早餐后，我们游览了莫斯科红场、列宁墓、克里姆林宫、瓦西里升天大教堂、亚历山大花园、无名烈士墓、国民经济展览中心、莫斯科大学外景、麻雀山观景台、中国驻俄罗斯大使馆外景，以及老阿尔巴特步行街、古姆百货商店等。

莫斯科红场，是俄罗斯国家代表符号，如同中国天安门广场，是举办国家阅兵和重大节日庆典的圣地。莫斯科红场面积9.1万平方米，由条石铺成，古老而神圣。其四周多为国家名胜古迹，组成了一组稀有的雄伟建筑群，位处莫斯科河沿岸的高岗上，形成山上与河岸交相辉映的风景图。

我们漫步在莫斯科广场多时，目睹优雅红砖建筑上高耸的一个个尖顶，领略俄罗斯建筑艺术风格和革命圣地凸显的大国气魄。

在红场进入列宁墓，穿过地下室，我们怀着无比崇敬的心情，小心翼翼、一步一步进入墓室。只见马克思主义伟大导师列宁遗体平躺在水晶棺中，脸和手由特制灯光照着，显得清晰和安详。我们情不自禁地低头向伟大导师鞠躬致礼，感谢他创立马克思主义学说新发展即列宁主义和对全人类作出的伟大贡献。

克里姆林宫位于莫斯科市中心，是俄罗斯总统办公地，原为俄国历代沙皇的宫殿。克里姆林宫始建于12世纪，耗时数百年，直到17世纪落成，是世界上最大的人文建筑群，被称为“世界第八奇景”。整个宫墙有20多座塔楼，长2235米，高5～19米，厚3.5～6.5米。我们在宫内参观教堂殿宇、政府大厦、博物馆和武器宫、古兵工厂等，感受俄罗斯这一心脏和发源地的庄严和神圣。

晚餐后，我们从附近地铁站进入地下城观看。地下城高大宽敞，装饰漂亮，人流量大。据说莫斯科有200多个地铁站。

我们连夜乘火车前往圣彼得堡。

11月3日—4日 晴

3日早6点我们到达圣彼得堡，早餐后入住莫斯科宾馆，10点出发参观。

正如我们所料，圣彼得堡是一个革命圣地，一个艺术之都。从旅游的角度，它享有“北方威尼斯”之美誉。

圣彼得堡是俄罗斯第二大城市，建于1703年，由彼得大帝命名。1712—1728年及1732—1918年圣彼得堡为俄罗斯首都。列宁领导的十月革命，第一声炮响就是在这里诞生的。

伟大卫国战争时期，圣彼得堡经受了德国军队对该其长达900天的围困，被授予“英雄城”称号。它拥有86条河流、100多个湖泊、42座岛屿和43所高校、16座专业剧院、47座博物馆和图书馆。其中埃尔米塔日博物馆，是世界四大博物馆之一。

我们在参观一系列人文和自然景点时，心中常常会升起一种敬仰之情。圣保罗要塞建于1703年，在涅瓦河岸屹立三百多年，环境幽雅，风景如画；冬宫金碧辉煌，气势恢宏，皇宫立面周长近2公里，内有1050个房间、117个阶梯、1886扇门、1945个窗子，极好地融入了周围的景色和雕塑；夏宫被称为俄罗斯“凡尔赛宫”，其建筑、浮雕和夏园风格各异的园林，象征着俄罗斯的强势精神；而瓦西里岛古港口灯塔、狮身人面像、十二月党人广场、彼得大帝青铜骑士像、皇宫广场、亚历山大纪念柱等，都以自己的方式，展示了圣彼得堡城的风采和魅力。

4日晚离开圣彼得堡时，我们没有来得及看著名的俄罗斯芭蕾舞，留下一大遗憾。

11月5日　晴

4日晚我们连夜乘火车返回，车上四人包厢，不含餐饮，自己打开水喝。服务员年龄大，基本上坐班。这样的服务水平不知何故，也不知为什么服务员都是老年人。

我们在车上睡了一晚，火车老式，设施陈旧，一路平静，准点运行。俄罗斯人面对生活困难，仍保持良好心态，乐观依然，无怨无悔，体现了这个国家和人民的自信。

回到莫斯科，已是5日清晨。

早餐后我们参观了凯旋门、胜利广场和公园，并到外交部附近步行街和24小时商场购物。俄罗斯凯旋门没有法国凯旋门那样好的地理位置，也没有那样的精致和美丽；但设计独特，规模更大，气势磅礴，表现了俄罗斯军队和人民在斯大林统帅下，为二战胜利作出决定性贡献和英勇牺牲的精神。

我们在商场买了邮票、套娃、水晶酒杯、琥珀紫金小饰品留念。

11月6日　晴

昨晚登机先到新西伯利亚机场，正是小雪纷飞。休息后我们乘机飞海参崴。

又是一个早晨，我们不远万里飞回了海参崴。经斯拉夫扬卡镇，晚上住珲春。

11月7日 晴

早上我们从珲春圈河口岸出境。通过办理有关手续，在中朝边境罗先市马津参观，受到当地群众的热情欢迎。

11月8日 晴

我们回到了北京。

考察组在俄罗斯

附录二　艺海拾珠

在中国（南昌）国际傩文化艺术周研讨会上的专家发言

时间：2005年6月13日

地点：江西科技馆大会议室

主持：白庚胜　俞向党　刘春香　向云驹

部分国内外专家学者就面向21世纪的民间文化保护，亚太地区传统祭祀仪式，傩文化传播及影响，傩文化与非物质遗文化遗产、傩与民俗文化、傩与农耕文化等课题作了发言。

典六乙：2001年5月18日，联合国教科文组织在巴黎宣布了第一批19项“人类口头与非物质遗产代表作”，大体包容了宗教祭祀节日仪式、民族活动，还有吟唱、舞蹈、器乐或兼有面具表演等文化单元。这些文化形式与我国傩文化形态及其演出形式十分相似。

毫无疑问，中国傩文化属于口头与非物质遗产范畴，它的历史文化地位理应受到社会重视并积极抢救与保护。

我赞赏萍乡乃至江西省的那么多学者，从20世纪80年代起陆续写了不少介绍性和学术性的文章。《萍乡傩文化寻踪》一书，较全面地介绍了萍乡傩的历史渊源、文化背景、人文生态环境及道教文化的浸润，特别是从形态学角度介绍了萍乡傩的几种形式及其特征。萍乡市文联编辑的大型画册《中国·萍乡傩》，以精致的图片全面地展示了萍乡傩面具和傩舞多姿多彩的风貌。最为难得的是，书中收集了宋、明、清三代的三元主神面具，具有珍贵的文物价值。

仅从萍乡傩独特的优势和闪光的亮点，就能建成一个活的傩文化“历史博物馆”。从远古传说的“蚩尤情结”到上古的民间驱傩，从中古的游傩到近古“三教合一”、受道教浸润的坛傩（还愿傩），傩庙的“火居道士”（俗家道士）、掌案师和民间艺人戴着各种傩面、而看傩面，以健朗有力的傩舞（舞步）将不同时代的驱傩、踩傩、游傩、行傩等展现在游者面前；他们仿佛穿越了三千年历史时空的隧道，体验每个历史时期文化神秘、奇异、瑰丽的采风。

林河：十四万年以前也许距离现在太遥远了，且谈谈离我们较近的农耕社会吧。最早进入农耕社会的原始人，为什么要把鸟尊为“傩神”呢？经研究我终于发现了傩神就是雒神，雒神就是糯神，糯神就是农神，农神就是神农，神农就是炎帝，炎帝是一个半人半兽的“大萨满”这样一些演变规律。

为什么说傩神就是雒神又是糯神呢？根据农学家的考证，中国最早的栽培稻是一种原始的“糯禾”（黔语称“峒笔糯”），种植“峒禾糯”的农民便被称为“糯民”，这便是古书上记载的“骆越之民”。因此，栽培这些“原始糯”的民族便被称为“糯民”。在中国南方，还保留了一些“糯”的地名。栽种糯稻的民族，当然会祭祀“糯神”，而“糯神”的图腾形象则是雒鸟。因此。雒神也就是糯神，糯神也就是雒神。

余达喜：借助民俗的艺术形式，是傩神赖以生存和流传的重要手段。为了招徕善男信女，人们对一些流行的民间艺术进行了“傩化”处理，使肃穆凝滞、单调乏味的法事更具观赏性。民间把这种“傩化”的艺术形式称为傩戏或傩舞，虽然娱乐色彩较浓，但它并没有改变傩神的性质，信仰民众仍把“角色”当神祇，它的深层结构仍然和傩意识紧密联系在一起，宗教的作用仍在人们心里暗暗发生效应。

傩神系统显得十分丰富而又庞杂，但我们仍可从中看出一些典型特征：一是包容性。傩神信仰民众并不在意儒、道、佛三教的信仰界限，儒家的忠义孝节，道家的鬼神迷信，佛家的生死轮回，在民间有神则拜、遇仙则求的功利作用下得以包容整合；圣贤忠臣、神仙鬼怪、金刚罗汉，相互附会，相互融混。只要傩坛需要，上至玉皇大帝，下至凡间俗神、冥界鬼神，乃至历史人物、传奇英雄都可以网罗进坛。二是民俗性。傩神从一开始就是以人的生老病死、吉凶祸福为连接点，人们把自己的生活习俗、民间信仰融入傩神信仰中，把美好的愿望赋予傩神。在民间，宅门上悬挂傩神面具来避邪的现象比比皆是。三是民族性。傩神是宗教文化和民俗文化相结合的产物，它在每个民族、每个地区既有共同的表象，也有不同的形式。不同民族有不同的傩神。一尊面具就是一个神灵，“戴上脸壳是神，摘下脸壳是人”。

曹琳：方相氏的黄金四目，一直是文化人类学者与傩文化领域关切的热门话题。方相氏是周代宫廷中一个低品级却特殊的官职巫师大系中的狂夫。在西周大傩仪式中，方相氏由四位狂夫担任，掌蒙熊皮，黄金四目，玄衣朱裳，执戈扬盾，帅百隶而时难（傩），以索室殴疫。

江西省新干县大洋洲出土的商代青铜双面人头形神器，造型特异，即两个神人面具合成一个人的头形，如同两只对合起来的水瓢，前后都是五官俱全的脸，正反两个脸共有四只眼睛。《长江中游的青铜王国——江西新干县商墓出土文物展》说明书前言指出：“造型之奇，纹饰之美，铸工之精的青铜器，代表作是双面神人像。”

刘千：简单地说：“傩”就是人们戴上各种神怪的面具，装扮成神怪去驱赶那些害人的疫鬼。人类在原始时期，对大自然诸种现象特别是对大的自然灾害无法抗拒。于是认为这是神鬼的意志，人只有通过贡献礼物以求得神鬼的护佑，沟通人与神鬼对话的“巫”“觋”（女为巫，男为觋）便产生了。

一年之中三月（季春）、八月（仲秋）、十二月（季冬）三次行傩，都是在季节转换之时，防止疫鬼出来害人，主要是针对危害人们最为严重的传染性疾病。科学不发达的时候，人们认为是疫鬼作祟。江西省萍乡上栗区石源乡《李氏家谱》的一则记载可以印证其说："……祖世昌公于元代至元三十一年甲午（1294年）九月九日由吉水迁入，人丁四十二口，至明代百余年繁衍，增至六百余口，明建文四年（1402年）石源疫病流行，一年之内死亡两百余口。李氏六代宗长廷俊倡首建将军庙（傩神庙）于东源田心村……"李氏家族惨痛灾难之后兴亡羊补牢之举，有无作用不说，乡人思想上确实认为傩是可以驱赶瘟疫的。

农历元月十五日为"上元节"，俗称"元宵节"，又名"灯节"，商、民皆张灯火，间有奏管弦者，街市演杂剧，如龙灯、高跷、狮子、旱船等，沿街跳舞，俗称"秧歌"，即"古乡傩之义"。南方只有贵州省和江西省有较多遗存，并沿用"傩"的名义进行活动。

顾朴光：在中国也有不少关于面具禁忌的记载。在江西婺源县段莘乡庆源村，流传着这样一个故事：当年，该村的舞鬼戏共有三个戏班，三个戏班的面具都是用铜制作的。清乾隆年间，有个艺人的外甥戴了一个戏班的面具玩，结果竟取不下来了，就算是大家跪拜祷告，祈求神灵宽恕，还是无能为力。最后，这个人死了，只得与面具一同葬在村外一座寺庙前，其余面具也被全部埋葬，而另外两个戏班的铜面具也因此都不敢戴了，全部改用木雕面具。例如云南澄江县阳宗乡小屯村，每年春节期间要演出一种属于军傩性质的戏剧——关索戏。

吴秀卿：人类最古老的戏剧形态可能是从动物图腾而形成的模仿动物的拟兽戏剧，中国现在流传的拟兽舞（戏）中多见舞龙和舞狮子，韩国也有狮子舞。

1994年，我在云南省澄江县举办的关索戏上看到了"跳老虎"。其富于生命力的舞蹈和浓郁的宗教色彩的仪式意蕴，给我留下了深刻的印象。2000年我又在参加青海省西宁召开的昆仑文化会议时，看了"跳于菟"。这两种"跳虎"都保存着较原始的虎信仰形态，引起了我对虎戏的兴趣。从此，我发现中国有不少虎戏在流传，比如江西省也有"跳虎"。

江西省清江县大桥乡南上程家村的"程老虎舞"，始于1803年春节社火时，一只老虎从阁皂山下来，却不伤人而闯进程宗祠，因此乡民们定于每年正月初八举行“游虎”盛会，称“程老虎舞”。其间，二人带上樟木虎头、披上虎衣扮一只虎，一人扮社公（土地）。老虎出游之前，村民朝拜社公面具，扮演者戴上面具，装扮之后拿着扇子，左右翻扇表示吉祥。社公领着老虎，先从程氏祠堂门口的石碑楼钻过，接着“串房”（每家舞一回）开始，过程家石桥到南上乡庙堂，然后在庙堂场地上舞虎一番，游虎仪式需要半天时间。

广田律子（日本）：在亚洲的种种民俗演艺中，以身体表现来传达的心情、故事与动作之间，是否存在着普遍的共同之点呢？2004年6月，我把江西省南丰县石邮村傩舞的全部演出节目用三次元动态录像机收录下来，并对数码记录资料中的身体表现做了分析。

从此次收集的资料中我了解到，已经发展到像日本的“能剧”和中国京剧那样定型化的传统民俗演艺，与像神乐和傩舞那样尚未达到定型化的民俗演艺是迥然不同的。此次所收录的尚未定型化的民俗演艺、表演者的演技虽然貌似同样，但从资料上则有差别，即使是同一人每次表演时也有差异。

自古以来，人们认为所谓“舞蹈”就是团团旋转，与不见其形的神灵交流、具有咒术意义的强力行为。“扮装”则是使人变身为神，意味着神灵来访，参与祭仪。另一方面所谓民俗演艺，把祭仪之地作为上演场所。在身体表现上，舞蹈基本动作显示人的精神文化。收录的代表日本民俗演艺的奥三河的花祭，以及代表中国民俗演艺的江西省石邮村的傩舞的各种精神文化，正在进行研究，成果将在今后发表。

我们邀请了石邮村的傩戏表演者叶根明、唐贤仔到蕨座的数码美术记录制造研究所的技术室里，用三次元动态录像收录了他们的舞蹈动作。为了使CG的模特儿的动作看得清晰，我们决定不考虑表情，而使身躯的扭动像伸开的机器人的状态，可以从各个视点观察到模特的动作。尔后根据图表化进行分析，将使民俗演艺的特征更为鲜明。

丁武军：傩文化是中日韩假面文化艺术共同的母体，是东亚民俗文化的重要遗存，受到相关各国学者的关注。本人来自“古傩之乡”——中国江西，又有幸在古傩文化遗存丰富的京都做访学和研究，“节分”前后京都寺社那丰富的追傩活动和街市上浓浓的傩风傩俗令人感触至深。本人不仅关注傩文化的固态，还关注其活态，且超越地域概念关注背景的比较研究。

中国傩文化传入日本是在大和时期文武天皇庆云三年、唐中宗神龙二年（706年）。据日本古籍《续日本纪》载：“是年天下诸国疫疾，百姓亡死众多。”日本宫廷模仿中国的傩祭驱鬼逐疫，并形成每年12月的重要年中行事。这一源自中国的大傩祭祀活动，俗称“打鬼”或“撒豆驱鬼”，在立春前日举行。

日本庐山寺的追傩又叫“元三大师鬼法乐追傩”。相传由元三大师良源所创，有密宗意味。明永乐三年（1404年），第八世明空志玉受足利义满之命赴中国。唯实上人以江西佛教名山庐山命名该寺。该寺原址教山，教山号日本庐山，山前小溪亦号虎溪（庐山东林寺前有虎溪）。

从追傩开展的时间看：古代中国、日本均在除夕或大晦日进行逐疫驱鬼的大傩。而今天江西南丰是在旧历除夕至正月十七，京都寺社则在节分日即立春前日，仅吉田神社的追傩活动进行三天，自节分前夜至节分后日的立春。从追傩活动人物的服饰道具来看：吉田神社的追傩具有较浓的古代韵味。方相氏头戴面具，黄金四目，玄衣朱裳，身材高大威猛，颇具古风。庐山寺的追傩则杂入佛道文化，登场的诸法师中不但有神道的蓬莱师，还有佛教的僧众以及身着和服的女子等。而南丰石邮跳傩中虽然可从开山形象上找到方相氏的影子，但毕竟转换了，假子亦无；傩班服饰虽然仍以红色大厌鬼，却为花红，亦远离古之意蕴；道具虽有占卜用桃木杯筊，桃弓苇矢却无踪影。从追傩活动进行的仪轨来看：吉田神社的追傩具有较浓的古仪风味，而庐山寺追傩中有鬼入法堂，僧众诵经御鬼，传承了两宋以为佛道对傩文化的影响，也有索室逐疫的古意。南丰石邮跳傩中起傩、搜傩、圆傩颇具古风，但主持人已为“大伯”，阴阳师也仅为傩神安座、为傩面具开光、为傩庙修建等择日而已。

刘怡：“端公戏”又名“庆云”“打傩”“做道场”“跳端公”“庆菩萨”等，主要流传于镇雄、彝良、威信、大关、盐津、绥江、永善、巧家、昭通等9个县（市）的偏僻山区。端公祭仪活动，是依附于道教的“劝善警恶”的活动，它与傩文化有着密切的关系。

昭通一带的端公红主要源于江西、四川和湖广。根据调查，云南的傩戏大都可以追溯到明朝。明朝两次南征，在明洪武十四年（1381年 ）和明洪武二十一年（1388年）前后，大批汉族军士和眷属自江南进入乌蒙（今昭通）、芒部（今镇雄）一带，后来又迁来大量移民，于是将中原流行的军傩或乡傩演教遗留给了子孙后代。镇雄县较有名的端公都出师于邹家，邹家原江西，神上“好讲道巫之法”。

香通红又名“跳神”“跳神戏”，实际上是“端公”的乡土名称，是专门为五郎神献贡祭祀的一种活动。香通戏以“镇妖除邪”为目的，几乎每个节目都涉及一个神。它的形成除了与古代傩舞、傩祭有关外，还与大量移民所带来的中原文化和神仙道化剧目的渗透有关。云南称“关索戏”，云南的关索戏与远在江西、安徽的傩戏一定也有血缘关系。

黄沁：江西省万载县傩舞，如果撇开服装、面具、音乐，孤立地看待傩舞本身，其动作显得过于夸张、变形，似乎毫无美感可言；但是，一旦戴上面具，古朴、简单有力的伴奏音乐便把人们带入一个仪式氛围浓厚的世界。在这里，音乐类似“兴奋剂”“黏合剂”，在傩舞表演中起着至关重要的作用。它是表达、增强和延续傩舞行为的一个重要手段，烘托出傩舞朴拙的美、慑人的神秘感及其强烈的艺术感染力。

万载傩舞融舞蹈、锣鼓、说唱为一体，锣鼓乐在其中占重要位置，以至于民间有“半台锣鼓半台戏”的说法。同大部分傩舞盛行地区一样，万载傩舞音乐以伴奏的原生形态锣鼓（腰锣、班鼓和大鼓）组成的打击乐为伴奏主体，它们在傩舞表演中以序奏、尾奏、伴奏和间奏的形式出现，起到烘托气氛、控制节奏的作用，以配合演员表现艺术。

万载傩舞音乐之唱词大多都用当地方言唱傩歌，也称“俚语”。“开口傩”大多为吟诵式清唱，旋律简单，主要靠唱词的叙述表达故事情节。所以，其唱词是音乐的重点构成部分并具有以下特征：①结构的非对称性；②非对称与对称相结合；③唱词的民俗性特征。

章军华：青蛙信仰是中国南方民俗中遗存至今的一种独特的远古图腾现象，由于分布区域不同，其祭祀主题倾向也各不相同。地处西南的广西壮族、布依族的先民认为青蛙是雷神之子，祭祀青蛙可求得风调雨顺，属庆丰收类主题；地处东南的广东潮汕地区把青蛙奉为戏神，称之为“田公元帅”，属宗师崇拜类主题；地处西藏的藏族的龙信仰，最初由青蛙而来，属生殖崇拜类主题；地处南端的海南岛黎族，认为青蛙是他们的始祖，属祖先崇拜类主题；地处东南沿海的宝岛台湾将青蛙视为“铁甲将军”，属避灾趋吉类主题。本人在江西抚州市进行田野调查时，发现抚州先民们也有青蛙信仰的习俗：一是抚州城东始建于唐代的正觉寺旁设有“青蛙将军”殿，内供三尊青蛙将军神像；二是金溪县秀谷镇城东始建于宋初的水门庙中，至今仍有供奉活体青蛙为神物的现象。尤为奇特的是，在抚州傩俗中广泛出现的跳魁星小戏现象，祈求文运和科举进士，究其本质亦为青蛙信仰。

再来看傩俗中的青蛙信仰表征：南丰县波罗乡罗坊村傩班中，共有六个傩面角色——旗头、猴、蟾、钟馗和一对回子，其中的“蟾”即蟾蜍，俗称“癞蛤蟆”，可归属青蛙神信仰种类。蟾角色的面具为青色底，点缀着密密麻麻的小黄点，造型为蟾蜍与人面艺术性结合体，顶端还趴着一只蟾蜍。罗坊村傩班有两个节目涉及蟾角色，一是独舞《跳蟾》，表演者做各种拟态性表演；二是对舞《对蟾》，由猴拿仙桃，与蟾嬉戏对舞，给人滑稽幽默感。就抚州傩俗中的青蛙信仰主题而言，南丰波罗乡的《戏蟾》和崇仁沙堤的《刘海戏蟾》均表现出娱乐性主题，蟾为戏弄的对象。民俗春社中的泛傩，青蛙信仰表象则为迎春喜庆。

抚州傩俗中的青蛙信仰主要通过跳魁星小戏形式影响着抚州地方戏曲的演制。如抚州商帮所尊崇的戏神就是青蛙，故每有商务庆典活动，必以虔诚的迎神礼仪请青蛙将军就座看戏。开台必跳八仙舞以祭台，然后跳魁星小戏。而跳魁星的角色，亦往往是戏班中的名角。汤显祖的戏剧作品《牡丹亭》中，亦有跳魁星的说明。而现存抚州的广昌甘竹《孟戏》演出也保留了这种习俗，由此可见跳魁星小戏影响之一斑。

靳之林：当你到达长江中游洞庭湖、鄱阳湖之间的三苗蚩尤部落发源地、湘赣边区的江西萍乡时，那作为三苗蚩尤文化特征的巫俗傩舞和牛角人面的“开山”面具，将使你感到进入了一个远古图腾文化世界和远古部落集团的文化中心。1989年江西新干县大洋洲的商墓出土的青铜面具和清江吴城遗址的面具陶范，正是蚩尤傩文化的文物见证。

作为一种为民赐福纳吉、消灾祛疫、驱鬼逐邪的保护神，俗称宵衣旰食傩神，也称将军。它虽然保存了原始社会的图腾神开山，但在历史发展长河中，随着生产力、生产关系的变革和社会文化的发展，逐渐地融汇了道、儒、释和历史故事、演义以及神话传说。

毛礼镁：与外地傩比较，江西傩更具有民间傩的特色。江西的“开山”是古代逐疫纳福之主神方相氏，流传到各地嬗变被称为“开天辟地”。另外，宋代宫廷傩对江西傩的发展也有重要影响。现今保留在南丰、婺源、萍乡和万载的跳傩，都能看出唐宋古傩的发展脉络。

以跳钟馗为代表的民间傩，在其发展过程中不断创造新的表演形式，从而形成一个庞大的民间傩群体。这种跳钟馗第一步发展是“开路神君”（《开山》，又名《开天辟地》）相结合，这种形式被保留在江西南丰石邮傩的“搜傩”中。第二步发展是以“开山”为驱傩主神，大量增加新的傩舞节目，并由驱疫向娱神娱人方面发展，如江西南丰、宜黄、宁都、萍乡和万载傩就是如此。而开山与傀儡结合，则有江西德安傩（又名《潘太公迎春》），其表演分上棚、下棚。总之，江西傩文化的遗产非常丰富，人们从中可找到我国民间傩的发展脉络。

丁纪根、刘和平：2005年新春时节，我们赴抚州地区对傩遗存进行寻踪调查。抚州地区，东南高，西北低，三面环山，抚河平原与丘陵山地相间其中，民俗文化底蕴深厚。抚州地区傩遗存主要分布在南丰、乐安、崇仁、宜黄、黎川、广昌、南城等7个县的城郊山乡，均是相对偏僻和封闭、远离城镇、现代文明的冲击相对薄弱的山乡，这也是傩文化得以沿袭保存下来的一个重要原因。

正月十五元宵节，我们首先来到离南丰县城10公里外的石邮村。石邮村有263户，1600余人，都以种植橘子为生，在傩乡中是比较富的村。村民们说，这是傩神爷保佑，橘子年年丰收。

石邮村有丰富的傩遗存，至今仍保留着完整的傩仪仪式。尚有一座明代留存下来的傩神庙，庙里供奉着傩神太子，案台上几十炷大红烛彻夜燃烧，有十三枚面具悬挂在神殿上，分别是“开山”“纸钱”“雷公”“判官司”“大鬼”“傩公”“傩婆”“大伯郎”“二伯郎”“关公”等。其中“开山”有两枚面具，一枚跟随傩班四处演出，另一枚在傩班外出时留守看护傩庙。庙门有一副楹联：“近戏乎，非真戏也；国傩矣，乃大傩焉。”道明了石邮傩的本义。

石邮村有一个傩班，傩班自古由8人组成，傩班头人称“大伯”，其余按辈大小，依次是“二伯”“三伯”到“八伯”。正月初一“起傩”，“大伯”率领七位弟子在傩神庙里焚香礼拜，燃放鞭炮，跪拜在傩神太子前祈祷，召唤各路神灵附体降临，尔后开始跳傩。

跳傩完成后回到傩神庙，把傩神请回原位，称为“下马”。初一至十六圆傩这段时间，每天都按规定的路线，到各家各户去跳傩，村民燃放鞭炮，全家人焚香恭迎。他们认为傩班到家，是来帮助自己家“驱鬼逐疫、消灾纳吉”的，以此祈求风调雨顺、人寿年丰。

石邮村有8个传统傩舞，按序进行。以“开山”为首，“开山”双目圆睁，狰狞可怖，动作粗犷，意在驱鬼逐疫。第二个节目是“纸钱”，两个各带黑、绿面具，手扶红线串成的纸团双双对跳，祈求神灵给全家带来大富大贵、财源茂盛。傩公傩婆则慈眉善目，笑容可掬，双双对跳，展现互敬互爱。“双伯郎”兄弟手持长枪上下挥舞，展现团结协力。“酒壶仔”在傩舞中不时与在旁观看的大人、小孩嬉闹，判官则手持利剑与大鬼一起擒魔除妖，最后是红脸关公飞舞大刀，把傩仪推向高潮。

正月十六跳傩活动结束，傩班演员有两个小时的休息时间，晚上7时搜傩仪式开始。“搜傩”是整个傩仪式活动的核心，也是高潮，是全村人的盛大节日。此时，石邮村傩神庙对面的村房，从二楼阳台到地下密密匝匝挂满了鞭炮，形成十几米宽的鞭炮帘帐。几个壮小伙，手持火铳，严阵以待。邻村十里八乡的村民，加上全国各地专程来看傩祭活动的专家学者及记者，源源不断地涌往石邮村。晚上7时半，“搜傩”祭祀仪式开始，鞭炮帘被点燃，火铳炸响，傩神庙前震天动地，整个村子的男女老少，都被裹卷在神圣的傩祭仪式中。

王水根、张来芳：江西傩舞起源于何时，或曰“秦汉之间，至迟不晚于两汉”，或曰“远在殷商时期，赣傩已经形成”，孰是孰非，尚无定论。我们认为，探讨江西傩舞的起源，仅仅依据现存文献的记载是远远不够的。中国文献散佚十分严重，而且所有的历中事项未必都有文字载录，必须借助考古文物，才能探究其肇始的本义。

众所周知，傩舞本起源于巫祀，而巫祀的主要对象既有天神地祇、又有祖宗先王。江西考古发现了三千多年前一批青铜傩舞器具，成了中国原始舞蹈的活化石，也成为当代学术界一个热门话题。

江西地处“吴头楚尾”之间，故江西成为早期傩舞的诞生地势所必然。翻开昔日的史书，商朝版图不过长江。故20世纪70年代江西商代吴城遗址的发现，海内外惊呼中国历史需要改写，1989年江西新干大洋洲商代大墓一批傩祭文物的发现，更是锦上添花。

在新干商墓出土文物的清洗和修复过程中，人们还发现了与祭祀有关的诸多现象。如在许多青铜鼎、甗、鬲的底部，用手一摸，便见乌黑的烟炱；有的鼎的腹部明显是祭祀时故意用重锤打击出一个大洞来，青铜大方鼎因而被打成碎块……据此，吴之郦先生首先提出这不是墓葬，而是“殷周之际盛行的以女巫祈祷水旱的‘巫沙’祭丘遗存”。

与新干大洋洲祭祀遗迹时代相同的，还有樟树吴城商代遗址的祭坛等，这些遗迹由道路、建筑基址、祭祀台座、红土台地和柱洞群五大部分组成。此外，考古工作者又在德安县米粮铺乡的黄牛岭发现两处祭祀土台，判定为西周时期遗迹。在这两个土台的界牌岭地带，商、周遗址分布密集，商、周时期两个土台在同一地点被发现在国内尚属首次。

在新干商墓中出土的4件青铜打击乐器，为傩舞伴奏所必需。其中3件大铙，细看花纹及制作技法颇具赣地特色。此外，还有一件在中原地区殷商时期尚未得见的青铜铸。有学者指出，由此可见长江流域音乐文化的先进性。又据学者统计，在江西全境发现的商、周时期青铜器音乐文物，品类之全、数量之多，令人刮目。我们在深刻领会文献和熟悉大量文物的基础上来谈先秦时期的江西傩舞，就显得有根有据。

江西傩舞也经历过集体群傩的阶段，江西畲族迄今还流传着集体跳傩舞（该族自称为“祭祖舞”）的习俗。在20世纪80年代的文物普查中，我们曾目睹江西永修县水浆乡乌泥坑村吾氏村民家中珍藏的一幅祖画，画面上有神话传说中的龙犬（即畲族祖先的图腾）和百余人像。每年除夕，族人便集结于祠堂之中，悬挂祖画，摆上供品，集体跳舞。

迄今为止，傩舞仍然盛演不衰，广泛保存和流传于江西境内，并成为江西广大群众所喜闻乐见的深刻的文化渊源。有鉴于此，江西之所以成为戏曲之乡，成为弋阳腔、宜黄腔、《中原音韵》（元代周德清）、《太和正音谱》（明代朱权）、《临川四梦》（明代汤显祖）的发祥地，成为古代戏剧大师汤显祖、魏良辅（明代）、蒋士铨（清代）的诞生地，绝非偶然。江西傩舞，不仅是中国古代舞蹈的仓库，更是赣文化的宝库。

陈圣燕：江西省傩资源丰富，是中国傩研究的重点省区。1957年盛婕的《江西省“傩舞”调查介绍》发表于《中国民间歌舞》，揭开了新中国傩舞田野调查和研究的序幕。五十多年来江西傩研究几经沉浮，如今研究领域不断扩大，推出的大量研究成果具有很高的学术水平。

傩作为文化形态受到重视，始于清末维新时期和新文化运动，是西方人文思潮影响的结果。清末和民国初年的王国维先生在其中国戏曲史学科研究中首先注意到了商周傩和方相面具等，通过对其他相关傩现象的思考，进一步提出了“上古戏剧始于巫”的见解，拓展了中国戏曲研究的视角，留下了研究中国傩的重要史料。20世纪30年代的岑家梧在《图腾艺术史》中，从民俗文化的角度考察史料中描述傩现象的资料，并进行了一定的梳理和对比研究。从这时起，傩作为“民间”代表为现代学术所注目，迄今仍作为“民间”镜像引起国内外学者青睐。

1953年各省区民间文艺汇演中，江西南丰、乐安、婺源三县的傩班参加了省里的汇演。1956年春，中国舞蹈家研究会组成调查小组，由舞蹈家盛婕带队，用了将近一个月的时间，调查了江西5县12乡镇，采集记录傩舞82个，撰写了《江西省“傩舞”调查介绍》。

1949—1966年，我国50多个少数民族大多搜集整理出了极具价值的各类民间文艺作品，使一批宝贵的民间文艺遗产被保存了下来。也是在这一时期，广州军区文工团、海军政治部文工团、空军政治部文工团和江西的文艺团体曾先后至南丰县考察，江西省歌舞团改编了傩舞《和合》为《丰收乐》，并在各地演出；后又有欧阳雅等人整理了《江西傩舞资料》，这些研究者为我们留下了许多宝贵的第一手资料。但是由于意识形态的束缚，以及狭隘的专业化限制，这一时期的傩舞调查和研究也基本停留在资料搜集和表面现象的罗列上。随着60年代中期开始的政治风暴，“第一次傩热”也就此骤然降下了帷幕。

在前湖迎宾馆江西文化座谈会上的专家发言

时间：2008年11月

地点：红谷滩管委会会议中心

主持：卢晓健　俞向党

省内外专家学者就江西前湖迎宾馆文化装饰，如何面向全国和全球，宣传江西特色文化，打造文化精品提出了一系列建设性意见。

章仁缘（著名油画家）：这次参加江西前湖迎宾馆文化装饰专家讨论会，深有感触。省、市党政领导这么重视文化艺术，让我们看到了江西文化发展的前景。江西前湖迎宾馆是展示江西文化的窗口，在文化装饰上要体现地域特色，又要有世界眼光。可以组织一些南昌艺术家到上海、北京、杭州等地参观几个具有独特风格的宾馆，借鉴一些好的经验，以提高文化装饰的总体策划和创意水平。

金甲镇（著名油画家）：组织这样高层次的专家讨论很有必要，以提高江西前湖迎宾馆文化装饰的品位和层次。把文化艺术，包括油画引入大雅之堂，是艺术和建筑的有机结合，使宾馆活起来、动起来，绽放一种感染力和视觉冲击力，这就是艺术的力量。至于整个装饰设计，以及如何组织油画创作，还需进一步提高和细化。

白明（清华大学教授、著名陶瓷艺术家）：江西前湖迎宾馆建设有这么大的规模，这么好的生态，真是难能可贵。这是江西建设新面貌的体现，也是江西改革开放新姿态的展示。组织这样好的讨论会，来研究江西前湖迎宾馆的文化装饰，这是对文化、对历史负责的表现，我很赞成。只是这个会议开得晚了一些，如果从建设开始就讨论研究，就可以更好。还有树木花草，山坡水流，尽量保留和完善，把人所青睐的建筑和自然景色融为一体。文化装饰要根据不同建筑，创作不同风格艺术，要体现江西特色文化，特别是江西最具影响力的陶瓷文化，创作一批艺术精品，让世人认识和享受江西文化的精华。

朱煌、汪辛（上海设计艺术家）：我们应邀到会，参与这么一个重要宾馆的文化装饰讨论，感到江西能这么重视文化，是一件好事、盛事。过去我们就一些大城市的建筑，包括大宾馆，做过一些艺术设计，有一些成功体验，也有一些遗憾。最重要的是要有新的理念和世界眼光，并结合当地和建筑实际，融入地方文化艺术精华，越有地方性，就越有国际性。

昌伟（设计艺术家）：我们的设计部门在南昌做过诸多艺术设计，因此对南昌建设有深厚的情感。这次文化装饰是对文化工作者新的挑战，要把江西美丽和艺术精品结合起来，让江西前湖迎宾馆成为展示江西文化的窗口，体现江西人新的形象，也体现南昌新的崛起，让江西人感到满意和自豪。我们会积极参与这项装饰的设计，尽心尽力，共同努力。

李国强（历史学家）：这次文化装饰，说明了省领导的文化意识。南昌有两千多年的历史，我认为其文化定位为“文化绿洲”“南昌名片”或者“文化窗口”，要体现文化精华，浓缩江西文化，体现南昌特色，还要有英雄气势。我建议，名人雕塑（塾院式）至少10人：①陶渊明、宋应星、汪大渊、雷发达、八大山人、方志敏、陈寅恪、詹天佑、杨惟义（中科院院士）等；②绿色家园，好山好水，名山胜水，古建筑，鄱阳湖；③红色摇篮，井冈山，瑞金等；④历代江西名人诗、书、画，如滕王阁序、历代大诗人的精品、极品；⑤工艺品：景德镇瓷器要有中国气派、江西气势、南昌特色。在建筑风格上，要实行中西结合。

周榕芳（出版界专家）：文化艺术策划，贵在新、奇、特，归结到和谐。同时，要注重提高品位。文化创意总格调：南昌豫章文化、吉安庐陵文化、抚州临川文化、景德镇陶瓷文化、赣州客家文化等；古色、绿色、红色，以古色为主；体现物华天宝、人杰地灵。建筑：外部以现代为主，欧式为主；内部以古典为主，中西合璧。总体古今和谐、功能和谐、装修与展示和谐，把展示文化融进去。江西名人建议搞20人，增加近代现代名人如吴有训，还有领袖人物（文化角度）。

汪天行（省文联原党组书记、常务副主席）：把江西文化元素有机融合进去。江西历史悠久，文化灿烂。当代文明：一江两岸、鄱阳湖。要有主线，要有亮点。例如，景德镇四大传统名瓷，还有布什、小布什国礼瓷，省政府送的香港回归瓷等。宾馆主楼要体现江西特色文化，各部长楼可表现各地市文化，把江西文化精华充分展示出来。

余达喜（傩文化专家）：看到国内和国外的一些建筑文化装饰，对我们很有启发。要吸取国内外的经验，把眼光放远一些，要有高起点。

陈世旭（中国著名作家）：领导要求很高，要有一流的装饰。我认为，一流的装饰，必先有一流的设计；一流的设计，必先有一流的理念。在江西，尤其要注意突破自我封闭，夜郎自大，要有世界眼光，现代意识，用全国语言讲地方故事，用现代语言讲传统故事。

杨金星（国画家）：人文、历史、风光。要有规划，提前创作，让画家有一个充裕时间。省人大、省政府大楼有两幅画，采风、创作比较好，可借鉴。

方学晓（国画家）：画什么，政府决定，怎么画，我们来做。省人大的画，组织我们到鄱阳湖写生就好。要重视写生，深入生活。

邹良材（国画家）：除了注重建筑、环境、文化外，一是江西传承，二是地域特色，如井冈山、庐山，三是时代特征，要有前瞻性，十年或更长时间站得住脚。随着经济发展，美术界有一种说法叫殿堂艺术，装饰要与建筑相协调。从策划到创作要下功夫，过去临时做，有些欠缺。

毛国典（中国著名书法家）：要有在全国有影响力的艺术家参加。

张鉴瑞（书法家）：要吸收社会历史、文化学者把创意产业融入宾馆装饰，要使人感到震撼，感到振奋。

何炳钦（陶瓷艺术家）：陶瓷艺术代表江西文化，要有时间保证。包括宾馆的用具、餐具，要有整体规划，重在策划，地域特色，画龙点睛。

宁钢（陶瓷艺术家）：江西人要有气魄，建筑一流重要，文化内涵一流更为重要。用创新去挖掘，体现江西风格，力争举世无双。陶瓷文化要有现代艺术，五十年不落后，可以和北京、深圳，乃至巴黎相比。

余志华（景德镇文联书记）：历史的责任，时代的要求，先提出创意，再就是创作。在策划上要有和谐之美。陶瓷当是亮点、特色。比如搞一个超万件的历代名人，成为世界之最的艺术品，在工艺上实现一个突破。

刘远长（陶瓷艺术家）：建筑中西结合，以西为主，江西的元素多一点。总体设计，本土文化。比如陶瓷、园林陶瓷、不风化。室内装饰要适当有一些，要有一个陶瓷艺术展厅。中南海紫光阁经常到景德镇选瓷，应当借鉴。

涂少波（陶瓷艺术家）：作为江西之最，要更多体现江西文化，比如八大山人、景德镇珠山八友等。装饰不仅要有看的方面，还要有用的方面。

在滕王阁二期工程文化研讨会上的专家发言

时间：2011年3月29日

地点：南昌滕王阁会议室

主持：俞向党

根据省委常委、南昌市委书记余欣荣的要求，由我们组织江西部分专家学者，就滕王阁二期工程改造如何提升滕王阁文化，打造滕王阁品牌，扩大滕王阁国内外的影响力，提出设计思路和具体意见。

陈政（滕王阁管理处处长）：首先对各位专家的光临表示欢迎和感谢！（对着滕王阁二期改造工程规划图）这个规划图不是很全面，还有一部分没画上。事实上，这个工程历经三年多。2008年，我们南昌市旅游集团滕王阁管理处就阁园扩展事宜向余书记汇报，余书记高度重视，当即便开始考虑和部署。这事酝酿了很久，设计方案先后修改9次，余书记还专门就方案进行过调研，到2009年年初最后敲定。滕王阁二期改造工程的目标，一是扩大阁园面积，二是提升主楼文化。

以前，由于文化内涵不够丰富，滕王阁的游客一般只游览40分钟左右便可结束。随着社会的不断发展，人们对文化的需求不断提高，对滕王阁文化内涵的要求也水涨船高，所以急需诸位专家奉献金点子。我们不仅要打造滕王阁的文化，还要打造滕王阁的建筑文化。有诸位专家的智慧，滕王阁一定能被打造成江南最精美的文化名片。

唐朝非常注重大气，滕王阁昔日的瑰伟绝特在江南是首屈一指的。20世纪90年代中期，频繁的文化交流催生了“中国名楼协会”，现在会员单位已发展到8省11家。协会每年要举行一次年会，对楼阁文化进行研讨，大家一致认为王勃的序和附于序的滕王阁名冠天下。我们江西的文化工作者为拥有天下第一的“序”和阁感到骄傲，同时又为弘扬滕王阁文化感到使命光荣，责任重大。为此，特别期望各位专家为我们把关，为滕王阁二期改造工程把脉。

周榕芳（出版界专家）：看了这个二期改造工程规划图，听了陈处长的介绍，从滕王阁的历史地位和现在的文化功能来看，我觉得整体布局还是比较得当的。

我这两天一直在思考，上海世博会刚结束，世博会一轴四馆，轴为中心，四馆为中心景区的和谐布局，我们能否借鉴？我们是一阁，根据文化公园的功能，要分几个区域，每个区的文化都要有特色。《滕王阁序》中的那副对联就是天然合一的，但景区有些地方不够和谐。这里应该是南昌最大的文化公园，应该追求和谐的格调，把有历史连贯、地域连贯的组合在一块，就能凸显滕王阁文化，凸显南昌本土文化。具体来说：

(1) 滕王阁虽然是仿古的，但还是一个古建筑。因为是江南第一楼，所以它应该有一个古建筑文化考量。

(2) 滕王阁如果没有王勃的序，名气也不会那么大。我去过鹳雀楼，它就是因为王之涣《登鹳雀楼》的四句诗而出名的。因此，我们的滕王阁应该把王勃这个序的文化底蕴开发出来。现在的游客进来转一圈，有多少人记住了“序”中蕴含的文化？

(3) 江西教育出版社出版了一套豫章文化丛书，共24卷，包括了很多乡贤的作品，我觉得可与滕王阁文化连接起来。

(4) 陶瓷文化可以放大一些，它既有欣赏价值，又有商业价值。

(5) 南昌是美丽的水城，沿江水文化这一块应开发出来。

滕王阁作为文化公园，如果能让这几种文化和谐共处、和谐展现，就一定能焕然一新。当然，绿化也很重要。有些公园什么都没有，只有一片茂盛的树林，就让人感觉非常好。比如布宜诺斯艾利斯有几个公园，没有多少历史的东西，但是有参天大树，那种热带雨林的感觉非常好。滕王阁以草本为主，还是以木本为主？是重新种植还是移栽？包括花木的选择、树种的选择，还有环保问题，这些都要考虑。武汉大学樱花展，“黄金周”每人门票10元，每天10万人，一年收入有多少？而现在滕王阁里面的商业部分有些不伦不类，有些不够档次，显得很局促，影响了阁与景区的和谐。还有，一些仿古的东西太假，大煞风景，要改造。

李国强（历史学家）：三年时间，九易其稿。现在滕王阁要大动手术，这是一件好事，也是一件难事。滕王阁这个地方，寸土寸金，拨了三十几亩地，说明市委市政府下了决心。我在南昌四十几年，是个老市民，也是滕王阁的常客。我说点想法，不一定对，仅供参考。

作为一座历史文化名城，滕王阁无疑是首屈一指的文化景点。人们来南昌，滕王阁是一个首选景点。如果说没有八一起义，南昌就不是英雄城的话，那么没有滕王阁，南昌就不是南昌。滕王阁是南昌的地标，是江西的文化窗口，也是中国名楼文化的偶像品牌。长期以来，序以阁传、阁以序传，它永恒的魅力源于名楼、名文、才子三位一体。

古今中外，来滕王阁游览的人多半是文人，来领略一种名楼的风韵、美文的文采、才子的风采，欣赏名楼文化。江泽民任总书记时两次来江西，都提到《滕王阁序》。第一次在这楼上他背诵了《滕王阁序》。第二次来在南昌高新区一个软件公司参观，他突然兴致来了，又说到《滕王阁序》。后来参加北京大学百年校庆，在文科宿舍他又背诵了一遍。党的领导人，那么大年纪还背得出，说明《滕王阁序》的魅力巨大。

滕王阁毁兴28次，为历代名楼建筑之冠。为什么现在大家又觉得不太满意了呢？我以为有两个问题：首先是主楼内商业气息太浓，不协调，格调不高，高雅的气韵出不来。其次是外部环境，四周都是“水泥森林”，原生态环境和历史风貌消失了。为此，我建议：

（1）下大力气优化周边环境。二期工程的延伸部分应该甘当绿叶，扶持衬托红花主楼。天安门的观礼台就是天安门的配角，观礼台与城楼浑然一体蔚为壮观。既然叫“水都”，就要尽可能再现“孤鹜齐飞”的天人合一意境，就要满眼是绿，四季有花。要吸取八一广场移走樟树、八一大道砍掉法国梧桐的教训。

（2）要甘当配角，不要搞大广场。天安门广场那么大，当年设计上没有以人为本，现在连人坐的地方都没有。莫斯科广场小，但很庄严；美国的白宫南草坪不大，但很秀美；日本皇宫的广场没有水泥和石头，只有一片茂密的树林……似此生态理念值得我们吸收。所以，滕王阁改造工程成功不成功，取决于绿地面积大小。要知道，这是个文人雅士聚集的地方，是个游客优哉游哉的地方。

(3) 进一步优化人文环境。如果说，滕王阁生态环境是形，那么人文环境是它的魂。形与魂兼备，才能呈现完美的滕王阁文化。滕王阁1300年历史，底缊深厚，值得深挖。滕王阁主题是文化，应做足文化文章。现在馆内布局多了商业色彩，少了历史韵味；多了旅游气息，少了文化底蕴。瓷器展的主题是滕王阁很到位，6个模型的展示很有品位和价值。但历史人物显得单薄，应多介绍几个人，滕王画蝴蝶就很好。另外，汤显祖之前还有谢灵运，时空有些错位。

(4) 主楼展出内容应充实。一为滕王阁历史、人物、事件、物品收藏等等，全方位展示。可运用声、光、电技术将1300年浓缩成20分钟的专题片，天天放、时时放。应把梁思成先生画的8幅图展示出来，后人研究收藏的作品包括书、画、诗、文等也应予以展示。二为江西文化的窗口。人杰地灵图要调整，政治家、文学家居多，自然科技人杰偏少，不要动辄就是唐宋八大家江西占了三家。元代大航海家汪大渊要吸收，还有清代故宫的改造者样式雷、修水一门五杰，还有江西的历代状元谱以及为数众多的进士等等，质量都是很高的。

(5) 作为中华名楼协会的会长单位，要站在中华文化高地上来看中国名楼，扩大游客视野，表现江西人的文化胸襟。

(6) 要加大宣传力度。安徽黄山宣传折页游客可以随意拿，示意图免费赠给游客，旨在宣传黄山。钱从哪里来？折页和示意图都可以做商业广告。滕王阁可以采取“拿来主义”，王勃序的全文可以登上折页，还可以出版植入商业广告的系列丛书。

(7) 运用高科技手段，打造低碳环保型绿色建筑。电视墙、触摸屏等时尚文化载体琳琅满目，节能照明、应急设施等一应俱全。

(8) 景区的所有建筑风格要突出唐风宋韵，造型与命名宜雅不宜俗。建筑风格取材于《滕王阁序》，这是一座文化富矿，滕王阁是南昌的文脉、命脉，要把精华挖出来，服务主题，为我所用。

(9) 景区是求知、览胜、休闲、娱乐之所。购物、小吃、培训、讲座、论坛、比赛、选秀以及公益演出等等，都在这里有一席之地。要有一个剧场，天天演出，但节目要有江西文化的特色和亮点，并尽可能做到雅俗共赏、老少皆宜，既是中老年人休闲的净土，又是青少年求知成长的沃土，还是游客览胜的乐土。

(10) 开发旅游纪念品、旅游商品。要有创意，讲究包装，这方面要向精明的温州商人学习。江西有这么好的资源，何愁游客不掏钱。

熊向东（出版界专家）：如何把滕王阁本身的文化内涵挖掘出来？滕王阁有名人，包括滕王本人，还有王勃。因人而有楼，因楼而有文，楼因文而扬名。如何从文化角度来探讨？首先涉及滕王阁内部布局问题。茶座、小卖部之类的可以搞到外面去，把文化内涵充进去。仅仅扣住《滕王阁序》，就大有文章可做。可以介绍滕王，他是什么样的人，楼是什么样的楼，为什么建楼，把王勃的正史、传说糅合起来，还可揭示王勃的祖传之学。

苏东坡曾书写过《滕王阁序》，第一句话是“南昌故郡”还是“豫章故郡”，文学界尚有争论，考证一下还是可以分辨的。王勃的序要有注解，不然很多人看不懂，因为序中的典故就有数十个，注释得好，对文化也是一种贡献。《滕王阁序》不要仅仅放在楼里面，也可以放在外面，还可以摆一个王勃的雕像。

如何在内部增加一点文化含量？这就要围绕滕王阁本身来做文章，包括它的历史变迁及其实物，也可以用声、光、电技术和借助多媒体再现“南浦云”“西山雨”的景象。围绕滕王阁文化做文章，不要撒得太宽。总之，文化氛围要浓，商业气息要弱。此外，文化名楼不仅仅是个本上旅游景点，也可以介绍外省几个名楼，这样楼阁文化的气势就出来了。

陈世旭（中国著名作家）：滕王阁的改造和文化装饰，要确定一个重点。建筑固然是一个方面，我认为最重要的是要重新审视王勃序的价值。做足了序的文章，就体现了它的价值。现在，里面的布局思维太直观，“物华天宝，人杰地灵”，不仅仅是人和山，也不就是那几十个人。千百年来江西人杰无数。“物华天宝，人杰地灵”的内涵是可以充分延伸的，实际上是整个中国文明的概括。这句话出在江西，是江西的光荣。

主体建筑二十多次兴废，已经说不上什么相对恒定的特色。只有《滕王阁序》是这座或存或废、时有时无的建筑永远的灵魂。所以我冒失提一个建议：建一个“序园”，以《滕王阁序》为主题着重介绍序文涉及的方方面面。可以参考厦门的园博园（被称为厦门第二鼓浪屿）的做法，其中教育园尤有特色，里面不仅有很多文化雕像，连地上的砖都写满了唐诗宋词，让小孩边走边读。有了“序园”可以举办很多活动，包括《滕王阁序》讲座和研讨会。还可向全国征集新的“滕王阁序”，扩大对王勃序的研究和理解。序的工作做好了，滕王阁就做大了，南昌作为历史文化名城的影响也就做大了。

总之，要以《滕王阁序》为由头，艺术地推介江西文化乃至中国文化。

余达喜（傩文化专家）：天安门是中国的名片，滕王阁是江西的名片。滕王阁二期工程改造，受到江西人民的关注是非常自然的。我曾陪几位日本朋友参观滕王阁，其中有两位著名的汉学家。他们看后说：“恕我直言，滕王阁让我们失望。”我们要借二期工程之机擦亮这个江西文化的窗口。

刚才听了旅游局的介绍，滕王阁“定位为求知、览胜、休闲、娱乐”，这是当前国际旅游的新方向、新理念。国际旅游界有一种新理念，叫你放慢脚步，体现了一种人文关怀。我去印度访问，那里的一景区就写着“放慢你的脚步”。我们要通过文化的提升来吸引游客把滕王阁作为首选目的地，来契合现代旅游业的发展趋势。

我们要把滕王阁每一层布局都做好。滕王阁周围的水泥森林，把滕王阁当年那种雄伟气势给湮灭了，“西山雨”“南浦云”的情景没有了，“秋水共长天一色”的意境更没有了。上海世博园里有一个“清明上河图”的声光电技术展示，营造出一种氛围。我们也可以营造，营造的依据就是《滕王阁序》。“放慢了脚步”，GDP就来了。

我考虑，第一层：画栋朝飞南浦云；第二层：珠帘暮卷西山雨；第三层：徐孺下陈蕃之榻；第四层：秋水共长天一色；第五层，落霞与孤鹜齐飞；第六层：滕王阁的历史。历代滕王阁的模型、李元婴的故事、王勃的故事等等，把滕王阁的渊源展示出来。还有历史诗、文、图，都可以以立体形式做出来。把《滕王阁序》中经典的东西、将要消失的东西，全部以一种臆造的方式再现出来，但要注意历史的严谨性。

我们定位还有一个娱乐在里头。北扩部分有一个生态环境，还有茶楼、赣风堂等，让游客放慢脚步体验我们的生活。广西桂林的阳朔有《印象刘三姐》，富于浪漫色彩。我们也有一个很好的素材：时来风送滕王阁，神仙指路，太神奇了！此外，还有一个泊车的问题。没有停车位，“自驾游”的游客们就不来了，会影响旅游业绩。

周曙（油画家）：滕王阁作为江西的文化名片、南昌文化的象征，要突出其文化特色。作为中国首屈一指的文化名楼，在文化的精神形态上就是要表现出“落霞与孤鹜齐飞，秋水共长天一色”的人文气质和精神内涵。因此，对于整个滕王阁园区景观的打造，主楼的文化装饰是重中之重。目前主楼的文化装饰与其他国内的历史文化名楼相比，显得在内容上亮点不突出，展示形式上单调陈旧，缺少现代感和互动性，商业气息过浓，冲淡了滕王阁文化的展示，与天下第一楼的盛名不相称。因此，借这次滕王阁二期工程建设，对主楼进行重新文化装饰使之亮起来并和二期工程建设一体化显得非常重要。在多次对主楼实地勘察的情况下，对于主楼文化装饰的规划设计，我的建议如下：

（1）滕王阁主楼在不破坏建筑外观和建筑结构承重的条件下，根据展示设计的需要在建筑空间上做透亮、扩展处理，消解原有建筑空间局限性，特别是一层大厅空间矮，前后空间分割不合理和二、三层人物和山水壁画中间开门的尴尬状况。

（2）围绕滕王阁的人文历史，根据不同的楼层，运用不同的艺术表现手法，尤其是现代声光电技术的运用，将知识性、趣味性、故事性、通俗性、互动性融为一体，丰富多彩地展示江西“物华天宝、人杰地灵”的主题内容，真正起到宣传江西和南昌的历史文化的窗口和名片的作用，从而也极大地满足游客的精神需求和审美情趣。

（3）在园林景观设计方面，突出生态景观的特点，尽可能地提高绿化率，种大树少铺装，营造一个“停车坐爱枫林晚，霜叶红于二月花”的诗意境界，使之成为赣江边上的绿色明珠，南昌市民最钟爱的休闲胜地。

杨金星（国画家）：拒绝低俗的东西，要注意考虑细节；往绿的方向做，做成最大化……这些大家都讲了很多，也讲得非常好。我觉得还有一点，就是对水的利用不够，特别是临水这一块，感觉很局促。“秋水共长天一色”道出了滕王阁的亲水形象，要做足这个“形象工程”。余欣荣书记来调研时，也强调了这一点。让游客登上滕王阁远望西山，别有一番意境。此外，工作人员都穿唐装，也是一种人文形象。

刘小可（雕塑家）：从雕塑专业角度来说有点感觉。雕塑与环境要协调，现在王勃的雕塑，安置的环境不够理想，不协调，品位不高，做得比较小气。雕塑是游人特别喜欢立足、拍照的地方，也是景区的一个亮点。其实，室内也应该放一些雕塑。建议二期工程里增加雕塑的分量。

范坚（书法家）：旧与新如何结合，历史与人文如何结合，这是二期工程应该着重考虑的问题。还有饮食文化、茶文化、民间收藏等。可借助高科技搞得有声有色，让人流连忘返。滕王本身就是画蝶高手，滕派有一个画蝶的传人。可以在纪念品、礼品上做很多文章 。总之，要拒绝低俗，崇尚高雅，彰显地道的滕王阁文化。

支林（国画家）：生态设计一是要有一个概念，如鸟巢设计；二是要突出重点，不要平分秋色。除了动画、声光电技术外，还有文物载体、古建筑文化、瓷器等。环境载体包括自然景观、人文景观等，艺术载体包括书画、音乐、舞蹈等，京剧要有现代意识，这一切都要分门别类考虑。国外的自然博物馆就是一个课堂，历史文化源远流长的滕王阁更可以作为一个教材来做。此外，以文养文的旅游产品要设计好，公共设施也要凸显人性化细节，比如要有消防标志，洗手间要有残障人士专用标志等。

李涌浩（电视艺术家）：专家的意见很好。滕王阁不改造不行。这个活不是文化局在做，而是旅游集团来做的。关键是如何说服领导，很多事是领导定的，这个工程没有政府的支持不可能做好。真正定下来了，有这么多专家出谋划策，一个更加完美的滕王阁景区必将屹立于赣江之滨。

刘斯武（南昌市旅游集团副总经理）：刚才听了各位专家的发言，给我们指明了二期工程的努力方向，受益匪浅，很受启发。我觉得有三个转变：一是由景点向景区转变；二是由门票经济向产业经济转变；三是由观光览胜向深度休闲转变。下面就是我们如何实现这些转变，如何由俗升华为雅，如何从静态走向动态，如何打造以文养商或以商养文的精品，等等。资源是会枯竭的，而文化是生生不息的。（陈世旭：雅不是关起门来的象牙之塔。）我们一定把大家的意见带回去认真研究落实。

附录三　师友评论

群体代言　堪当重任

陈振懋

通读向党《无悔年华》，感觉自然温馨、丝丝甜蜜；激情难抑、感慨系之。概括八字：共鸣、抱负、感恩、奋进。

共　鸣

同为贫寒农家子弟，同有兄弟姊妹五人，同为家中长子，同年出生在西瓜产地江边（赣江和长江），同有捞鱼摸虾、吃瓜童趣，宛如同出一家；同有善良勤劳父母言传身教、厚道淳朴家风熏染，向党品德家底丰厚。

同报考广院新闻系，同进军垦农场，同年入党，20世纪70年代同住农民家。

同为干一行爱一行、干一行通一行的践行者。

同秉“位卑未敢忘忧国”夙愿，报效人民。

同有“自古雄才多磨难，从来纨绔少伟男”壮志豪情，克难抑挫，历挫弥坚！

还有诸多共鸣处，感觉亲切。

抱　负

今天的向党成为老五届杰出代表的典型，绝非偶然。

自幼艰苦求学、品学兼优，工作后兢兢业业、不断追求进步，树立正确的世界观是根本。

当时学校、社会普遍进行爱国主义、革命英雄主义和集体主义教育，雷锋、王杰、焦裕禄、王进喜、陈永贵、陈景润等英模的爱国主义精神深入人心，老五届被涂上了鲜红的底色，向党尤甚！

刚开学时，向党话不多，接触后发现他读书不少，内敛而内涵丰富。言及人生理想，很有政治抱负！尤其论及毛泽东主席年轻时发出二十八画生（毛泽东三字繁体共28画）求友启事，十分钦佩！青年毛泽东立志改造中国和世界，征求志同道合学子为友（如蔡和森、何叔衡、蔡畅等），救国救民，共同奋斗；以此为基础，创建新民学会，为建立湖南共产党奠定了组织基础；下乡调查、体察社情民情，冷水浴锻炼健身，强健体魄，以适应未来的繁重使命。以毛泽东为榜样，学好本领，报国为民，成为共同追求的人生观。

入学一年，“文革”开始。“文革”中老干部受冲击，斗批改阶段，解放老干部被提上日程。向党和我都参加了干部专案组，通过内查外调，解放干部。如原系主任陈国光，北大学生、投笔从戎、参加抗日民族先锋队、同工农结合、救国救民、将生死置之度外，终成革命中坚！向党从中深受教育启迪，对树立与民族共命运、和人民同甘苦的人生观是极大的促进。

这以后，我们全班经常学习有关文件资料，讨论如何树立、稳固正确的人生观，教室、校园、大操场，以及学校前面的京津公路，经常留下大家学习讨论的身影。

入学不久，高素质的班主任刘梅兰老师对我说：“你们是同龄人中百里挑一的宝贝，国家急需每个人都成才，除专业学习外，还要轮流当班干部锻炼社会工作能力，一年一轮换，下一轮计划安排俞林根（‘文革’改名为向党）牵头。”“文革”前就遵刘老师意见办：记得李兴接任班长、夏莹任副班长、刘锡斌任生活委员、许敬擅长中长跑，领跑全班，李长森聪明、诗书画兼长，配合外语专业老师自制课本，他画一幅手拿大芭蕉扇、脚穿拖鞋、满头大汗的老头，作课本插图，记忆犹新……“文革”开始不久，向党果然因朴实宽厚、严格自律、责己宽人、善良包容等优秀品德和憨实耿直、沉稳认真的人格魅力，脱颖而出，负责全班学习工作，一直引领同学至毕业。作江长兄和我们大家也都自觉服从他的领导，毫无保留地支持他的工作，我班以团结著称，屡获学校表扬。

向党还负责外语系的有关工作，学生时代已展示出很强的领导潜质和善于团结人的极强组织能力。

向党爱憎分明，善待同学，敢批歪风。

毕业后进军垦农场，秉承先贤“天降大任……必先苦其心志，劳其筋骨……”训诫，学军锻骨，焠火补钙；隆冬盛夏，严寒酷暑，雨雪风霜，电闪雷鸣，艰难困苦，玉汝于成；吃大苦、耐大劳，自觉磨炼，进一步锻造确立全心全意为人民的世界观。

工作后更是尽展政治抱负，顺不骄，挫不馁，内佑亲人，外拓事业；前段从政萍乡市，躬身为民，有口皆碑；尤其在后段为江西文化广播影视事业披肝沥胆，敢于担当，锐意进取，开拓创新！业绩丰硕，成就卓越！终成文化大家。

感　恩

向党有大爱之心，敬老爱幼，心系人民，是令人尊敬的感恩者！

感恩党和人民的培养，不断努力工作。向党深知没有毛主席共产党建立新中国，多为劳动人民子女的老五届70余万大学生，个人天资再好也上不了大学！诚如他致大学友曰：伟大源于党，伟大源于国家，伟大源于人民至上！

寒门贵子，感恩父母；至亲至爱，感恩小红；尤其对前妻及长期护理前妻的妻妹的感恩、怜悯，令人动容！

感恩母校，怀念老师同学，心忆故旧，笔底情深！

奋 进

退休至今，向党仍笔耕不辍，奉献余热，继续关心和创办文化事业，从未停下奋进的脚步！正所谓老骥伏枥，志在千里，烈士暮年，壮心不已。

作为仕途知己，李国强君评价精准、画龙点睛："向党求学是优者，从政是能者，做人是诚者。"

自幼中华传统美德的传承，青少年时代的发奋求学和砺志，大学阶段报国为民人生观的成熟稳定，学军的磨炼，工作后忠诚报效人民的实践……总之，牢记宗旨，不忘初心，为人民服务，成就了今天的向党！

正如同窗十三载的熊艺波所言：向党是老五届这个群体中的"幸运者、佼佼者、成功者"。

向党书生本色：立德、立功、立言；"为天地立心，为生民立命，为往圣继绝学，为万世开太平"；历代读书人和先贤追求的至高境界，向党努力达到了！

作为这个群体成功代表的典型，向党当之无愧！

为这个群体代言，向党堪当重任！

向党是拼搏奋进的幸福者！

2021年8月

（作者系中国科学院武汉数学物理研究所原副所长、中国传媒大学同学）

共同走过的求学之路

熊艺波

之前，向党同志就把书稿给了我，让我先看看，提提意见。我先睹为快，一气呵就，逐字逐句，细细品读。读罢掩卷而思，回味良久，颇为震撼和激动，或许更多的还有一份亲切和认同。

我和向党同志自小家住相近，高小两年，初中三年，高中三年，都是同班同学。1965年，我们又一同考入北京广播学院（现中国传媒大学）外语系葡萄牙语专业。虽然被分在两个小班，但班主任都是刘梅兰老师，上汉语、政治等公共课又在同一教室。说来也巧，当初高中毕业填报志愿时，我们俩竟不约而同填报了北京广播学院新闻系，后因国家人才培养需要，入校后又一同被调整到外语系葡萄牙语专业，这样我们共同走过了十三年漫长而又艰辛的求学之路。

对于向党同志而言，中小学时期的求学之路，就显得更加维艰。上小学时，他家离学校较远，每天不管烈日当头，还是刮风下雨，都是一个人在泥滑的数里乡间小路上来回奔走，从不慵懒，从不退缩。在樟树中学读书时，因离家更远，有十几里路之遥，中间还隔着一条赣江，他只能住校，只有周末，才能渡赣江，踏沙滩，迈长堤，回家和父母、弟妹相聚。一个十几岁的农村孩子，从初中开始，就走上了独立人生的追梦之旅。中学时，向党同志团结同学，尊敬师长，孜孜不倦，刻苦学习，成绩一直很优秀。除了搞好自身的学习之外，高中时，他还担任过初中年级学生的辅导员，利用课余时间为学弟学妹们指点迷津，排忧解难，深得他们的赞扬和喜爱。向党同志的这些经历，几十年来一直深深地萦绕在我的脑海里。因此，在我读到向党同志的书稿之后，才会油然而生强烈的亲切感和认同感。

我们都是“文化大革命”之前上大学的老五届大学生（1961—1965年上大学，1966—1970年毕业的大学生）。还在许多年前，向党同志就说过，他想写一部有关这些大学生工作、生活经历的影视剧。可能由于工作过忙，他的这一愿望，一直未能实现。现在，几经寒暑，他却以自传体《无悔年华》一书的形式，诠释了这些人的理想与奋斗。

近百万人的老五届大学生，是我们这个时代一个非常特殊的群体。他们生在旧社会，长在红旗下，历经几十年错综复杂的社会变革。他们享受过阳光，也吃过不少苦头。他们大学毕业以后，大部分人专业未能对口，错失许多发展良机。但他们之中的大多数，仍然坚贞不渝，初心不改，不屈不挠，勤奋工作，在不同的领域和岗位，为祖国的建设和改革开放事业的发展，作出了不可磨灭的贡献，是我们这个时代当之无愧的中坚力量。而向党同志，无疑是这个群体中的幸运者、佼佼者、成功者，是这个群体中较为典型的代表。

向党同志用其朴实无华、真挚热情、灵动细腻的笔触，在书中写了自己的家庭与爱情，学习的艰难与刻苦，从政道路的曲折与执着。特别是他用浓墨重彩，描述了他孜孜以求、排难抑挫、锲而不舍、开拓创新，为江西的文化广播影视事业所做的努力和取得的成就。向党同志试图用自己学习、工作、生活的丰富经历，从一个侧面来反映老五届大学生的面貌和境遇。向党同志做到了，也成功了。

老骥伏枥志千里，壮心不已自奋蹄。老五届大学生们中，还有许多人，像向党同志那样，为党的事业、为国家的繁荣富强，披肝沥胆，发挥余热，还在不断进取，期望坚守，还在努力着，奋斗着。

2021年8月

（作者系中共吉安市委组织部原副部长、人事局局长，井冈山学院党委副书记，小学、中学、大学同学）

为了铭记与前行

万明华

前段时间，收到向党部长的新作《无悔年华》。一直以来，我都为他对宣传文化事业的执着追求和取得的突出成绩而钦佩不已，甫一得到这部关于他人生经历的书稿，便迫不及待地仔细拜读起来。读罢全书，颇有感触，大有收获，更加深了对以向党部长为代表的五六十年代知识分子的敬意。通过本书，回望向党部长走过的人生路程，我有几点思考是想一吐为快的。

奋斗是人生不变的底色。向党部长出身寒苦，却从小立志向上。在父母长辈的言传身教下，孕育了“真、善、美”的心性品格，懂得了“立身以立学为先，立学以读书为本”的深刻含义；在良师益友的关心指导下，增强了学习信心与自觉，精进了学业成绩，并通过自身不懈的努力考取了大学，获得了人生的跳板。进入大学，向党部长抓住一切学习机会，刻苦读书，锤炼意志，练就过硬本领。学生时代的向党部长，值得今天的广大学子学习：既要具备学习的信念，也要抓住一切学习的机会，不怕艰苦，勇于奋斗！参加工作后，向党部长更注重提升自我素养，敢于接受各种工作历练，每一个关键节点，他都能够以奋斗者的勤恳顺利完成各项工作。这与他的努力有着千丝万缕的关系。即便是在困难时期，向党部长依旧不改奋斗者的本色，勤于工作，忠于职责，坚定初心。“干一行爱一行，干一行精一行”的奋斗精神，在他身上体现得淋漓尽致。为学不易，为人实难。但是，只要不改奋斗的初心，不变人生的底色，撸起袖子加油干，便一定可以有所作为。

奉献是人生永恒的价值。以向党部长为代表的五六十年代知识分子，历经时代的洗礼，砥砺了忠诚奉献、报效国家的理想品格。向党部长的一生是讲求奉献的。在服务岗位挑选上，他勇于面对严峻的考验，主动请缨，到条件最艰苦的地方去，不折不扣地完成组织交代的使命；在工作过程中，他为了找到问题的解决办法，多方求助学习，千方百计调研，以至于宵衣旰食亦毫无怨言；在遭遇挫折时，他不改共产党员本色，敢于直言，勇于作为，甚至赌上了自己的政治生命也在所不惜。为党和人民服务的奉献精神已然融进他的血脉，化为行动自觉。人生的价值在于奉献。奉献是永恒的。当前，我国正处于实现中华民族伟大复兴的历史征程中。人人都讲奉献，则复兴有望；人人都谈索取，则事业难成。站在新时代，回望老一辈知识分子的人生路程，是为了铭记他们的精神，更是为了我们这个民族的前进。

家国情怀是人生宝贵的涵养。天下之本在国，国之本在家，家之本在身。自古以来，修身齐家治国平天下便是无数仁人志士的毕生夙愿。这种情怀在向党部长身上有切实体现。对待学习和工作，他勤奋踏实，刻苦钻研，以终生学习的态度练就了扎实的工作能力，养成了难能可贵的优秀品质；对待家庭，他尽心尽力，用情至深，展现了作为儿子、丈夫、父亲的责任与担当，书中记载的一些家庭细节，读来令人不禁潸然泪下；当他专注于亲情眷念、自我圆满之时，他也将对家的情深意凝展现在对他人的大爱、对国家的担当上。尽己之力以助人，这是母亲对他的殷殷嘱咐；为公办事，为国尽责，这是他自己的人生追求。家国情怀在期待与追求中逐步形成，成为他人生中最宝贵的涵养。亦余心之所善兮，虽九死其犹未悔。以向党部长为代表的老一辈知识分子身上蕴含的家国情怀，是一股永不衰竭的精神涌流。他们树立了榜样，值得后辈认真学习。

除了学习、家庭和工作，向党部长在书中还留有相当的篇幅讲述了他在工作和学习中的收获和感思。这些收获和感思，某种程度上，是他人生成就的印证，也体现了他对宣传文化事业孜孜不倦的追求。几十年来，勤奋不辍，向党部长为我们留下了许多富有价值的经典作品，这些作品见证了改革开放四十年来的沧桑巨变，也必将作为一种史料淌入历史长河，给后人带来有益思考。

我从事出版文化事业逾三十年，与向党部长可谓同行知己。作为一名老出版人，读完向党部长的人生传记，深受鼓舞，为他对宣传文化事业的执着精神所折服。新闻出版是党的耳目喉舌，做好新闻出版工作，需要在思想上时刻绷紧一根弦，常抓不懈，久久为功。向党部长在宣传文化领域深耕多年，牢牢守住宣传阵地，干出了不平凡的业绩，也付出了艰苦卓绝的努力。作为同行后辈，我们应当学习他的这种坚韧与执着。

回望过去，立足当下，展望未来。向党部长从一个贫寒学子成长为党的高级领导干部绝非偶然，他的人生之路，充满了奋斗、奉献与家国情怀，他的人生价值在一次次的奋斗、一次次的奉献、一次次的守望中得以体现。一代人有一代人的长征，向党部长走过了他这一代人的长征路，向党和人民交了一份合格的答卷。现在，历史的交接棒转接到了后辈人的手中。只有传承好奋斗、奉献的优秀精神品质，厚植家国情怀，树立崇高的人生追求，后辈们才能顺利走过属于他们的长征路，民族事业也才能迎来光明前景。

2021年8月

（作者系江西高校出版社总经理、编审）

一个激情时代的真实画像

孙海浪

近日，先后收到桂子——俞向党先生所著的《无悔年华》电子版与一大沓厚重的纸质打印稿，我一口气把它读完了，不禁赞叹：“好一部用真情书写的时代之歌！”我还要对桂子大声说：“没有一个人知道你心中的大海！”

我读《无悔年华》，首先是被作者曾用激情为“这一代大学生时代”画像所感动。我与桂子朝夕相处二十余年。记得我退休的那天，他曾赠予一句警言：“要作文，先做人。”是的，古往今来的作家、艺术家都是这样做的，赠言是对我最大的鞭策和鼓舞。其实，桂子先生自己就是这么一个人。他给我的深刻印象乃是，默默耕耘的“拼命三郎”，内心深处隐藏着一把火：“意志”“工作”“创新”这三个词，仿佛在桂子先生的字典里消失了，而他则在这三块基石上建立起一座“自我成功”的金字塔！

于是，我想起了唐朝诗人宋之问名篇《灵隐寺》一警句：“桂子月中落，天香云外飘。”仿佛超出凡尘——“楼观沧海日，门对浙江湖”。人在高楼，面对沧海、红日与江湖，心窗敞开，知足常乐——这是何等博大之襟怀，这是沉醉如仙的乐观。

晚上，我在宁静的秋月下翻阅着《无悔年华》，每翻一页，都像“吱呀”推开一扇沉重的大门。这使我想到2000年8月的一天，桂子刚刚调到省文联工作。当他发现文联大院两扇沉重的大铁门长期关闭，很少开启，规定出入一律走（展览路）后门，多年来成了“门锁生锈、故步自封”怪异现象时，便强硬指出：文联不是县衙门，它是组织、引导、服务与维权的社会团体，并作出决定：“敞开大铁门，笑迎八方客！”从此，文联前大门永远向着会员开！文联前大门是敞开还是关闭，看似鸡毛蒜皮小事一桩，其实是个“为谁服务”的大课题。

我与桂子先生的交往是从2000年8月开始的。他先后调任江西省文联任党组书记、中共省委宣传部副部长。作为省文联文艺工作者的普通一员，我亲身体验，受益匪浅。他主持组织了接待来自全国理论界、新闻界、文艺界知名人士到江西，包括知名记者看江西、著名专家学者考察江西、著名艺术家到江西慰问演出等，切实做好有关联络、协调和落地工作。他成功组织开展了江西文化名人系列活动，还有各种类型的艺术家个展、联展等颇有影响的文化活动等等。这一切，我和我的同事们有目共睹，大家一致对他的丰盈业绩作出这样公正的评价：“2000—2007年，是省文联和全省文艺工作发展最好的时期。”当时，我一面主编全国第一张儿童文学报《摇篮》（冰心题写报名），一面坚持写作，得到了省作协及桂子的大力支持、热忱帮助，致使这张小报成为全国少年儿童的良师益友。

回忆往事，历历在目。首先要赞叹的却是桂子先生的人格魅力：

他是个孝子：在父母年事已高、回家休息后，他经常回老家看望，陪伴在他们身边。父亲因病无语，他一次次地抚摸父亲的手、按按父亲的肩、拍拍父亲的腿，用自己的行动与父亲交流。

他是个学人：做学问行云流水。有时我向他请示汇报，他总是先让我把话说完，再说几点“参考意见”，责人先责己，信己亦信人。

他是个志士：不看重权贵，不为富贵而动，而是先明辨是非，实事求是规范自己的行动，总是把利益分享给他人。

他是个百姓：平易近人。责人先责己，宽己先宽人。无论谁有难处求他帮忙，只要不违反原则，他定然伸出援助之手，向你坦露一张真诚的笑影。

他是个强者：事事切忌空谈，处处脚踏实地，讲求正直，驱逐浮华，在文化领域“追梦圆梦”的路上，一步一个脚印不断探索前行。

“文如其人。”我读《无悔年华》，仿佛在品读桂子本人。

《无愧年华》全书由“少年、中学、大学、“文革”、农场、工作、仕途、退后”十个篇章和附录构成，这部近20万字的“传记体”文集，记录了作者“艰难成长”的过程，诠释了六七十年代知识分子的忠诚守望，反映了这一代人的坚贞和信念。更为可贵的却是他在“后记”所说，这本书，“艰难就在于如何认识自己，认识时代，认识自己为这个时代做了什么”。这是发自作者内心深处的心声，同时反映了作者的真涵养、真性情及其“为善要讲让，立身务得敬”的高标准要求，即与事“不争”、待人“能舍”的境界。

作者为一个激情时代的真实画像，很好；一点幽怀谁共语？内心深处情最真。于是，我虽杂务缠身，却决心尝试为作者这部作品读后印象勾勒寥寥数笔。

因为，这是作者亲身经历的真实记录；

因为，这是那个特殊时代的生命烙印。

在阅读《无愧年华》的过程中，我透过全书字里行间，察觉到作者“很难想象我这一代工作者”的人性本质与人生轨迹。语言朴实，毫不夸张，甚至别开生面、独具一格，把当年那个时代各种文艺晚会、开幕式、策划书、旧照片、节目单等原始资料一一列出，中间恰到好处地穿插了作者自己的“访俄日记”、欧洲见闻与儿子俞琎的书信等，甚至还有对人物生动有趣的细节描写，比如，作者童年在乡下与小伙伴摸鱼、踩瓜的趣闻；还有传统的春节“守岁、发压岁钱”、放爆竹“开财门”、大年初一大人带着小孩穿上新衣服到各家各户拜年。正月十五村里舞龙队走村串户，以及登大观楼、上钟鼓楼，走木船浮桥，感受过去“城内三万户，城外八千烟”韵味，把一个“清香醇纯，回味无穷”的四特酒城与千年药都交织的繁华场景，栩栩如生地展示在读者面前，致使我不但不感到枯燥乏味，反倒觉得它有一种“一年三百六十日，都是横戈马上行”（戚继光《马上作》诗句）的激情与亲和力。

2021年8月

（作者系江西省作家协会原副主席、国家一级作家、国务院特殊津贴专家，写于南昌滕王阁守拙园）

一位书生本色的官员

——读《无悔年华》

万江麟

向党兄在亲友的支持下，写自传式回忆录《无悔年华》，写出了自己个体的真实生命。

每个生命都是独一无二、生龙活虎、充满价值的。每个人的身上都有时代的印记，每个人都是时代塑造的结果。

向党兄是“老五届”大学生的最后一届，经历过20世纪60年代的社会变迁和政治风云：“社教”“破四旧”“大串连”“上山下乡”“真理标准讨论”“改革开放”。读《无悔年华》，就是想看看我们最亲近的向党同志，对自己平生的经历，对他所处的那个时代，在书中反映得是不是充分、可靠，就是想看看晚年的向党同志，对自己的过往，对他所处的那个时代的历史，在今天有着怎样的认识和评价。

根据史学家刘知几“史家三长（史才、史学、史识）”的史学见解，观照《无悔年华》这本书，所谓“史才”，是指作者写史的能力；“史学”是指作者具有的历史知识，或掌握的历史资料；“史识”是作者对历史是非曲直的鉴别和判断能力。

我认为向党兄是有写史能力的，即有史才的。他有20世纪60年代以来一个大学生所有的经历，而且储备了大量真实的素材，史学基础是扎实的。难能可贵的是他的“史识”，这是“史家三长”最看重的一环。他写作的态度非常严谨，非常认真，对自己所经历的事情，尽量一一核对，把经历的重要事件的时间、地点、人物都搞得清清楚楚，不隐恶，不虚美，鉴别和评价比较清醒、公允、客观。

向党兄在书中记叙他所经历那个时代的喜怒哀乐、悲欢离合的人生故事，既让后人了解他所处的那个时代的风云变幻，以及个人的奋斗和无奈，又给史家留下了资料。这就是本书的价值所在。

向党兄虽然是个官员，但是他的底色还是一个书生。他的书稿，完全显示了书生本色。他非常热爱中国文化，热爱中国历史，热爱广播电视事业，所以书稿所记录的东西都是跟文化、广播、电视有关的东西。

从全书的内容来看，虽然有好几处把自己求学时的生活困难写得令人心酸，但是由于向党出身于寒门，靠国家助学金从小学读到高等学府，一路怀着感恩之情，所以，他的笔下，从头到尾读不出半点的哀怨情绪，这不能不叹服作者宅心仁厚。

今天，他虽然已过古稀之年，但仍然有"老骥伏枥，志在千里，烈士暮年，壮心不已"的情怀，非常关心国家的建设，关心后辈的健康成长。前事不忘，后事之师。他把自己一生的阅历写进回忆录中，是希望后辈，从自己走过的足迹中，领悟人生的价值与真谛，明确前进的方向与道路，增强生活的勇气和信心。

向党兄一向敬仰的马克思说过，"批判的武器当然不能代替武器的批判，物质力量只能用物质力量来摧毁"。如果要挑书中还缺少一点什么？我认为书稿缺少一种批判精神，对现状、对某些人和事，缺少臧否，缺少批判的勇气，缺少批判的语言。这种局限，是作者性格使然，也是环境的限制。是作者不愿伤及他人？抑或是避免不必要的纠葛？我们是不可苛求的。

2021年8月

（作者系江西省广播电视厅高级编辑、省广电厅同事）

附录四　校庆纪念

2004年北京广播学院校庆50周年，2014年中国传媒大学校庆60周年。中国传媒大学江西校友会邀集赣籍历届学子，自筹资金，请江西著名陶瓷艺术家、书法家、国画家集体创作大型瓷板画《桃李芬芳》、大型山水国画《秀美江西》，献给母校，表达祝福。

捐赠大型瓷板画《桃李芬芳》校友名单（按署名顺序排列）

俞向党　龚邦国　李广成　曹登松　孙志泉　种冠群　熊艺波
熊惠民　丁惠详　万剑琴　王　澍　王子荣　王来江　王丽新
方增福　尹毅剑　帅　宇　史玉成　史建春　祁　冰　孙小铭
刘建平　刘金胜　杜　婧　陈　蓉　李　曼　李火金　李春平
陈吉夫　陈国涛　汪少林　邹小宝　汤志亮　闵建国　吴立芳
周　安　周　芸　周　浩　周复民　周爱民　柳春江　姚敏剑
顺　华　蒋　迅　蒋光亮　喻玉华　付崇志　翟　量　潘伟民
戴志霞　魏水仔　魏依云　韩胜国

中国传媒大学展厅的大型瓷版画《桃李芬芳》

捐赠大型山水国画《秀美江西》校友名单（按署名顺序排列）

俞向党	龚邦国	李广成	李晓岩	王　澍	史建春	吴立芳
周　安	柳春江	丁惠祥	苏　干	陈之彦	陈吉夫	周　芸
徐帮辉	康振军	翟　量	刘　琼	江群康	闵志君	李　纬
吴　睿	胡　克	胡　琨	徐　建	崔　平	黄　琼	喻　祥
熊　凡	罗会勇	丁　蓉	万剑琴	王艺菲	尹毅剑	付崇志
闫本华	刘金胜	吕　帅	吕翼翔	李春平	李　曼	李熙坤
陆　勇	张苏云	张佩君	张涌江	汪越敏	宋　睿	陈　蓉
闵建国	杨　茜	赵　阳	祁　冰	涂长炜	林　莹	盛　洪
喻玉华	曾　军	曾　亮	潘伟民	黎　琰	于金标	王丽心
王　芳	李伯平	吴乐明	罗慈峰	罗序增	龚亚琴	宁博齐
杨炎思	翁碧云					

中国传媒大学展厅的大型山水国画《秀美江西》

跋 一

李国强

我和向党同年出生，同年进入大学，同年离开军垦农场走上工作岗位，并在同年走上副厅级领导岗位，可谓同年老庚，同科“进士”。拜读向党的传记《无悔年华》，如历其境，与见其人，格外亲切。

我们这批老五届大学生，全国有70余万，生在旧社会，长在红旗下，工作在改革开放时代，是党一手培养起来的共和国的一个比较特殊的知识分子群体。有人这样评论老五届大学生：“文革”前是“骄子”，“文革”中是“棍子”，毕业时是“弃子”，改革开放中是“才子”，退休后是“赤子”。我和向党是老五届中最后的一届，大致也经历过“五子”人生。

今天，老五届大学生作为一个群体，已经退出职场。回首往事，诚如向党所说“这批大学生没有辜负党和人民的期望，骨子里始终以身许国、忠诚守望，坚持与时代同行、与人民共命运”。他用两年时间，数易其稿，倾情回顾记录自己的一生，以期“从我个人的角度，来表现我们这一代大学生的成长和故事，进而展示我们这一代大学生的理想、信念和品格，从中折射出我们伟大国家、伟大时代赋予我们的知识和力量，赋予我们不悔的青春和一生！”这是一本纪实性传记作品，其价值在于为老五届大学生群体提供了一个生动具体的人生个案，于存史资政，是一份可信的史料，于馈赠亲友，是一个珍贵的礼物。

通读全书，我从向党身上看出了老五届大学生的一个本质特征，即激情与忠诚。虽然由于“文革”的原因老五届大学生少学了一些专业知识，但参加工作不久即赶上了改革开放的伟大时代，以身许国，忠诚守望，有着强烈的使命感与责任心。

无论是在地方从事政府工作，还是在省直从事新闻宣传文化工作，无论是作为一般干部，还是担任领导干部，亦无论顺境还是逆境，向党始终不忘初心使命，干一行爱一行，干一行专一行，兢兢业业，无怨无悔。因而，在他身后留下的是一串闪亮的脚印和鞠躬尽瘁、不负韶华的激情人生。

忠诚守望者，最懂感恩。职场中的向党，激情丹诚，感恩党和时代，感恩同事。从踏上工作岗位，到入党、提干、当官，直到退休，他都不负时代。如今他退休了，依然退而未休，主持群团工作，创办创意文化艺术产业有限公司，继续发挥余热，其赤子之心，日月可鉴。向党出道早，工作阅历广泛，人脉资源丰富。凡共过事的领导、同事，打过交道的专家学者，哪怕是机关的打字员，他都心中有故人，笔下有情谊。君子之交淡如水。

向党感恩父母，感恩母校。寒门出孝子。向党不忘父母养育之恩，铭记亲人关爱之情，在他笔下，父、母、妻子，包括前妻及长期护理前妻的妻妹等，无不一一忆及，缕缕情深。向党以绿叶对根的情谊，感恩母校，怀念校友。感人恩者，人恒敬之。我与向党相识多年，对书中所记感触很深。

古人云：“泉清堪洗砚，山秀可藏书。”观书及人，在老五届大学生中，向党求学是优者，从政是能者，做人是诚者。这样的人生岁月，激情丹诚，值得回忆；这样的人格品性，守其初心，值得留存！

2021年8月

（作者系江西省社科院原院长、省社联原主席、省科技厅原厅长、复旦大学70届大学生）

跋　二

喻慧娟

多年以前，俞向党来北京时就曾同我说过，已经有许多写知青及工农兵大学生的作品，他想写点我们这一代大学生的文字。后终因公务缠身未能如愿。如今看到他的《无悔年华》书稿已成，且将在我们的母校中国传媒大学出版社出版。作为他的大学同班同学，我们无不为之高兴。

1965年初秋，我们从祖国的四面八方汇聚到北京广播学院。当年的北京广播学院虽然不像清华、北大那样显赫，却也因为其所设新闻、播音及小语种外语等专业的特殊性而小有名气。俞向党和我都被分配在外语系的葡萄牙语专业班（这个专业开两个班，共40位同学）。我们班（65-12班）的20位同学，除了几位来自北京、西安、哈尔滨、武汉等大城市，大部分都是来自江苏、河北、湖北、广东、云南等地的农家子弟。俞向党当时的名字叫俞林根，个子不高，说话带有浓重的江西老表口音，一看就是一个朴实、善良、憨厚的"农村娃"。

在我们专业学习还不到一年的时候，"文化大革命"开始了。学院党委靠边了，上级派来的工作组不久也被赶走了，校园里整天乱哄哄的。混乱的局面直到工宣队、军宣队进驻学院后才结束。当时俞向党担任我们班的“文革”组长，和另外几位同学一起负责班里的日常活动。他坚持带领同学们学习毛主席著作，用满腔的热诚团结全班同学，努力保持班上的和谐稳定。他因此得了个“小日头”的雅号。赐他这个雅号的赵桂林同学告诉我：那段时间主要是俞向党负责班里的事情，每日组织我们学习，起到了领头人的作用，所以就把他叫成“小日头”。大串联开始后，俞向党和班上几位同学去了西安、重庆、广州等地串联，一路参观革命历史景点，缅怀革命先烈的丰功伟绩。他还和班上几位同学徒步串联，从北京步行到郑州，日行四五十公里，沿途到工厂农村，接受工人、农民的再教育。俞向党还参加了老干部的专案调查工作，走南闯北，日夜奔波，为解放老干部作出了贡献。在望都召开的外语系学习毛主席著作积极分子大会上，俞向党还代表全班发言，体现了我们班在当时那种背景下一种积极向上的精神状态。

与俞向党同学同窗五年，他留给我最深刻的印象是他对集体和他人的真诚、热情、担当和富有同情心，乐于助人；他对自己严格要求，有进取精神，自励而不自大，自谦而不自卑，对待学习、工作和事业表现得勤奋又认真。一个小例子，足以说明他的人品。我们毕业分配前夕，俞向党同学当时是广院外语系的学生指导员，也是班里的负责人。在他协助军宣队为同学们写毕业鉴定时，有人提出给某位同学的鉴定写上“有小资产阶级思想”，他挺身而出，明确反对。他认为毕业鉴定关系到每个同学毕业分配和今后的工作和生活，他不忍心让那位同学带着“有小资产阶级思想”的尾巴进入社会。就这样，俞向党协助军宣队给我们全班每个同学都作了一份实事求是、合情合理的毕业鉴定，为大家毕业分配和今后发展提供了良好的依据。说起毕业分配又让我想起，当年毕业分配各班留京名额很少，我们班有两个留京名额。当时军宣队很关心他的去向，按条件他有资格得到好的安排。可他推荐了别的同学留在北京，自己却要求回江西，到最艰苦的地方去。在最关键的时候，他表现出了自己的政治本色。

大学毕业后，我们各奔东西，在不同的城市里生活，在不同的岗位上工作。虽然还有联系来往，虽然知道他步入仕途且不断升迁，但毕竟了解不多。值得庆幸的是，他在《无悔年华》一书中用细腻的笔触真实地展现了自己的成长历程、从政经历和情感生活。我们从书稿中读到的是一个不忘初心、忠诚守望的好干部、好领导形象，一个有情有爱的好丈夫、好父亲形象。这个形象我们并不陌生，从中可以看到大学同学“小日头”的影子。《无悔年华》一书无疑也是一本传记。成长篇和附录篇展现了以俞向党为代表的这一代工作者，历经沧桑巨变、依然不负韶光，记录了他们为党的宣传、文化事业守正创新、开拓进取所作出的成绩，足以让别人分享和感受激情时代中的不同光彩。

昔日的“小日头”成长为今天的俞向党，他的人品和事业获得众人的好口碑，这是一种必然。俞向党无疑是我们这一代人中的佼佼者。这不仅取决于他的才华能力，更取决于他厚德载物的品行修养及人格魅力。

我们班和65-13班部分同学看过俞向党书稿后引起了热议，大家一致认为书稿的作者确实是我们同学的代表，其成长史、奋斗史正是我们这代大学生的真实写照。我们两个班一些同学，如陈振懋、李长森、夏莹、赵桂林、董学开、许敬、赵环玲、李宏仁、杨惠珠、浦应茉等，纷纷为书稿的完成或是献言献策，或是鼓励期待。

田作江同学（65-12班团支部组织委员、原连云港市外办主任）表示：“林根与我在北京广播学院同窗五载，因家境相近，志趣相投，我们成为一对好兄弟。在校期间，林根老弟勤于动笔，善于用脑。其文章有说服力、感染力、影响力，可谓气大者声必闳，志高者意必远。”

杨惠珠同学（65-13班班长、原山西省阳泉十五中校长）对我说：“我们这一代，每个人都已画出了自己的人生轨迹。30岁以前的学习、爱情和工作，30岁以后的梦想与现实，无不与其具有的特殊‘齿轮’有关。俞向党的成功有其成功的必然性！”

夏莹同学（65-12班学习委员、原澳门某集团公司葡文翻译、澳门葡文学校中文教师及中文课程主任）写道：“俞向党用生动的语言叙述了他一生孜孜不倦的求学之路和艰难曲折的从政经历，及对亲人朋友的一片真情，读来让人十分感动。他对文化事业的执着和所作的贡献体现了我们这一辈人对党和人民的事业的耿耿忠心，他不愧为我们的优秀代表。其实‘文革’前我跟俞向党的接触并不多，但是他农家子弟的朴实和憨厚却给我留下了深刻的印象。我不太喜欢与为官的人打交道，但在这些年跟俞向党的交往中，感觉他还是以前的俞林根，朴实、宽厚、善解人意，始终保持了农家子弟的本色。”

李长森同学（澳门理工学院教授）表示，俞向党在校时即显露才华，文思敏捷，论题深透，文笔尤佳。他就新书出版赋诗一首：

大作付梓吾辈惊，挥毫悬腕走偏锋。
铿锵掷地文思畅，璀璨文坛映瀚穹。
报效中华老五届，坚贞守正继征程。
行云流水歌时代，不忘初心叙激情。

回望历史，尽管我们这一批大学生未能在课堂上完成学业，却历经蹉跎岁月和艰苦磨炼，我们依然是怀有责任感和使命感的一代，绝大多数在自己的岗位上不辱使命、忠诚勤勉、坚贞守正。我们努力过、奋斗过，对得起人民、对得起国家！如今古稀之年的这代人，心灵底色不褪、初心使命不忘！

2021年8月

（作者系中央广播电视总台中国国际广播电台葡萄牙语部原主任、驻巴西首席记者、中国传媒大学同班同学）

跋　三

王迪明

我的老领导俞向党，作为省广播电视厅的领导，曾经分管过省电台、省电视台。当年，他不遗余力抓广播电视宣传的许多往事，我至今记忆犹新。特别是他对宣传质量的高标准、宣传工作的严管理、宣传队伍的严要求，给我留下了深刻的印象和难忘的记忆。最近，看了他的新著《无悔年华》，不禁让我思绪万千，心情难以平静。全书以丰富多彩的结构、内容和阐述，呈现出作者绚丽多彩的成长史和奋斗史，辉映出一道赤橙黄绿青蓝紫的人生彩虹。

本书主题突出，特色鲜明，既具有时代性、思想性和教育性，又具有艺术性、知识性和专业性，这就使得本书具有很强的可读性和欣赏性，充满正能量，能励志啟智，给人知识和力量。

本书特色之一是丰富多彩的结构。全书包括成长篇和附录篇，记录了作者不同人生阶段具有代表性的人生经历，浓缩了激情时代忠诚守望的难忘岁月。各篇所写又都是人生经历中的亮点，反映了作者不同阶段的奋斗历程、突出业绩及其所经历的风霜雨雪。其中包括作者几十年来呕心沥血所创意的有关重大历史题材、文学艺术、文艺出版、理论研究、名胜景观等方面的精品佳作。书中的长篇回忆、精彩文章、文艺精品、专家缜言、殷情家书以及作者洞察政治和社会生活的日记等汇聚一起，相辅相成，相映生辉，构成了全书结构的丰富、厚实和绚丽。

本书特色之二是丰富多彩的内容。这是一部以成长为主线、全面展示作者命运、表现其为党的宣传文化事业毕生奋斗的传记式回忆录。作者在党的阳光雨露下不断成长的人生经历、执着追求的奋斗历程、致力探索的精品文章、可赞可点的多种业绩，如串串珍珠，熠熠生辉。

其一，书中选择了作者人生经历中一个个具有典型性和代表性的故事或事件，生动地概述了求学的艰辛之路、生活的酸甜苦辣、事业的大展宏图，成功地揭示了一个农村娃成长为学有专长、具有真才实学和领导才能并最终成就一番事业的正厅级干部的人生经历，令人信服地展示了一个不忘初心、自强不息、执着追求、艰苦拼搏的党的优秀知识分子和领导干部的形象。读者从中还可以感受到20世纪中叶至21世纪初这一历史时期我国的社会政治人文风貌以及与作者同时代的一代知识分子们的命运沉浮。

其二，书中既写了顺境，又写了逆境，还写了挫折，但自始至终鲜明地体现着作者对理想信念的坚定执着、对党和组织的一片真情、对党的事业和工作的不懈追求、对党和政府及社会的真诚感恩。这种真情实感洋溢在全书的字里行间，使人感到，作者的成长之路、人生经历无不处处凝聚着新社会、凝聚着党和政府的关爱之情，表露着作者对党和政府的感恩之情以及对父老乡亲、亲朋好友的无限深情。

其三，书中反映作者奋斗经历的内容涉及面很广，包括宣传文化、文学艺术、大型演出、创意策划、旅游出版、史料价值等方面。读者既可以从作者的成长经历中受到教育，从人生感悟中得到启迪，又可以从一系列大手笔、高品位、产生过广泛影响的大型文化活动中收获许多，还有高质量的各种作品集锦，可以使人学到许多知识。

本书特色之三是丰富多彩的阐述。本书所反映的作者的人生经历，包括20世纪40年代后期至今的工作和生活主要方面。这其中，既有漫漫的成长历程，更有难忘的心路历程。很显然，作者对此是满怀深情和极为珍惜的，因此，在叙述过程中，无不充满着感情，充满着深情，充满着激情。既有眷恋、怀念、感恩、挚爱、珍惜、感动、喜悦、自豪、愿望，也有反思、懊悔、痛惜……正是作者的种种情感，汇聚成写作的澎湃激情，在字里行间流淌，在全书各篇涌动。也正是作者饱蘸激情，写出了仕途的步步升迁、求学的不断进取、亲情的点点滴滴、创意的才华展露、作品的精彩精湛，其人生经历和成长道路，如同一面镜子，摆在读者面前。因此，作者十分注重在写出真实的自我上下功夫，特别注意运用质朴平实的语言来叙述。无论写喜写忧，写成功，写挫折，甚至写失败，都能言出心声，客观叙述，真情流露，使内容真实感人，令读者真切感受到作者的人生命运、内心世界和殷殷情怀。

《无悔年华》一书，内容精彩、内涵丰富，让读者从作者的人生轨迹和故事中感受良多，受益良多。我想，这便是本书的成功之处，也是本书的价值所在。

2021年8月

（作者系江西人民广播电台原台长、省广电厅同事）

跋 四

李小军

俞向党先生是我的老领导，曾经担任省文联党组书记。那时，我在省作协工作，俞书记和其他班子领导对我们放手大胆工作给予了极大支持。与经济社会各项工作一样，文联工作也步入了一个较快发展的时期，许多往事回忆起来仍然让人觉得感动。

协会工作有其规律和独特性。作为团结联系全省文学工作者的人民团体，做人的工作是第一位的。协会就是每天和人打交道。而实际上，作协组织对会员不能管帽子、管工资、管待遇，如何凝聚会员、推动事业发展，是需要情怀和热情的。无论是组织采风创作、培训研讨，还是评奖评比，文联党组和班子领导都对我们充分信任，我们也极舒畅地开展工作，俞书记和其他领导总是对我们的工作予以肯定和支持。

有幸作为俞书记这部新作的第一批读者，随着他的文字，我又走进了十余年前那无数个让人激动而兴奋的瞬间。有些活动，如“中国江西国际傩文化艺术周”，我作为一个工作人员参与其中，那是我第一次为江西神秘、灿烂的民间文艺所迸发出的巨大魅力所震撼。我和同事们在文联领导的带领下，忘我地投身其中，仿佛那遥远的乡土中国，正从诗经、从论语、从百姓心灵深处、从民间生活的阡陌走来。在现代化、城市化的背景下，愈益显得充满张力和难以言传的神圣。这也让我有机会重新审视散落在中国大地上民间文艺顽强的生命力。有些活动，如“谷雨诗歌节”，那是作协的品牌活动，在俞书记的倡导下，由过去诗人之间的吟咏唱和、学术层面的研讨和常规的采风创作，扩大到与其他艺术样式的交融呈现，辐射到更广泛的群体和受众中，将谷雨诗会变成全省人民群众享受诗歌的节日。

这样的例子，还有很多。俞书记工作严谨，要求很高，同时思维敏捷，敢想敢干。一般地，他鼓励比批评多，宽容比苛责多，因而创造了一种轻松、和谐的工作环境。每个身处其中的人，都能感受到俞书记亲切、随和的作风。他对文艺工作是真正喜爱，对文化和人才，是真心实意地尊重。通常在工作中，他很少有颐指气使、盛气凌人的一面，可见他内心深处的柔软。

这自然是我接触到作为领导的俞向党先生的印象。而通过这本书，我却有幸目睹了他用文字之网，编织他童年、读书、工作的另一面。那栩栩如生描绘的赣江边孩童时光具有一种俏皮而温情的画面感，对亲情的深挚描写、对师友的难忘记忆，无不反映出时代的讯息，存留着一代人的集体追忆。那波光粼粼的赣江之畔的少年的欢喜忧愁、在物质匮乏条件下的成长与思索，具有一种温暖的力量。而对于自己的婚姻生活，他也如此坦诚地进行了描摹，让人感到作为丈夫、作为父亲的俞向党先生的真诚和对亲人的无限深情和眷恋。

在这本书中，俞书记重新回顾了工作经历。领导干部，作为一个特殊的人群，我们都习惯了影视、文学作品中的形象，那通常都是艺术化了的形象。而作为一个当事者，他以冷静、客观的笔调进行了还原，读来别有一种味道。他不回避在工作中的矛盾和困惑，而以坦诚之心一一道来。

因而，这本书显示出了它的独特之处。它不是纯粹意义上的传记，也不是私人史的写作，但同时兼具了前者的某些特点。因而无论对于作者本人，还是对于读者受众，都具有一定的价值。这是一个人的踪迹史，更是一代人的回忆录，字里行间无不反映出作者始终勇于追求、热爱工作、敬重文化、重视亲情友情的情怀。

2021年8月

（作者系江西省文联副主席、省作家协会主席、省文联同事）

后　记

立秋之时，一片静好。我的书稿《无悔年华》终于完成。一种释怀和欣慰，涌上心头，难以自禁！

书名《无悔年华》，表达了我的一个志向。20世纪90年代，广东电视台成功拍摄电视剧《英雄无悔》，剧中主角的故事让我感动了很久。我没有剧中英雄那么高尚，但我决心做一个无悔年华的人，做一个对得起国家、人民和所有关心帮助过我的人。

《无悔年华》从第一章到第十章，讲述的是我的成长史，包括我的学习史、工作史和生活史。实际上，书稿讲的是简史，是一个个片段的组合，只是勾画了一个大概。但从中可以看出，我在自己的志向上是认真的，也是努力的，也可以说是无悔年华吧。

但在撰写书稿过程中我才发现，一个长期从事文字工作的人，当要真正写自己的时候，是多么地苍白、多么地力不从心！有时连自己都心生怀疑，我又不是什么大人物，也没有作过多少贡献，有什么可写啊！我的妻子从我写初稿第一部分，连续几个晚上手抄，忙了几个晚上；我的大学、中学同学纷纷给我提供创作素材，有时为一件事引起大家回忆；我的母校中国传媒大学和校领导，一直给予指导和支持；还有我的老领导、老同事、老朋友以各种形式提供关心帮助。这让我懂得，写好这本书稿，已经不是我个人的事情。我要感恩在心，坚韧不拔，不负众望，努力完成。

王国维在《人间词话》中写过古今成大事、做大学问，必经过三种之境界："昨夜西风凋碧树，独上高楼，望尽天涯路"，此第一境也；"衣带渐宽终不悔，为伊消得人憔悴"，此第二境也；"众里寻他千百度，蓦然回首，那人却在灯火阑珊处"，此第三境也。

在书稿起草的过程中，虽然谈不上做学问，更不是做大学问，但多少体验到三种境界的感受。从最早的初心和构想，到后来的写作和修改，到最后的完稿和释怀，不正是这样吗？

经历潮起潮落，看过云卷云舒，踏过风风浪浪，无谓荣辱得失，但求无悔一生。我把自己的经历写进回忆，完成夙愿，不留遗憾。前事不忘，后事之师。颐期后生，特别是年轻大学生，从我成长和求索之路中领悟人生真谛，做一个新时代于国于民有用的人。

2021年8月12日

致　谢

这本书，是在母校中国传媒大学及其出版社指导下写的。感谢中国传媒大学出版社领导和责任编辑，以及有关人员。

感谢江西省原副省长熊盛文，中国传媒大学党委书记、校长廖祥忠为本书写序。

感谢同事、同学李国强、喻慧娟、王迪明、李小军、陈振懋、熊艺波、万明华、孙海浪、万江麟为本书撰写评论和跋文。

感谢同事、同学万小初、谢春林、孙海浪、万江麟、熊阳、唐鹤鸣、李长森、夏莹、陈国涛、喻晓参与书稿的修正和补充工作。

感谢同事、同学王迪明、汪少林、帅宇一直参与书稿的创意策划工作。

感谢大学、中学同学，我的同事、家人、亲朋好友，以各种方式关心和支持这本书的完成。他们是：周榕芳、刘华、祝新穗、余大喜、曹杭、张越、李吉人、尹兆书、黎祖谦、潘昌坤、游道勤、何小来、李涌浩、龚邦国、陈峰、周晶星、史世海、陈启芸、邱小林、张晓东、胡军华、邓凰保、熊建新、蒋迅、李砚、南国忠、曾美庆、谭玮、黄富强、黎小平、刘海鹰、江子、邓涛、唐济生、彭明发、陈菲、陈衡、刘孟沐、李春林、徐礼许、龙包庚、田作江、董学开、杨惠珠、浦应茉、李宏仁、顾华、钟冠群、徐正兴、吕细保、傅莲英、简秀成、陈学铭、戴珍友、许长安、南长根、周仲武、孙植勋、肖连梅、袁立华、徐贤珍、龚振波、徐根水、肖彬、姜光镇、欧阳九师、张罗粉、张志洪、刘凯燕、涂志伟、车丽、刘仁保、李保平、刘金寿、胡宝鸿、胡小红、俞琎。

图书在版编目(CIP)数据

无悔年华 / 俞向党著. -- 北京：中国传媒大学出版社，2021.12
ISBN 978-7-5657-3086-3

Ⅰ. ①无… Ⅱ. ①俞… Ⅲ. ①回忆录—中国—当代 Ⅳ. ①I251

中国版本图书馆 CIP 数据核字(2021)第 214545 号

无悔年华

WUHUI NIANHUA

著　　者	俞向党
责任编辑	于水莲
责任印制	李志鹏
封面设计	拓美设计

出版发行	中国传媒大学出版社		
社　　址	北京市朝阳区定福庄东街 1 号	邮　　编	100024
电　　话	86-10-65450528　65450532	传　　真	65779405
网　　址	http://cucp.cuc.edu.cn		
经　　销	全国新华书店		

印　　刷	北京中科印刷有限公司
开　　本	710mm×1000mm　1/16
印　　张	17
字　　数	251 千字
版　　次	2021 年 12 月第 1 版
印　　次	2021 年 12 月第 1 次印刷

书　　号	ISBN 978-7-5657-3086-3/I · 3086	定　　价	78.00 元

本社法律顾问：北京李伟斌律师事务所　郭建平

版权所有　翻印必究　印装错误　负责调换